起業の星

江波戸哲夫

講談社

目次——起業の星

『起業の星』――おもな登場人物

田中辰夫（たなかたつお）　五菱（ごりょう）不動産でリストラの部隊長だった。自らも早期退職に応じ、失業者に。

田中由美子（ゆみこ）　辰夫の妻。

田中雅人（まさと）　辰夫の息子。「企業支援ファーム」に在籍する起業家の卵。

五十嵐（いがらし）　五菱不動産専務。

花田良治（はなだりょうじ）　雅人の相棒。「企業支援ファーム」に雅人を誘った。

清水剛（しみずたけし）　「企業支援ファーム」の事務局長。起業する若者の応援団長を自認する。

鷹巣次郎（たかすじろう）　ＩＴ企業「タカジェンス」社長。「ドリーム・オフィス」出身の出世頭。

三田（みた）　雅人のクライアント。「サボテン」を主宰。姿をくらます。

柿沢あかね（かきざわ）　小学校のときアメリカにいた帰国子女。サイト「英楽園（えいらくえん）」を運営。

清国　徹　元五菱不動産調布支店長。

大泉　辰夫の元部下。準大手の大江戸土地建物にいる。

木内　元五菱不動産経営企画部。五十嵐の懐刀だった。

椎名　元五菱不動産柏支店長。二枚目。

戸高　大江戸土地建物の専務。ＡＢＣ銀行出身。

望月　食料品関係の専門商社のオーナー社長。

小倉早苗　望月の愛人。銀座のバー時代の源氏名は美奈。

加倉井隆　Ｊウェアを創業したカリスマ経営者。「若手起業家と語る会」を主宰。

三崎　「赤城オンライン」のチーフディレクター。

赤城　「紳士服の赤城」創業者。

起業の星

一章　焦燥

1

「馬鹿だな」

舌打ちとともにそんな言葉を吐き出していた。一瞬、遅れてそれに気付き、田中辰夫は苦笑いをもらした。何もそこまでこの男に身を入れることはない。

目の前のパソコン画面から顔を遠ざけ、机の抽斗のセブンスターを取り出した。

立ち上がって窓を細めに開け火をつけた。ひと口ふかし窓外に長い煙を吐き出した。禁煙はとうになし崩しになっている。臭いが部屋に付かないように煙を外に出しているが、由美子も気づいているだろう。

三分の一ほど吸って机に戻った。遅い朝食を終えたいまもまだ上下ともパジャマのままだ。

パソコンの画面には「天職ハンター」というブログがある。このところいつもこのブログの更新を心待ちにしている。

田中よりふた月前に失業した男の職探し日記である。ハンドルネーム「キリン」という主宰者は、何もかもがふた月分だけ田中より先に行っている。

自己都合退職を会社都合にしてもらったことも、ハローワークでの失業保険の申請手続きも、健康保険と年金の切り替えも、転職支援会社への登録も。天下晴れての会社都合退職をよそおえば、どこの窓口に行っても、スムーズに失業者の権利をすべて認められる。実際は自分から辞めた田中も何の問題もなかった。

リクルートエージェント、JACリクルートメント、毎日コミュニケーションズ、ベストジョブと登録した転職支援会社も重なり、受けているサービスもほぼ変わらない。

そしてキリンも田中と同様に苦戦していた。書き込みを読んでいると息苦しくなってくる。

キリンは毎月末に退職してからの累計の戦績をまとめている。四ヵ月半で、紹介を受けた企業は百数十社、応募した企業四十五社、面接を受けた企業十五社、つまり三十社からは書類だけで、はねられているのだ。この数字は田中の三倍になるが、いまだに就職できていない。

キリンは、三日ほど前、久しぶりに面接を許された会社を勇んで訪れた。しかし今日の書き込みによると、面接官の意地悪な質問に頭にきて、軽く切れたという。

そのくらい我慢できないでどうするんだ、という苛立ちが胸にあふれ「馬鹿だな」という言葉が飛びだした。


去年、二〇一〇年に失業するまで田中は仕事に必要なときしかパソコンに触れなかった。所詮、機械じゃないかという言葉がときどき頭に浮かび、口にもした。しかし失業してからはそういってはいられなくなった。転職支援サイトを利用するにも、転職情報を探すのにもこれがないと始まらない。

そのついでに幾つものホームページやブログをのぞくようになった。同業者の宣伝用のホームページを一通り眺めてみて、その多彩さに舌を巻いた。気付くとあっという間に数時間経っていることもしばしばあった。

ある日ふと「失業日記」というキーワードで検索した。おびただしい数のブログ名が出てきた。すぐに納得した。失業者は誰もが持て余すほどの時間がある。話し相手を一気に失ってしまい、失業が長引けば家族とも話しにくくなる。自然とパソコンを使って、顔も知らない誰かに自分を伝えたくなるのだ。

いくつかを「お気に入り」に登録したが、「天職ハンター」が一番気に入っている。ハンドルネームの「キリン」は、クビを長くして次の職場を待っているということらしい。命名のセンスはベタだが、職探しの体験記録は思わず声をもらすほど迫力がある。

コメント欄にもいろんな人が書き込んでいる。常連のほとんどはいま失業しているか昨日まで失業していた者である。その書き込みにも身につまされる真実味を感じた。

田中も何度か書き込みたいと思うことがあった。すぐ目の前のパソコンの中で、田中にとって最も興味のあるテーマを大勢が語り合っている。思わず自分の考えも披露したくなるのだ。一度は書き込むところまではいったが、どうしても「投稿する」がクリックできずに消去してしまった。

絶対に正体がばれないと頭でわかっていても、万一知られてプライバシーがばれたら面倒(めんどう)くさい、という不安感が抜けない。だから「キリン」だって前職が何だったか隠しているのだ。

書き込みの合間からは、専門性の高いメーカーの営業マンらしいものがこぼれて見える。それも技術に強い理科系のようだ。田中とは畑が違う。

しかしもっと決定的に違うものがある。田中はあと十ヵ月で五十になるが、キリンはまだ三十代らしい。十歳の差がある。職探しの体験は似ていても、中身は大きく違う。キリンでさえ、口癖のように「年齢の壁が高い」「もう五歳若かったら」と嘆いている。田中の年齢の壁はキリンの何倍も高いのだ。

「あなた」階下から由美子の声がかかった。「電話ですよ。五十嵐専務」

パソコン画面の右隅に目がいく。「10:23」。ちっと、今度は意識して舌打ちをした。あれだけいったのに、五十嵐はまだ家の固定電話にかけてくる。

この家で最も外光の届かない階段を下りると、一番下の段に白い子機が寝かされていた。由美子の姿はない。

「お待たせしました」

われながら愛想のない声になった。そんなことには気付かないように五十嵐がいった。

「元気そうじゃないか」

「まあ、なんとか」

「それでどうだい、新天地は決まったか」

声にかすかな笑いを含んでいる。

「そんな陽気じゃありませんよ、ご存知でしょう」

「きみほどの辣腕でもそうかね。やっぱりうちへ戻るしかないな」

「それは先日、申し上げたとおりです。せっかくのご厚意ですが、甘えるわけにはいきません」

「まったく、骨董品だな、きみのその責任感ていうのか、義侠心ていうのか、いまどき流行らんだろう」

そんなんじゃありませんよ、と否定するのも忌々しかった。

「なにもきみが悪いことをしたわけではないんだ。マーケットが弾けて商品が売れなくなった、だから人が余った、会社をサバイバルさせるために幾人かの人に泣いてもらわなければならなくなった。そのためにおれときみとが一肌脱いだ。全員が泣いたほうがよかったのか」

「…………」

「おれもきみも五菱不動産をサバイバルさせる義務があったんだ。つぶれてみろ、泣いてもらったやつの十倍の犠牲者が出ただろう。きみは五十人を辞めさせたんじゃなくて、家族も入れれば二千人もの生活を守ったんだ。責任を取るどころか、表彰されてもいい」

それ以上、五十嵐の得意げな能書きを聞いていたくなかった。

「私、いまでもあいつらの夢を見ます。あいつらは間違いなく私を怨んでいます」

「馬鹿をいえ、マムシのタツが何をいっているんだ」

二十年も前、バブルの狂瀾怒濤の最中にマンションを売りまくった田中辰夫をマムシのタツというやつもいた。いまでは五十嵐以外の誰もそんなことはいわない。

「失礼します」

田中は手の中で子機の「切」を押した。


田中が無理やり「早期退職制度」に応募させた相手は、夢の中に出てくるだけではない。起きているときも、ふいに彼らとのやり取りの断片が脳裏に蘇る。断ち切ろうとするとかえって、それは断片から全体のやり取りへと広がって田中の胸をかきむしった。たとえばこんな断片がある。

「きみに不満があるわけじゃない。きみの力を信じるからこそ、もっとその力を生かせるところへいったら、と」

「こんなときに、どこの馬鹿が私を拾ってくれますか」

「五菱なんていう生温(なまぬる)い会社じゃなきゃ、きみはもっと稼(かせ)げるよ」

「あんたが、こんなうそつきとは知らなかったよ」

あるいはこんな断片もある。

「これだけの割り増し退職金は、わが社ではもう永遠に出ないぞ」

「下がってもいいですから、ちゃんと毎月、給料をください」

「うちみたいな泥舟から早く逃げ出したほうがきみにとってトクだ」

「五菱が沈みっこないでしょう」

胸倉(むなぐら)をつかまれ殴(なぐ)られかけたこともある。田中は抵抗せずに目を瞑(つむ)った、鼻血くらい流したかったが、殴ってはこなかった。

椅子から崩れ落ち埃(ほこり)っぽい応接室のじゅうたんの上に土下座したやつもいる。とっさに田中も土下座で返した。相手より低くなろうとするあまり、異臭のするじゅうたんに唇(くちびる)がついた。

そうした状況に耐え切れなくて、五名も口説(くど)き落とさないうちに、田中は口説いていた相手にいってしまった。

「きみらだけにやめてもらうんじゃない。おれも必ずあとを追うから」

苦し紛れにいった言葉がすぐに本心となった。こいつらを追い出しておれが居座るわけにはいかない。一人首を切るたびにその気持ちは強くなった。

リビングルームに続くドアが開き、階段に明かりが差し込んだ。明かりの中に由美子がいた。

「専務、何だって？」

由美子も五十嵐と顔見知りだ。創立三十周年のパーティで会って以来、何度か会う機会があった。田中が話題にしたこともある。

「ご機嫌伺いだよ」

一拍おいて由美子がいった。

「うそ、五菱に戻って来いというんでしょう」

最初の電話のときから五十嵐はそう話したと由美子に聞いた。

「そんなエエカッコシイしてないで、戻ればいいじゃない」

披露宴のとき由美子を見た母方の叔母が「雛人形みたい」といった和風の顔も、年輪を重ねて強い意志を垣間見せるようになっている。

「説明したろう」

「いつまでも仕事、見つからないんですから、仕方ないじゃないですか」

田中とのやり取りが緊張してくると丁寧(ていねい)な口調になる。

「見つかるさ」

「もう三ヵ月ですよ」

「おれの給付金はあと八ヵ月下りるんだ」

「専務は、あなたのようには思っていないということでしょう。だからこうやって声をかけてくださるんだわ」

大勢の部下の首を切ったおれがのうのうと会社に戻れるか、と一度だけいったことがある。

五十嵐は自分を気遣(きづか)っているわけではない、そんな甘い男ではない。リストラの絵を描いた五十嵐が会社に残り、その絵を実行した田中が会社を去った。それが五十嵐には都合が悪いのだ。五十嵐はリストラには大義があると思い込んでいる。田中が会社を辞めたことは、その思い込みに水をさす。だから五十嵐は田中の携帯に直接かけてこない。由美子に飛びつきたいような選択肢を示して、田中を口説かせようとしているのだ。自分でもこんなに長いこと転職先が見つからないとは思わなかった。不動産業界以外を探していることに無理があることはわかっている。

「八ヵ月はおれの好きにさせてもらう」

そういって田中は階段を上がった。由美子に言い放った声が以前より弱くなっている。失業給付金は二十万円を少し超える程度しか出ないのだ。

それにしても、と階段を上りながら思った。五十嵐は少ししつこすぎる。辞めて二週間で最初の電話があり、今日で四度目になる。


階段を上り切ったとき、雅人（まさと）の部屋のドアが少し開いているのに気づいた。もう長いことこの部屋に入っていない。家にいることの多くなった田中が、中に入りたければいくらでも機会がある。そうしないのは息子といえどもプライバシーを侵（おか）してはいけないと思うからだ。

ドアが開いているので、のぞいてもいいだろうという気持ちになった。ノブをつかんで引いた。

雨戸が閉ざされた部屋の闇を、廊下の照明がほの明るくしていた。手探りで壁のスイッチをはじいた。雑然とした六畳ほどの洋間がくっきりと浮かんだ。

ドアと向かい合う位置にデスクがあった。その上や周囲に漫画本が不ぞろいに積み上げられている。わずかな振動でも崩れそうだ。右手の窓際（まどぎわ）にベッドがある。ベッドの上にTシャツやセーター、ジーパンがうずたかく積み上がっていた。左手の壁際にはハンガーが並んだコーナー。ここにはスーツにジャケット、ドレスシャツ、ハーフ・コートなどが無造作(むぞうさ)にかけてある。テレビで見た〝片付けられない女〟より少しましか。

半年前、たまたま入ったとき目にしたノート型のパソコンはなかった。雅人は中学時代からパソコンに夢中だった。受験勉強に打ち込むべき時期にまで、参考書よりモニターにかじりついていたからきつく叱(しか)ったことがある。きつい叱責(しっせき)はあれが最後だ。

窓枠にも数着のスーツがかかっていた。一年半前、就職が決まったとき、髙島屋の友人に頼んであつらえてやったブルーのものがあった。そのブルーがチャコールグレーに見える。肩に手を触れると指先に埃が絡まってきた。隣の濃紺(のうこん)のスーツにも埃がかかっている。数着のスーツはどれも埃をかぶっていた。

(あいつ、スーツを着ていないんだろうか)

ビジネスマンを三十年近くやってきた田中は、スーツを着ないで出勤したことは数えるほどしかない。

2

中学に入った頃から雅人は田中と口を利かなくなった。それは少しも気にならなかった。自分を省みても男の子はそういうものだ。

田中は大学を出て成り行きでスーパーに入社したが、すぐにちまちました小売業は性に合わないと気付いた。

二年ほどたったとき、新規出店に関わったことで縁ができた中堅のM不動産のオーナーに誘われ、ためらわずに転職した。

転職して間もなくバブル景気が始まった。新米の田中はあれよあれよという間にその渦に引きずり込まれた。昨日買った十億円の土地が今日は十五億円で売れた。人の住めないような土地でも目の玉が飛び出る高価格がついた。田中も売り買いだけでなく地上げの尖兵までやらされた。最初は「おれたちの生まれた土地を金で売るものか」ときれいごとをいった住民も、札束で頬を叩けばすぐに出て行った。

新札の入った袋がデスクの上に立つようなボーナスをもらった。由美子も雅人もいたのに、毎日が酒と女の日々だった。日本中がおかしな薬でもやったかのように浮かれていた。やがてバブルが終わりを告げ、同時にM不動産も弾け飛んだ。

それでも田中は不動産業界を転々とした。もう他の地味な業界でゼロから出直す気になれなかったし、不動産業と相性がよかった。転々とする中で、一匹狼にも部門長にもなって、開発も販売も仲介も手がけた。法人相手も個人相手も不動産業ということに変わりはなく、田中のやる気を刺激した。

雅人にも由美子にも、家庭というものには関心が向かわなかった。「男は仕事だ」と由美子に何度かいったことがある。三十過ぎで今の家を手に入れていたし、浮き沈みはあっても、それなりの給料を取っていたから、由美子も不満はいわなかった。

小泉内閣ができて間もなく、ある業界の集まりで五菱不動産に紛れ込んでいた五十嵐と再会した。

五十嵐はバブル時代、準大手不動産会社の開発部門にいた。東京周辺で地上げをし、こぎれいなマンションを作り続けていた。田中もM不動産には内緒で五十嵐を助けたこともある。それがいつの間にか五十嵐は大手商社系の五菱不動産で取締役になっていた。年商五千億円強、従業員数は単体で三千名弱、戸建て住宅もマンションもオフィスビルも、開発から分譲、賃貸までを手がけ、保険やリース、遊技場などにも手を出し、業界ではトップグループに位置していた。

会場で田中を見たとたん、五十嵐が声をかけてきた。

「おい、マムシのタツ、おれと組んでもう一度、天下を取らないか」

一度は天下を取ったんですかね、と皮肉な気分を掻き立てられたが、それに応じることにした。

驚いたことに五十嵐は、かつてのやくざのような仕事の流儀をすっかり卒業していた。五菱不動産の役員ともなると、こうも違うのかと田中は舌を巻いた。しかし田中自身のビジネス作法も行儀よくなっていた。二人とも年を取ったというだけのことかもしれない。五十嵐は五十を過ぎ、田中は四十を過ぎていた。それとも時代のせいかもしれない。日本の不動産業界は、まだバブル崩壊期にひどい目にあった記憶が薄らがず、羹に懲りて膾を吹いていた。

二〇〇二年を底に日本経済は上向き始めた。それと同時に不動産業界にもやっと金がなだれ込んできた。国内の金よりも海外のファンドの金が凄まじかった。東京の湾岸部を皮切りにマンションの仕様がグレードアップし、価格が急騰した。〝新価格〟〝新々価格〟などという言葉をでっち上げて業界はそれを正当化した。

専務になったばかりの五十嵐に命じられて、田中は五菱不動産が手がける最も大規模な開発を担当し、会社に大儲けをさせた。五十嵐が自分がやらせたんだと周囲に触れ回っていることも耳に入っていた。

そしてリーマンショックの起きる半年前からマンションは売れなくなり、企画担当の専務だった五十嵐は、田中を開発部からはずして直属の経営企画部付き部長にした。

「いまの開店休業の開発に、きみみたいな辣腕をおいておいたらもったいない。おれの知恵袋になってくれ」

あとから思えば、早々と田中を首切り部長にすることを目論んでいたのだ。

地上げもさせられれば、首切りもさせられる。田中はプロフェッショナルに仕事をこなすことに全精力を注いでいたから余計なことは考えなかったが、五十嵐にとってこんなに使い勝手のいい手駒はなかったろう。

3

「おい」雅人のスーツを持ったまま階下に声をかけた。

「これはどうなってるんだ」

応答がない。田中は家中を響かす音を立てて階段を下り由美子にいった。

「おい」

リビングのドアが開いた。

「なに？」

「埃だらけじゃないか」

田中はスーツを由美子に手渡して、いま見た部屋のことを話した。

「黙って部屋に入ったら、あの子、怒るわよ」

「どのスーツも埃だらけだ、あんなんで会社にいけるのか」

「いま雅人はお客さんに会わずに、オフィスにこもって朝から夜中までパソコンを相手にしているから、いいらしいのよ」

そんなサラリーマンがいることは承知している。しかしあのスーツはまるでもう着る必要がなくなったかのように放置されている。

スーツはサラリーマンの戦闘服だ。いざというときいつでも着られるように準備しておかなくてもいいのだろうか。

部屋に戻った田中はいきなり倒れるように畳(たたみ)の上に両手を突いた。そのまま腕を折り上体を畳に近づけていく。

若い頃から続けている「腕立て伏せ」の回数を五菱不動産を辞めてから増やした。毎日五十回だったものを、三十を三セットの九十回にした。それがいまでは四十が五セットの二百回になっている。

上腕の筋肉や大胸筋が、自分でもそれとわかるほど太くなった。筋肉というのはこんなに単純なのだ。

連続六十二回までやって腕の力を抜き、畳に腹ばいになった。体を返して仰向けになると鴨居にかけたスーツが目に入った。去年あつらえた英国生地の三つ揃いだ。ふっと思った。

(おれはいつになったらこの戦闘服を身に着けて、ビジネスの前線に出て行けるのだろうか?)

二章　ドリーム・オフィス

1

「おはようス」

　田中雅人は、玄関ロビーのカウンター越しに広がっている事務所の天井に響くような声を上げた。

　いつもできるだけ軽快な挨拶を心がけている。「M区企業支援ファーム」の事務所スタッフに心をのぞかれないにはこれに限る。

「おはようさん」

　スタッフの返事を背中に受けながら、雅人は軽やかに階段を駆け上った。

　細身で身長は百七十ほど。かすかに茶色に染めた頭髪は真ん中が少し盛り上がり、毛先は乱れて額に落ちている。それは鈍い光沢のある茶色のジャケットとあいまって、アーティストの雰囲気を漂わせている。

二階の上がり口に天井から「ドリーム・オフィス」と墨文字の載った看板が下がっている。区長が自ら書いたものだという。

この建物は以前、社会福祉事務所だった。蔦が壁面を覆いつくした四階建てのビルが空いたので、その三階までを「企業支援ファーム」とし、二階に起業をバックアップするための「ドリーム・オフィス」が設けられた。

雅人は廊下の奥まで行き、非常口の手前の部屋の鍵を開けた。白いパネルには「217 セブンシーズン」とある。

天井も壁もクリーム色のクロスが貼られた部屋は五坪はあるだろう。これで月の使用料は二万五千円、共益費が八千円、民間相場のほぼ六割に抑えられている。

右の壁際に並んだ二つのデスクそれぞれにシンプルなノートパソコンがある。

入口と向かい合っている窓際のローボードに置かれた観葉植物に、「元気か」と声をかけながら、パソコンの電源を入れた。

緑の舌のような葉が幾重にもなった植物は、リュウゼツラン科の中の「幸福の木」と呼ばれるものだ。ここに拠点を構えると決めた日、験を担いで買ってきたのだが、半年で二倍の大きさになった。

窓とドアを開け放して部屋の空気を入れ替えた。今日の未明までついていた溜息が、まだ部屋に充満していて、幸福の木が呼吸困難に陥っているような気がした。

雅人はパソコンの前に座り、何度かタッチパッドに触れた。やがてモニターに膨大なデータベースのテーブルが現われた。いま雅人と相棒の花田良治のエネルギーをすり減らしているポータルサイト「学び舎ランド=仮題」のデータ群だ。

もうとっくに金になっているはずなのに、クライアント「サボテン」の三田が、次々と追加の機能を要求してきたので、完成が二ヵ月も遅れ、入金も遅れている。それでもついに三田にチェックをさせながら、こちらは最終仕上げをする段階にかかった。間もなく喉から手が出るほど欲しかったまとまった金が拝めるはずだ。

雅人はいくつかのデータを開いて中身を確認してから、ゆっくりと天井を仰いだ。どれも三田に仕上げの詳細について聞きただささないと、もう先には進めない。

体をひねってテーブルの上の電話を手にした。今度こそ、奴は出るか。呼び出し音は鳴っているが、出ない。十二まで数えてから、オフィスの固定電話にかけ直してみた。やはり出ない。八であきらめた。

いやな予感は確信に変わりかけている。しかしそうだとすると、次の手を打つのに相当のエネルギーがいる。それをやる気になれない以上、予感のまま腹の底へ押し込めておくしかない。

椅子を回して反対側の壁に目をやった。

中央の本棚の右側には予定表があり、左側にはノート大のメモ用紙がびっしり貼り付けてある。そのほとんどが、ふと思い浮かんだアプリケーションのアイデアと、詩ともいえない言葉の切れ端である。メモ替わりにツイッターでつぶやいておき、メモ用紙に写したものもある。

詩は雅人のものだが、アプリケーションのアイデアは花田と二人で争うように貼り出してきた。たいていは翌日には破り捨てられるが、その生き残りだけでこんなになってしまった。

椅子から立ち上がり、ローボードの中のギターを引っ張り出した。指の先で撫でるように弦を弾く。大きな音は出せない。一度、隣室の男が事務局に文句をいい、事務局からやんわりとだが、厳しく釘を刺された。歌も口の中でささやく。

名もない花には名前を付けましょう

この世に一つしかない

この歌い出しで、いつもコントロール不能の切ない思いが胸にこみ上げてくる。涙さえにじむこともある。

「サイバーレボ」を辞めようと思ったときから必ずこうだ。そして気がついた。自分は、自分に、この世に一つしかない名前をつけたいのだ。自分がずっと望んでいたものはそれだったに違いない。

普通の名前はある、田中雅人。しかし自分でつけた名前ではない。高校時代も学生時代も、その他大勢の一人だった。田中雅人でも中田マサトでも変わりはなかった。この世にたった一人の自分の名前で他人と向き合えなかった。

社会人になればそうなれるのではないかと、かすかに期待していたが、「サイバーレボ」に入社したら、いっそうその他大勢になった。

実のならない花も　蕾のまま散る花も
あなたと誰かのこれからを　春の風を浴びて見てる

「サイバーレボ」はひどい会社だった。近年、売上だけは急成長しているホームページ制作会社だが、いつも正社員の募集をかけていて、次々に新人が入ってきては次々に辞めていった。

とくに直接の上司が雅人にはどうにも我慢ならなかった。まだ三十代半ばなのに三年前までの知識とスキルしか持っていないから、はったりだけで上司をやっていた。

「今度、最短記録を更新してやったぞ」

新人が最初の出社日の午後からいなくなったとき、上司は雅人の前で得意そうに笑った。それで最後の我慢の糸が切れて、雅人は会社に行かなくなった。

2

母親にも父親にもそれを告げることはなかった。告げて叱られたり心配されたり、見当違いのアドバイスを受けたりしたくなかった。

気取られないために、朝早く家を出て街中で時間を潰した。もっぱらネットカフェで時間を過ごすことになった。

中学時代からパソコンは友達だった。大学時代には「ゲーム同好会」に入って、ゲームの新記録を競い合い、自分たちでゲームを作ってネットに上げた。けっこう多くのアクセスを稼ぎ、評判になったので欲が出た。いつも頭の中にはアイデアが渦を巻き、世界中のサイトでヒントやフリーソフトを探し回っていた。その技量を生かしたいと、ＩＴの企画要員を募集していたサイバーレボに入った。しかし与えられたのは社内ネットワークやサーバーの管理だった。

ネットカフェでは、捨てアドレスでメールをやったりゲームで遊んだ。入り浸っているうちに、サイバーレボの給料の半年分くらいあった通帳の残高が、どんどん少なくなっていった。

親父が会社を辞めたことは母親から聞かされた。あんなに会社人間だったのに、はかないものだ、と思った。

それを雅人に伝えたときの母親が、自分が会社を辞めてネットカフェに出勤していることにまだ気付いていないことを確信してほっとした。しかしこのままいけばいずれ気付かれる。気付かれるまでに、きちんと金を稼げるようにならなきゃいけない。

新たに就職する気にはなれなかった。またサイバーレボと同じような会社に紛れ込むに決まっている。

バイトでもやろうとネットを探し回っているうちに、「ウェブ制作オークション」というサイトに出くわした。

「ホームページ」や「アプリケーション」の制作を依頼したい人がおよその料金を設定して「発注」し、その仕事を受注したい人が「指値」をしてエントリーする。発注者はエントリーしてきた中から値段を見比べ、能力を推し測って注文を出すのだ。

最初は簡単そうな楽天市場での販売サイトの制作というのをやってみた。希望予算が十万円のところに五万円を出したら、あっさり受注できた。

それから少しずつ仕事のレベルを上げていった。料金はいつも低めにしたから、ほとんど受注でき、なんでもクリアできた。わからないことがあっても、解決方法は全部ネットの中で見つけられた。自分の技術がトップクラスであることを知った。

一週間でこなせるはずの中身に次々と追加注文が出て、倍の日数がかかることもあった。納品しても代金を払わず、行方不明になる注文主もいた。貯金は減り続けた。

そんなある日、母親と話をしているとき、素晴らしいアイデアが頭に浮かんだ。ネットでその可能性を確かめているうちに、アイデアはだんだん色濃くなっていった。貯金が減り続けたせいか、そのアイデアのイメージが濃くなりすぎたからか、雅人はそれを形にしてみたいと思った。これを形にすれば、この世に一つしかない名前の持ち主になれるかもしれない。

その頃、大学時代に「ゲーム同好会」で一緒だった花田良治と再会した。花田は大手のASP（アプリケーション・サービス・プロバイダー）で営業マンをやっていたが、雅人の上げたゲームを偶然に見つけて連絡を取ってきたのだ。雅人がためらいがちに説明するアイデアに興奮した花田は「ドリーム・オフィス」のことを雅人に話した。

「おれも今の会社にはこれ以上いるつもりはないんだ。ノルマノルマで、擦り切れたら使い捨てにされる。一緒に起業してビックになろうよ」

「ビッグだろう」

驚きのあまり些細なところに突っ込みを入れてしまった。

3

十二時三分前にドアが開いて花田が現われた。いい感じに色褪せたジーパンに毛玉だらけのセーター姿だった。

二人の間では、「ア」とか「オ」という言葉を交わすだけで挨拶はない。

雅人より首半分だけ背の高い花田は百八十は越しているだろう。横幅も身長に負けないほどがっしりしている。大学時代は花クマというあだ名だった。髪を短く刈り込み、一見、格闘技の選手のようだ。

その花田の顔色が最近少しずつ黒ずみ、贅肉が削げ落ちていき、格闘技の選手がウエイトを絞っているような雰囲気を放っている。

「三田の奴、やっぱ、電話に出ないよ」

「そうか」

雅人が神経質そうな声を出しても花田は動じない。

「サボテン」からの入金がずるずる遅れているので、花田は確実に日銭の稼げる肉体労働をやることにした。深夜働いて、早朝にアパートに戻ってから十一時まで睡眠をとり、昼から雅人と合流して「ビックになるため」の仕事をやる。

「おれ、一度見てこようか」

花田がいった。受注したとき二人とも喫茶店で三田と会い名刺を交換している。

「無駄だね。電話で連絡が取れなかったら、あきらめるしかないさ」

「いやに気前がいいな」

「仕方ないだろう」

雅人が吐き出すようにいった。

これまでに二度、連絡の取れなくなったクライアントの名刺の住所を訪ねたことがある。片方は私設私書箱であり、もう一つは全くのでたらめだった。ネットの受発注サイトでは、昨日生まれた浮き草のような企業が発注し、今日生まれた浮き草のような企業や個人が受注している。インチキな注文主を追いかけている暇に、次の仕事をやったほうがいい、雅人はそう思うようになった。

しかし「学び舎ランド＝仮題」の料金はこれまでとはけた違いに大きい。学習塾や予備校、高校、専門学校、短期大学、四年制大学に関する情報サイトを制作するという注文で六十万円。ふた月でそれをこなせるはずだったのに、もう四ヵ月もかかっている。

二人の間に、失意の落差がかもす微妙な空気が流れた。雅人は花田にひどい八つ当たりをいいそうな気がした。その空気を吹き飛ばすように花田がいった。

「こんなときこそ、あっち、やろう」

雅人は無言でうなずいた。

二人はデスクに座りなおし、フリーソフトで同期してあるそれぞれのパソコンのキーボードを叩き始めた。目にも止まらない速さだ。

やがて二人のモニターに同じデータベース・テーブルが現われた。タイトルは「ベスト・コンシューマー」とある。雅人はその中の一つを開いた。

「こんなところで、停まっていたんだっけ」

雅人は顔をしかめた。この部分に手こずって、途方に暮れていたことを思い出した。

「二週間も放っておいたから、忘れちゃったよ」

花田はのどかな声を出した。

「ベスト・コンシューマー」は、ひと言でいえばネット上の売買を可能な限り便利にするソフトである。ユーザーはサイトに登録して、「あなただけクローラー」や「使い勝手はどうかなネット」などいくつもの機能を利用できる。中でも二人がいま力を注いでいるのは「フィッティング・ルーム」である。パソコンの画面の中でファッションアイテムを試着できるソフトだ。チラシのモデルなんかじゃない自分そっくりの分身、アバターが画面上で次々と試着してくれる。リアルの店頭にある「試着室」で着てみるのと同じことをモニターの中で経験できるのだ。他の機能の完成度が低くても、これが完成すればファッション企業がこぞって採用してくれるだろう。ファッション業界が一斉にネットの中に移動してくるようなイメージを二人で幾夜も朝まで語り合っていた。

　このソフト開発の技術的な先端は、主に雅人が切り拓いている。仕上がったフォーマットにあわせて多くのアイテムのデータを取り込むことと、大手企業に採用してもらうための営業を花田が担当している。

　もう八割方仕上がっているはずなのだが、あと二割がなかなか進まない。この二割を突破すれば、二人にとてつもない大金と名声が手に入り、一生ロクでもない奴らにあごで使われなくてもすむ。


　二人はひと言も言葉を交わさずに、プログラミングの試行錯誤を交換し始めた。この壁を乗り越えるために、雅人は世界中のネットの中のQ＆Aを調べ回り、いくつものフリーウェアでチャレンジしてみている。

　昨日の夜中、三田との連絡に行き詰まった雅人は、気晴らしにネットサーフィンをしていて、アメリカのサイトにヒントらしきものを見つけていた。

　やがて雅人だけがキーを叩き、どんどんサイバースペースを飛翔し始めた。花田は指先を浮かし画面を凝視している。

　派手なサイトが現れた。中の一つをクリックしたとき花田がいった。

「これはもう前にやったじゃないか」

「一昨日、更新されている。最新バージョンだよ」

いいながら雅人はキーを叩きまくる。画面上のプログラムの長い列がどんどん姿を変えていく。花田は息を呑んでそれを見つめている。時々カラフルな画像に変わる。

雅人はそれに顔を近づけて舌打ちをしてはまたプログラムの列に戻る。

ドアに小さなノックがあった。二人は画面に注いだ視線をピクリとも動かさなかったが、ドアが開いた。

4

「邪魔して、ごめんなさいね」

男が入ってきた。半分白くなった髪を、真ん中からふわりと両側に分けた穏やかな雰囲気の男だった。黒縁のメガネでアクセントをつけたつもりだろうが、細めた眼も、スーツの内側に着込んだグレーのベストもどこか羊を連想させた。

「忙しそうだね」

男は「企業支援ファーム」の事務局長、清水剛だった。清水は起業の世界ではよく知られている男だ。自分もいくつか起業し、起業を志す若者のアドバイザーもやっていた。その活動を見込んで、このファームを作るとき、Ｍ区が清水を口説き落とし、事務局長に据えたのだ。清水は「ドリーム・オフィス」に入居した若者の応援団長を自任し、二人にも何かと接触してくる。

「そうでもないですよ」

花田は愛想よくいったが、雅人はモニターに視線を戻し、画面に集中しているふりをした。

「打ち出の小槌は、どうなっているの」

清水は「ベスト・コンシューマー」をそう呼んでいる。

「もうじき事務局長にＢＭＷ買ってあげますよ。ああ、清水さんはエコ星人だからプリウスのほうがいいか」

花田が清水と抵抗なく話せるのが、雅人には不思議で仕方ない。清水が自任している応援団長もどこかパフォーマンスに感じられるし、ＨＴＭＬさえ知らないおじさんのアドバイスはピント外れでしかない。

「きみらさ、今夜の勉強会に出てくれないかな。〝お金についてこれだけは知っておくべきこと講座〟、聞いておいてもいいんじゃないか」

「企業支援ファーム」では月に一回ていど様々なテーマで勉強会を開催している。対象は二階の入居者とM区内の商工業者だが、二人ともこれまで一度も出席したことはない。

「せっかく鷹巣くんが来るってのに、サロンが埋まらないんだよ。おれも面目ないじゃない」

「鷹巣くんが来るんですか」

花田がオウム返しにいい、雅人は胸の奥で何かが焦げる感覚を覚えた。

鷹巣次郎。去年、雅人たちが入居する前にここを飛び出し、渋谷に自前のオフィスを持った「ドリーム・オフィス」の先輩である。IT企業「タカジェンス」を率いているが、間もなく株式を店頭公開するという噂が雅人たちにも届いていた。ファームのスタッフは「彼に続け」と、折に触れ入居者を煽り立てている。

「おれ」花田が雅人の横顔を盗み見た。

「いってみるかな」

「助かるよ。元気がいいのが来てくれりゃ、鷹巣くんだって喜ぶ。田中くんも頼むよ」

「おれは、いいっすよ」

胸の中の感覚を押さえ込むように雅人はいった。

「鷹巣くんがね、きみらのこと関心持っているんだよ。ベスト・コンシューマーは一つの機能だけでも実現したらすごいぞ、といつもいってる」

雅人はモニターから視線を離し、清水を振り返った。清水が目じりにしわを寄せて笑った。四十五歳のはずだ。親父よりいくつか若いがほとんど同年に見える。

「ここはさ、物販か、士稼業か、教育研修が多いでしょう。きみんところの打ち出の小槌はタカジェンスの後を追いかけているから、興味津々なんだよ。ぼくが話す前からよく知っていて、彼らと会えるかなって、いってるんだ。会ってやってくれよ」

「ドリーム・オフィス」はM区の地域経済振興ということで始められたが、ここからM区を潤すような隆々とした会社が生まれ出る可能性はそう大きくはない。希望の星となった「タカジェンス」も、「M区で事業を起こすこと」という入居時の約束を破って渋谷に行ってしまった。

「きみたちが上場するときはM区に本社を置いてくれよ」

「もちろんですよ」と花田はいい、雅人は空咳をして両手で口を覆った。清水の嬉しがらせとわかっていても、こういわれるとつい顔が綻んでしまう。

5

「まさと、清水さんによくあんな態度、取れるな」

「ファーム」近くのスーパーの激安サービスで買い溜めした「サトウのごはん」と、卵を割り込んだ納豆をかきこみながら花田がいった。

「花ちゃんのほうが信じられないよ。よく相手をしてられる」

「いいおじさんじゃない」

雅人はソーセージとキャベツの調理パンを牛乳で口の中に流し込んだ。

「お仕事でしょう」

「お仕事だって、よくやってくれているじゃない」

そうかもしれないが、お仕事の清水と命がけの自分たちが、コミュニケーションをとっても無意味に思える。

「清水さんのおかげでここへ入れたんだぞ」

「選考委員のおかげだろう」

入居をするにはM区が指名した選考委員の選考会を通る必要がある。鷹巣もそこに加わっていた。

「それも清水さんのさじ加減なんだよ」

花田はファームの職員や他の入居者とも話をすることがあるので、そういう情報は豊富である。

「それって癒着じゃない」

「なにガキみたいなことをいってんだよ。おれたちは清水さんにワイロを贈ったわけでもなんでもなくて、ただ清水さんに連れて行ってもらった赤ちょうちんで、おれたちのアイデアを情熱的に話しただけだろう」

雅人は一個の調理パンだけで食事はおしまいだが、花田は二個目の「サトウのごはん」に納豆の残りをかけた。

「それで、いかないの？」

「笑えるよ、おれたちに資金繰りなんて」

「鷹巣次郎が来るんだぞ」

「関係ないよ」

「そんなちっちゃいことといってて、どうするんだよ。おれたちＥＣに革命を起こすんだろう」

ＰＣの技量で先を行っている雅人にいつもは一歩退(ひ)いた態度をとっている花田だが、ときどきずっと兄貴のように見えることがある。

三章　お金講座

小学校の教室ほどの広さの部屋に、三人用の長机が、ヨコ三列タテ六列置かれていた。後方はほとんどが空席で、部屋にいるのは三十名足らずだった。

後ろの席にひっそりと座った田中雅人は、大きな窓の外に視線を投げていた。商店街の外れの街並みはすでに暮れ出し、ネオンが闇の中で色濃くなり始めていた。

部屋の前方のホワイトボードの前に、清水が参加者と向き合うように座っていた。前の席にいる年配の男たちが、清水と親しげに言葉を交わしている。

まったくひでえや、半減どころじゃない。おたくは景気よくやっているじゃないの。馬鹿いえ、火の車だよ。

そんな言葉が聞こえた。これが地元の商店主や経営者だろう。

中ほどの席は三十前後の男たちが埋めている。雅人より一足先に来ていた花田の大きな体が、周囲を圧倒しているように見えた。一人だけ髪の長い女の姿も交じっていた。こちらはみな寡黙（かもく）だった。

部屋の壁の時計が六時半になったとき清水が立ち上がった。

「定刻になりましたので、勉強会を開始したいと思います。ご案内のとおり当M区企業支援ファームは、創立丸四年を迎えたところであります。M区としては地域経済を振興したいという悲願もありましたし、たまたま社会福祉事務所だったこの建物をどう有効活用するかということがテーマとなりましたので、不肖私も立ち上げに馳せ参じたしだいであります」

清水は起業をめぐる最近の情勢を話し始めた。

数年前から国も地方自治体も起業支援に力を入れるようになったという。

ひと通りのインフラが整備され、公共事業に世間の風当たりが強くなってきた中、起業支援に金を出すのならどこからも後ろ指をさされないという事情もあった。

「最近は自治体も住民世論にけっこう弱いですからね。住民様は神様です、ですよ」

清水は聞き手の笑いを誘おうとしたが、誰も笑わなかった。

東京周辺だけでも「ドリーム・オフィス」と同様に、自治体が提供する格安の貸しオフィスが百ヵ所近くもあるという。主だったオフィスの名を読み挙げている途中で、雅人は大きなあくびを漏らした。

清水はちらりと雅人を見てから、講座の本題に移った。

「日本政策金融公庫、これは以前の国民生活金融公庫や中小企業金融公庫が一緒になったものですが、ここにも様々な制度があります。新規開業資金でしょう、女性、若者、シニア起業資金でしょう、再チャレンジ支援融資でしょう……」

ここまでいって言葉を切り、清水は会場を見渡した。みなが退屈しているのに気が付いたようだ。

「こういう制度については事務局に資料がおいてありますので、皆さん必要なときはいつでも取りに来てください。お金を取りにこられても応えられませんが、資料ならいつでもウェルカムです」

今度は少し笑いが来た。

「それではお待たせしました。本日は当M区企業支援ファームのドリーム・オフィスが生み出した最高のスターをお迎えしております。鷹巣次郎さんです」

清水が横に座っていた男に、手を差し伸べた。鷹巣は細身であるばかりではなく色白で、ひ弱そうに見えた。座ったまま軽く頭を下げた。

「鷹巣さんはもうご説明するまでもなく、いまや日本のエンタテインメント業界最大の情報サイト、タカジェンスを率いているＩＴ業界の風雲児であります」

前列の年配たちが大きな拍手をし、真ん中の三十代がその後に続いた。雅人も三つだけ手を叩いた。

「いまタカジェンスは店頭公開が噂されていますが、その辺りのことと、タカジェンスがここまで大きくなるにあたってどんな苦労をされたのか、それをざっくばらんにお話しいただきたいと思います」

それではお願いしますと鷹巣を促した。

鷹巣は座ったまま話し始めた。疲れているとも照れているとも取れる表情と口調だったが、眼光は鋭かった。

「鷹巣です。いま清水さんが、店頭公開のことをいわれましたが、まったく火のないところに煙が立った状態でして、そんな計画はありません。まったくありません」

清水が苦笑いをした。今日の講座の最大の売りがあっという間に消えてなくなった。

「ここにご厄介になっていたとき色々お世話になった清水さんが、お金の問題を中心に私の経験を話せということですので、やってみます。私はサラリーマン時代には給料を使う時間がないほど働かされていましたので、自然とお金は溜まりました。といっても数百万というオーダーですが」

そうした資金を使って、鷹巣はサラリーマンをしたまま海外の製品や情報商材を扱い、ネット上の商売を試みた。「これは」と惚れ込んだ商材が大量に売れ残り、泣く泣く捨てたことが何回もあった。そこで在庫を持たなくてもいいドロップシップに切り替えて色んな商材を試してみたが、これもうまくいかなかった。

取り繕うところのない口調でしゃべっているうちに、鷹巣の血色はすっかりよくなってきた。鷹巣の心身の内側で何か熱量を増大させる化学変化が起きているようだった。

鷹巣は、サラリーマンのまま起業をしても本気になれないから、うまくいかないのだと思いつき、会社を辞めて「M区企業支援ファーム」に拠点を構えた。ダメだったらまたサラリーマンに戻ればいいと思っていたという。

ここでもネット商売を行ない、色んな商材を選んでは試行錯誤したが、どれもうまくいかなかった。軍資金は見る見る少なくなり、父親には内緒で母親から二百万円を借りた。それも瞬く間に減っていって鷹巣を焦らせた。

こうしたネット商売の合間に、鷹巣は親しい友達との間にエンタテインメント情報を流通させるメーリングリストを主宰していた。それがいつの間にか大きなサイトに変貌していき、利益を生むようになった。サイトを運営するために友達を一人二人とタカジェンスに誘い込み、ついには「ドリーム・オフィス」ではスペースが足りなくなったので、一年前から渋谷に事務所を構えることになった。

「力を入れていた本業ではなくて、遊びでやっていた副業のほうが仕事になるなんて、なんか起業の教科書みたいな結果になってぼくも焦っています」

三十分ほどで話は終わった。みな始めより大きな拍手をしたが、雅人はそれに加わらなかった。

白けていたのではない、逆だった。落ち着いて座っていられない気分に駆り立てられていた。

目の前にここから巣立って大成功した男がいる。ネット社会では有名人で、IT起業を目指す若者の憧れの星である。一方の自分はまだロクでもない仕事の料金さえも取りはぐれてのた打ち回っている。自分と鷹巣の距離はこの部屋ではわずか八メートルだが、起業の場では大差が付いている。

胸の中で、来なければよかったという気持ちと、来てこの悔しさを味わうべきだったのだという気持ちがせめぎあっている。

出席者に缶ビール、ウーロン茶やサンドイッチが配られ、清水が会場に声をかけた。

「それでは皆さんからご質問を伺いましょうか」

ざわついていた会場が静まりかえり、前列の初老の男が座ったまま口を開いた。

「××工業の××といいます。私は、経営者として、箸にも棒にもかからないと思っていましたが、鷹巣さんのようなM区のチャンピオンにも色んな苦労があったのだ、といささかほっとしました」

周辺に男を暖かくからかう笑いが起きた。

「うちはこの三十年間、工作機械の部品を作ってきましたが、リーマンショック以降、メーカーからの注文がぱたりと途絶えて、どうにもなりません。一般の人に買ってもらえるようなアクセサリまでを視野に入れて、新しい製品にチャレンジしているのですが、最初のころの鷹巣さんと同じくなかなか当たりません。新製品を当てるコツというのは何かあるんですかね」

鷹巣が表情を変えずに答えた。

「そのコツがわかるようでしたら、それをうちで情報商材にして、百万円とか二百万円とかの定価をつけて売るんですがね。コツというのは一瞬つかんだと思ったら、またすぐに消えてなくなる、永遠の逃げ水じゃないでしょうか」

出席者のそこここから力ない溜息と笑いが漏れた。

質問を終えた男の隣の、やはり初老がいいだした。

「うちは酒屋をやっておりまして、まあ、色んな業態のお客様に卸しているので、何とか商売はできているのですが、最近、大手がどんどん安売りをしますよね。あれが続くと、酒屋に限らず、中小はみな太刀打ちできなくて、商店街がつぶれてしまう。東京はまだいいですが、地方は駅前商店街でさえシャッター通りになってしまう。これはどうしたらいいと思いますか」

鷹巣は今度も表情を変えずにしゃべり始めた。

「中小が大手の安売りに太刀打ちできないといわれましたが、そういう意味ではこのドリーム・オフィスに入っている会社は全部中小以下ですから、ゴミみたいなものですから、ゴミにもビッグになる可能性があるという幻想に支えられてここが成り立っているのですから……」

鷹巣の遠慮のない言葉を和らげるように清水がいった。

「そうそう、たしかに鷹巣さんはゴミからビッグになられたといえますな」

初老の酒屋は口を閉ざした。代わりに清水が問うた。

「しかし安売り競争の弊害についてはどう考えられますか。みんな極限まで身を削って競争をすれば、共倒れになってしまう。安売りではない付加価値で勝負すべきではないんですか」

鷹巣の唇にかすかに笑みが浮かんだ。

「安売り競争の弊害というのはおかしいですよ。新商品や新技術の開発と同じように、安売りができる企業の体制を作ることもイノベーションじゃないですか。うちはいまビジネスモデルが独占的ですから、料金にはそれほど神経を使ってませんが、ライバルができたら価格競争にも全力を投入します」

別の中年が発言した。

「しかし安売りをすることは、下請けを泣かし、従業員を泣かし、同業者を泣かし……、あちこちに死屍累々ということになりませんか」

「もちろん安さ以外で勝負になる付加価値を生み出せばいいのですよ。ぼくはトライ・アンド・エラーしながらそこへたどり着いた。たどり着けなければ、わが身を削る我慢比べも仕方ないんじゃないですか」

会場全体が言葉を失ったが、雅人は鷹巣の言葉に何の違和感も持たなかった。自分が置かれている状況を、鷹巣は語っている。安売りどころかネット情報は基本的にタダなのだ。いつの間にかそこから大きな利益が生まれるようになる。

なるほど、いや、なるほど、といいながら清水が会場を見渡した。

「他にどうですか」

二列目の、タートルネックセーターの襟元まで髪を伸ばした若い男が聞いた。まだ二十代だろう。

「お母さんから資金を借りられたということですが、きつくなかったですか」

「きついというのは？」

「親には迷惑をかけたくないというか、頼りたくないというか」

鷹巣は噴き出した。若者に好意的な笑いだった。

「親から金を借りるのがきついようでは、起業はできないでしょう。自分の持っている何もかも、持っていないものさえも注ぎ込めるようでなくては」

若者はそれ以上、質問を続けなかった。

「しかし」と雅人の視線の先で、花田が立ち上がった。

「あ、セブンシーズンの花田といいますが、いわれる意味はわかるのですが、起業するのに当たって自分のルールを設けるというのはいけませんか。親や友人からはけっして借金しないとか」

「それは起業ではなく起業ごっこでしょ。借金をしていない会社なんかないじゃないですか、事業と借金は、事業と営業が切り離せないように、切っても切れないものでしょう」

「親から借金をするということだけは例外とするという起業があってもいいでしょう」

このテーマでは雅人と花田の間に暗黙の了解があった。資金的に苦しいことを雅人は親に打ち明けられないし、花田の家は頼りにならない。

「あのソニーだって、創業者の盛田昭夫さんは実家から大借金をしたんですよ。実家は田んぼや畑も売ったんです。でもそれが結果として盛田家に莫大な創業者利益をもたらした。家が破綻するかもしれない大きなリスクをとって大きな利益を手にした。いっときますけどリスクの最大のものは金じゃないですよ。家族とか親戚とか友人とか、自分がそれまでに作り上げてきた人間関係です。それを失うかどうかをかける、それをリスクをとるというのです」

雅人の胸の中に何かチリチリと燃えるものがあった。自分を鼓舞する何かではなく苛立たせる何かだった。花田が質問を続けた。

「そんな豊かな家ばかりじゃないでしょう」

「もちろん実家に金がないのに借りなくてもいいんですよ。ただそんな次元の低いところにタブーを設けているようでは、とても起業には成功しないということです」

花田が不本意な顔で座ったとき、その隣にいた男が突然立ち上がって絶叫した。がラス窓がびりびりと震えた。四十前後のよれよれのスーツを着た男だった。何をいっているか雅人には聞き取れなかった。男が後ろを振り返って同じ言葉をくり返した。

「みんな、騙されるなよ。起業なんてすると何もかもなくすぞ、すってんてんになるぞ」

「あなた」清水が男に呼びかけた。

「どこの方でしたっけ？」

「名乗る必要はないだろう。入場自由となっているじゃないか」

男は土色の顔と赤い目をしていた。かすかに酒の匂いがする。

「必要はありませんが、お聞きしてもいいでしょう」

「よくないね。ドリーム・オフィスなんて調子のいいことをいって、人を騙している奴にいいたかない。お前、人を破滅させて責任取れるのか」

「私はあなたを破滅させた覚えはありませんよ。あなた、ドリーム・オフィスの入居者ではないでしょう」

「あんた、あっちこっちで講演会なんてやって、起業を煽っているじゃないか」それから鷹巣に向き直った。

「お前だってそうだ、運がいいだけでやってきた若造のくせに、偉そうに説教なんかしやがって」

鷹巣が席から立ち上がり、拳銃の狙いをつけるように男の顔を指差した。

「あなた、何をなくしたんですか」

男は一瞬、言葉を呑んだ。

「すってんてんになったというんでしょう?」

「金だよ」

「いくらなくしたんですか」

「五百万円」

「それで、すってんてんなんですか」

「お前と違って金持ちの親がいないからな」

「情けないおじさんだな」

「…………」

「その金はどぶに捨てたわけでも、競馬ですったわけでもないんでしょう。あなたが事業に使ったんだ。まともに事業に取り組んでいれば、五百万円の授業料を払っただけのものは身に付くはずだ。そうでなかったってことは、まともに取り組んでこなかったんでしょう」

「うるせえ」

男はテーブルの上の缶ビールを鷹巣に投げた。缶は鷹巣の頭上を抜けて、ホワイトボードに当たったが、残っていたビールが空中に散った。

紅一点の出席者にも泡がかかったらしい。彼女は驚いて一瞬、後ろを振り向き、恐怖の表情を見せた。その顔に雅人は息を呑んだ。長いさらさらの髪に、見開かれた黒目勝ちの目。まるで少女のように幼く見えた。こんな子どもがどうしてここに出席しているのだろう。

男がさらにサンドイッチのパッケージを振りかぶったとき、隣の花田が男の両肩を摑んだ。その瞬間、男は重機で抑えられたように動かなくなった。

(やめましょうよ)

花田が男の耳元に吹き込んだ声は、雅人の耳にも届いた。

花田は男を抱くように出口まで連れて行き、頭を下げて丁寧に部屋から送り出した。花田は閉めたドアの前にしばらく立っていたが、男が戻ってくる気配はなかった。雅人は自分が軽く落胆しているのに気付いていた。あいつにもう少し何かをやらせて、鷹巣がどう出るかを見てみたかった。

花田が席に着くと、清水が花田をねぎらうように片手を上げてから鷹巣にいった。

「すみませんでした。いやな思いをさせまして……」

鷹巣は濡れたジャケットを紙ナプキンで拭いながらいった。

「いやな思いなんてことはありません。ちょっと面白かった。ああいうおかしな人はどこにでもいますから」

清水は少女のような女にも「大丈夫でしたか」と声をかけた。

「ええ、ちょっと驚きましたけど、へえきです」

声と口調は大人のものだった。へえきです、という言葉が、雅人の耳から体の中に浸み込んでくるようだった。

鷹巣が会場に向かっていった。

「いまの人がいったことは半分当たっていました。ぼくのことを運がいいだけでやってきたといった部分。だけ、ということではありませんが、運は非常に大きな要素です。才能と努力と運と、三分の一くらいずつかな。いや運が半分くらいかもしれません。しかしぼくを若造といったのはどうですかね。たしかに貫禄は一切ありませんが、こう見えてもう三十五歳です、れっきとした中年です」

「いやあ、若いですよ。うらやましい」

清水がいうと座がほぐれ、あちこちで談笑が始まった。

清水が後ろの席まで来て雅人にささやいた。

「このあとちょっと残ってくれないか。鷹巣さんも時間を取ってくれるというから」

鷹巣に視線をやったが、先ほどの白髪と何か話している。

「無理ですよ、急ぎの仕事が待っていますから」

「そういわずに」

雅人が承諾せずに口を引き結ぶと、清水は頭を左右に振りながら前に戻っていった。

雅人が腰を浮かしたとき、鷹巣が大きな声を上げた。

「セブンシーズンの人、いま、打ち出の小槌の開発はどんな具合ですか」

耳を疑った。花田が雅人を振り返った。鷹巣が笑みを浮かべている。

「清水さんから、次はきみらがここから巣立つだろうって話を聞いているんだ」

鷹巣と清水と花田の視線が雅人に向けられていた。出席者たちも釣られて雅人を見た。雅人は混乱した。どう答えればいいのだろう?

「それはタカジェンスと一緒ですよ」自分でも思いがけない言葉がするりと出た。

「まったく火のないところに煙が立った状態です」

鷹巣がいった。

「可愛くねえな。もっと大ぼら吹けよ。おれなんてうまくいっていないときほど、でかいことをいっていたぞ」

慌てて花田が立ち上がった。

「われわれもタカジェンスさんのあとに続きたいと思っています」

「そんなお行儀のいいことでどうするの」

鷹巣がいいかけたのをさえぎるように雅人がいった。

「おれたち、口ばかり達者でも仕方ないですから、プログラムいじってきます」

そのまま部屋を出た。後ろ手にドアを閉めたとき、かすかに息が荒くなっていた。

四章　ハローワーク

1

「××ハローワーク」と書かれた看板が目に入ったところで腕時計を見た。指定された時間より二十分も早い。時間に追われていた三月前の自分だったらありえない。田中辰夫にとって三回目となるハローワークだが、また人の数が増えて、殺伐とした雰囲気が色濃くなっている。不景気が深化しているのだろう。

総合受付の発券機から番号札を抜き取り、通りに面したガラス壁の前に立った。背後には夜になると活況を見せるが、今は色褪せた盛り場が広がっている。

すでに見知った顔がいくつかあったが、互いに知らぬ顔をしている。「失業認定日」は四週間ごとにやってくる。就職が決まるか給付期間が切れるまで、一度同じ日に呼び出されることになった人とは毎回出会う。

今日の田中はスーツを着ている。昼過ぎに新橋で面接試験がある。ここのところずっと書類で落とされていたから久しぶりの面接だ。仕事は医療機器メーカーS社の営業部門の取りまとめだという。これまで医療機器とはまったく縁がないが、選り好みなどしていられない。何度も書類だけで振られ、四十九歳は再就職には絶望的な年齢だと思い知らされている。今日の面接には、自分のプレゼンテーション能力のありったけを投入しようと覚悟してきた。

手にしたブリーフケースから用紙を取り出し、隣に立っている男にのぞかれないように開いた。

面接を受けるS社のホームページからプリントアウトした資料だ。S社は人材紹介大手の「ベストジョブ」から紹介された。ベストジョブはよく面倒を見てくれる。紹介も頻繁にあるし、田中の応募書類をきちんとチェックして、相手にふさわしい手直しを指導してくれる。

S社の創業経営者の「社長の挨拶」を諳んじることができるまで読み込んだ。なかなか立派なことをいっている。面接ではそれを上手に使ってみようと思っている。

資料を読み直していたら、いつの間にか頭の中に別のものが浮かんできた。

昨夜、夕食のとき由美子が思いつめた表情でいったのだ。

「雅人がね、会社を辞めていたのよ。もう半年になるんだって」

雅人の部屋の埃だらけのスーツが頭に浮かんだ。

「毎日どこへいっているんだ？」

「あの子、会社を作ったというの。そこへいっているの」

「会社を作った？」

「M区でそういう人のために安くオフィスを貸しているんだって。そこを借りて会社をやっているって」

「バカな、あいつに会社なんてやれるはずがないだろう。なんでおれにいわなかったんだ」

「反対するに決まっているからって」

「きみはなんていったんだ」

「いまさらいっても」

「雅人の勝手にさせておくわけにはいかないだろう」

一呼吸おいて由美子がいった。

「あなただって、あたしに何も相談せずに五菱不動産を辞めたじゃないですか」

「おれと一緒にするな。あいつはまだ子どもだろう」

「あなただって二十四歳のときに、あたしと結婚したのよ」

「………………」

「あのころのあなた、子どもだったの？　そうか、子どもが結婚したんだ」

長いこと見慣れていた光景がぐらりと揺らぐような気がした。これまで雅人はまだ子どもだと信じて疑うことはなかった。

「あの頃といまとは違う。いまの子どもはおれたちより十歳は幼稚だ」

由美子はご飯を口に運んだ。噛み締めている表情がゆっくりと変わるのがわかった。

「あなただって、つまらない意地を張っちゃって、そんなに威張れるのかしら」

「………………」

「専務がおっしゃっていたわ。誰かがやらなければいけないのを、あなたがやってくれたんだって。あなたが責任を感じる必要は全然ないんだって」

「首になった奴は、みんなおれを怨んでいるんだぞ」

いままで皆に怨まれているということまで由美子にいったことはない。

「あなたは会社にとってやらなきゃいけないことをやっただけだって」

五十嵐は何だってこんなことまで由美子に吹き込んだのだ？

自分の受付番号が電光表示機に表示された。田中は急いで窓口に向かった。

そのときふっと右の後頭部に視線を感じた。振り返って、ぐるりと窓際の観葉植物の後ろまでを点検したが、田中を見ている者はいなかった。

カウンターの所々に両脇を小さなパーティションで仕切られたブースがある。その中の安手の椅子に座りながら頭を下げた。

「よろしくお願いします」

見上げたのは、「受給資格」を決定するため、初めてここに来た日に担当してくれた中年の女性職員だった。そのときから甘い顔をしたら付け込まれるとでもいうように、厳しい表情を崩さなかった。

「田中さんですね」

女は田中がテーブルの上に置いた「失業認定申告書」を手に取った。じっと読み込んでいる。

物々しい名称に似合わないあっさりした書式である。A4の一枚紙で、書き込み欄もごくわずかしかない。田中は今月も毎日のように求職活動をしているが、(求職活動をした)という欄に二回分を書き込めば失業認定がされる。四週間に二回しか求職活動をしないで失業給付金をもらえるなんて、冗談としか思えない。

（いま、公共職業安定所から自分に適した仕事があれば、すぐに応じられるか？）という設問もある。

イ（応じられる）ロ（応じられない）のどちらかに丸をつけるのだが、これも冗談としか思えない。応じられない者に失業給付金が出るわけがない。もし応じられない事情があれば、ごまかすに決まっている。

安直な「申告書」の不備を補うように女性職員は切り出した。

「とにかく田中さんはわがまますぎます。ずっと不動産業界にいたのですから、不動産業界を希望すればいいじゃないですか」

自分は大勢の首を切ったのだから、不動産業界には戻れないのだ、とはいっていない。それをいえば「自己都合」で辞めたことが知られてしまう。そうなると辞めてから三ヵ月くらい「給付制限」をされる。

「不動産業界も営業職ならいくらもあるかもしれませんが、私は開発のほうをやってきたものですから、この不動産不況でいまそういう求人はありませんので」

「わがままをいっていてはダメです」

「転職支援会社に登録していますし、知人たちからも情報をもらっていますから」

「わかりました。そっちで頑張ってください」

たぶん年功序列の高給をとっている女性職員は、それ以上はいわない。別に就職相談に応じようということではないのだ。受給者が何かインチキをしないよう、ちょっと牽制(けんせい)しているにすぎない。

あっという間に認定は終わった。田中は「求人情報閲覧端末」が十台ほど並んだコーナーを斜めに見ながら出口に向かった。どの端末の前にも真剣な顔でモニターを睨(にら)み付けている失業者たちがいた。この端末に必死にすがりついているのだ。

田中も四週間前、二回目の認定を受けるとき、この端末の前に小一時間ほど座ってみた。

「希望月給・30万円」「……区××町から通勤一時間以内」「正社員」「四十九歳」で検索したら、二百くらいのヒットがあった。しかし詳しく見ていくと職種は「看護師」「美容師」「薬剤師」「塾の講師」「現場監督」「造園業」などで、とうてい田中が応募できるものではなかった。

このとき再就職するには自分の人間関係で見つけるか、転職支援企業のサービスしかあてにできないと胸に刻み込んだ。

営業職なら何でもできると思っている。商品が違っても売るというスキルは一緒だろう。顔の広そうな何人かの友人にも声をかけてみた。しかし「不動産関係は見送っている」というと、誰もが「またまた」と冗談にしようとした。本気だとわかると急に熱を失った。道が拓けるはずがないと思ったのだろう。

出口に向かうと、またどこからか視線を感じた。さっきより素早くフロア中の人たちを見渡した。田中の視線を受けて怪訝そうにする者はいたが、自分を見ていた様子はなかった。こっちが神経質になっているのだろう。四ヵ月も失業していると、世間はみな自分の敵に見える。

雑居ビルの間を吹き抜けてきた冷たい風が田中の体に襲いかかった。田中は慌ててコートの襟を合わせた。

雅人のことが頭に浮かんだ。

(あの馬鹿が)

由美子が何といおうと、田中には雅人が深い考えもなしに会社を辞めたとしか思えない。起業なんて、いいわけか時間稼ぎにすぎない。こんな不景気に無職になってどうしようというのだ？

「そうか、子どもが結婚したんだ」

由美子の言葉が耳にこびりついている。

おれが由美子と結婚したのは、いまの雅人の年だったのだ。あのとき自分はすっかり一人前のつもりだった。周囲の、ひと回り以上も年長の大人たちを馬鹿にしていた。あんたたちは頭を使って考えることをやめて、惰性と妥協の毎日を生きているのじゃないか、と。

いつの間にか自分はあのとき馬鹿にしていた大人以上の年齢になったが、頭を使うのをやめているわけではなかった。当時の自分よりずっとハイレベルの頭を働かせている。大勢のできの悪い五菱マンの首を切ったが、彼らも頭を休めていてはやっていけない人生を生きていた。

雑居ビルの裏口に差し掛かったとき、不意に激しい衝撃を受け、呼吸が一瞬止まった。誰かが体当たりをしてきたのだ。気が付くと薄暗いビルの中に突き飛ばされていた。エレベータまでの段差を登る短い階段にすねを打ちつけ、床に倒れこんだ。コートを汚さぬように手を突いたところが小便臭かった。

両手で上体を支えて振り返ると、振り下ろされた靴が来た。かろうじて首をひねっていた。鼻の先を靴がすり抜けるヒューンという音がした。靴はエレベータの壁面をしたたか蹴った。靴の主がうめき声を上げて足を抱えた。田中は階段の手すりに凭れて立ち上がった。男は毛糸の帽子をかぶり大きなマスクをしていて、人相はわからない。百七十二センチ七十キロの田中よりタテもヨコも一回りは大きい。ねずみ色のセーターを着込んだ体全体から、どこかで会ったことがあるという印象が伝わってきた。声に力をこめていった。

「誰だ」

無言で男は腕を振りかぶったが、振り下ろされる前に、腰の辺りにしがみついた。二人はそのままバランスを失って短い階段の下に落ちた。下になった男が、田中を撥ね上げようとした。必死で押さえ込んだ。男の体は肉厚でずしりと重い。田中は片足の裏を壁に当て男の圧力に耐えた。毎日二百回の腕立て伏せは体中の筋力を増やしたようだ。男が息を荒くし小さくうめいた。

「きゃー」

甲高い悲鳴が近くで起きた。

視線だけをそちらに向けると、ビルの外に中年女が立っていた。周囲に向けてもう一度悲鳴を放った。

隙をついて男が田中を突き飛ばした。強い力だった。エレベータの前に倒れ込んだ田中を蹴って、男が逃げ出した。田中がビルの外に出たとき、男の姿はなかった。

駅のトイレの鏡で自分の姿を見て思わずため息を漏らした。ホンの数分の出来事だったのに、こんな状態になっているとは思わなかった。すりむけた頬も撚れたスーツも、誰かと激しい取っ組み合いをした以外の姿には見えなかった。ハンカチを水で濡らして傷跡を冷やしたが治まるはずもない。いまできたばかりの傷と誰にでもわかる。これでは面接試験に受かるまい。考えを巡らしたがこのままいくしかないと思って、もう一度顔を洗った。

2

応接室と思しき部屋で三十分ほど待たされた。先客が数名いた。明らかに自分より若く、みな自分の様子を盗み見ているように思えた。失業者の被害妄想ではなく、傷だらけの自分の姿が奇妙なのだろう。

最後の一人となって二十分後、隣の部屋に呼び込まれた。

入口の反対側のテーブルに三人の男が座っていた。中央の、額をテカテカと輝かせた精力的に見える男が、ホームページに写真の載っていたS社長だ。

席につくと左端のやせた男が問うた。

「どうしました、その顔は」

用意してきた答をいうことにした。

「毎晩、近所でジョギングをしているのですが、途中の公園の階段で足を滑らせまして、こうなってしまいました」

「そのスーツを着てジョギングですか」

「いえ、そんなことはありません」

男は、S社長をうかがうようにしたが、それ以上は聞かなかった。

田中の履歴書を見ながら反対の端の太目の男がいった。

「五菱不動産とは立派な会社にいらっしゃいましたが、どうしてお辞めになったのですか」

この答も用意してある。

「ご存知のとおりの不動産不況でして、当社は全社的にリストラをしなくてはならなかったのですが、私はその音頭(おんど)をとって大勢の部下に泣いてもらい、最後に自分も彼らに殉(じゅん)じたのです」

「ほお、武士道の精神ですか」

太目の男の大げさな相槌を無視してS社長がいった。

「営業畑が長いんですな。うちの医療機器を毎月どのくらい売ってくれますか」

ここまでの答は用意していなかったが、すらすらと言葉が出てきた。

「私はそこにあるK不動産で営業マンをしていたときは毎月、五千万円のマンションを数室売っておりました。その後、営業本部次長をしていたときは、各支店の総計数十人ほどの営業マンを束ねておりました。五菱不動産の開発部門にいたときは、毎年十億円に届く物件を手がけておりました」

S社長の眉間にしわが寄った。

「不動産でなくて医療機器はどうですかな」

「医療機器に関しては、これから商品や市場の勉強をさせていただくことになりますが、私は営業のスキルにはどの業界にも共通するものがあると思っております。不動産営業と同様のご満足いただけるパフォーマンスを挙げて見せます」

いいきるとき何か冷たいものを飲み込んだような感覚があった。

「少しはうちの商品の勉強もしてこられたんでしょう」

「ええ」

「で？」

「社長のホームページのご挨拶にもありましたように、御社は現代人の最先端の医療ニーズを満たす製品を提供し続けていらっしゃるわけですから、それを直接、ご利用する医療機関にしろ、その財政的なバックアップをする厚労省にしろ、熱心にその門を叩けば必ず開かれると信じております。私はその最先端に立ちたいと思っておりまます」

「それは頼もしい、な、……くん。田中さんに営業をやってもらったら、うちも急成長できるぞ」

そうですな、そうなったらいいですね、両脇の二人が明るく応じた。

五章　預金残高

1

コートを着込んで毛布に潜り込んだが震えは止まらない。隣の花田もコートを着て、上等とはいえない布団を大きな体に巻きつけ寝息を立てている。

花田の布団を分け合えば何とかなると思っていたが、きっちり一人分しか持っていなかったのだ。ドリーム・オフィスで徹夜をすればよかった。

スチール製のデスクとパソコンと小さな冷蔵庫とテレビ以外に何もない部屋だ。半間の押入れの下段は布団のためのスペースで、上段はクローゼットバーを取り付けてタンス代わりにしている。学生時代、花田が入っていた寮の部屋と似たようなものだ。花田の人生も「ベスト・コンシューマー」の成功にかかっているのだ。

雅人が寝返りを打ったとき、眠っていたはずの花田が不意に口を開いた。

「まさと、本当に親父さんときちんと話すつもりはないのか」

「自分の考え以外は認めない奴と、話は成り立たないだろう」

「何も説明しなかったんだろう」

「もうわかっているんだ」

腹立たしさが蘇ってきた。

今朝、寝ているところを父に起こされた。父は、雅人がなぜ会社を辞めたのか、どんな仕事をしようとしているのか、成功の見通しはどうなっているのか、せっかちに問いただそうとした。ネットでものを買ったことがない父に、「ベスト・コンシューマー」の仕組みや成功の見通しなど一問一答で答えられるわけがない。

うんざりして朝飯も食わずに家を出た。父も母も止めようとはしなかった。出るとき、もうこの家に帰るわけにはいかないと思った。しかし花田のアパートに来てみれば、ここに長居をするわけにもいかないことを思い知らされた。すぐに自分の部屋を持たなくてはなるまい。

預金の残高は五十万円を切った。家賃が五万円のアパートでも色々な経費を考えれば、一気に二十万近く出ていくだろう。いよいよ尻に火がついてきた。

雅人は起き上がった。

「パソコン、使わせてもらうぜ」

「いまごろ、なんだよ」

毛布を頭からかぶったまま雅人は黙って電源を入れた。布団を巻きつけ直して花田がいった。

「おれ、明日はまた倉庫に行くから、まさと、こんな寒い思いをしないですむ」

「悪かったよ、おれが出て行く」

「そんなことはいっていない」

「できるだけ早く部屋を見つけるよ」

ファンファーレのような起動音を上げてパソコンが立ち上がった。雅人は目にも止まらないキー捌き(さば)きでウェブページを飛び移っていく。

「何、するんだ」

眠そうな声で花田が問うたが、雅人は口を結んだままキーを叩き続ける。

これまで「サボテン」と「三田」という言葉で二度、検索をしたことがある。あまりにも膨大な検索結果が現われて、三田の居場所がわかるページにはたどり着けなかった。二度目には「ウェブ制作会社」も追加した。数はぐんと絞れるが、やはり居場所には行き着かなかった。

今朝、家を飛び出してすぐ、もうここには帰れない、アパートを借りると金がかかる、と考えがめぐり、三田に逃げられてなるものかという気持ちになった。その足で三田の名刺の住所に行ってみたが、やはり私書箱だった。

雅人はキーを叩き、タッチパッドを擦り続ける。「行方不明」「料金不払い」「オークション」……。思い当たるだけのキーワードを、組み合わせを変えて片端から検索してみた。現われた膨大なページを次々と追った。花田の寝息が高くなって間もなく一件のブログが雅人の目の前に開かれた。書き込まれた文字を拾っていくと、不意に頭の中に光明(こうみよう)が灯(とも)った。

思わず花田を起こしそうになったがこらえた。まずは一人で行ってみよう。

2

その文字を見たとき、「まさか」と「やっぱり」が雅人の脳裏でもつれあった。

四階建ての、煤(すす)けたような古いマンションの錆(さ)びた集合郵便受け。その202号室に、マジックインクで小さく書かれた「サボテン・三田」という文字があった。名刺の住所は私書箱でも、サボテンはこんな所に自前のオフィスを持っていたのだ。

薄暗い階段を上って202へ行き、古いタイプのブザーのボタンをためらわず押した。部屋の中に人の気配が生じ「だれ？」という声が上がった。

「宅配便です」

チェーンを外す音があってドアが開いた。雅人はすかさず肩をその隙間に押し込んだ。

垂れ下がっていたかび臭い暖簾に顔を半分包まれたが、三田はすぐに雅人だと気付いた。

「どうしたんだ、きみ、なんでこんなところに」

三田は動揺を押し隠し、ゆとりを装おうとした。

「そっちこそ、なんだって逃げたんだよ」

雅人は玄関の内側に体を滑り込ませた。玄関に続く小さなダイニングキッチンをオフィスに使っているようだ。三田の背後にデスクと書類棚が見えた。

「何のことだ」

「電話をかけても出ないじゃないか」

「そんなことはない。他からはいくらでもかかってくる」

もう青年とはいえない三田の青白い顔に、引きつった笑みが浮かんだ。一度見たはずの顔だが、記憶にあるものとはかなりずれている。

「とにかく六十万円いますぐに払ってください」

「いまチェックをしているところですよ。支払いはそれからだという契約だろう」

「行方不明になるような人の契約なんか信用できません。いますぐ払ってください」

雅人が部屋に上がりこむのを阻(はば)もうとしていた三田が力を緩めた。

「まあ、そういきり立たないで、とにかく入れよ」

三田は雅人に背を向けてダイニングキッチンに入っていった。雅人も後に続いた。

広さは四畳半ほどか、壁際にスチール製のデスクがあり、デスクトップ型のパソコンが置かれていた。その奥が流しとレンジ、レンジの前に旧型の冷蔵庫がある。奥の部屋に面した引き違いのガラス戸の片方に書類棚があり、色々なサイズの本や膨らんだ茶封筒が並んでいた。

三田はデスクの前に座り、雅人にパイプ椅子を勧めた。デスクの上のパソコンに見覚えのある画面がある。雅人と花田が四ヵ月かけてほぼ完成させた「学び舎ランド＝仮題」だった。

「なんでここがわかった？」

「ここを探し当てたのは、ぼくが初めてじゃないでしょう。あるブログに、サボテンのMに行方不明になられた奴が、メチャクチャ探し回ってようやく見つけたって書いていたよ。最寄り駅と角の無人の交番で、ピンときたんだ、同じ路線だからな。周辺のマンションを片端から探したら、四つ目でここに着いた」

三田は冷蔵庫を開け、中からウーロン茶のペットボトルを取り出した。

「まあ、これを呑んで落ち着いてくれ」

「金を払ってもらったら、すぐ帰るよ」

「だからチェックが終わってからといっているだろう。最初からそういう契約だったじゃないか」

「逃げようとしなければ、契約どおりでよかった。けどこれだけ連絡が取れなきゃ、こっちだって不安になるだろう」

「サボテンは良心的なほうだ、この世界にはもっとひどいクライアントはいくらでもある」

引きつった笑いを浮かべた。自分も騙されてきたといいたいのだろうか。

「いつ払ってくれるんですか」

「だからチェックが終わってからだ」

「いつ終わるんですか」

「まだちょっとわからない。これだけ色んな要素があるんだからな」

「隣の部屋を見せてもらいますよ」

三田が止める前に、雅人はガラス戸を開いた。

隣の部屋にもデスクがあって、女がその前に座っていた。長い髪の女は表情を変えずかすかに頭を下げた。部屋の様子を見て、三田がここに住みついているかどうか確かめたかったのだが、人がいるとは思わなかった。幽霊を見たような気分になった。

三田が背後から雅人を引っ張り戸を閉めた。雅人はまだ二十代に見えた女の顔を反芻していた。女のデスクにもパソコンがあった。

「何をするんだ、きみは」

「ここから逃げ出さないかどうか、見せてもらったのです。従業員がいるんですか」

従業員であれ恋人であれ、一緒に仕事をしている人がいるなら安心な気がした。

「油断のならない坊やだな」

「どっちが」と舌打ちして続けた。

「インチキなことしたら訴えますよ。三田さんが二度とネット上でビジネスできないようにしますよ。長年の夢もかないませんよ」

「そんなことできっこない」

「試してみますか。あんたなんかネットのことはぼくらの十分の一も知らないでしょう」

睨み合いになった。目の奥にどんな感情があるのかわからなかったが、三田は目をそらしていった。

「わかったよ、一週間でなんとかしよう」

「少しだけでもいま払ってください」

「だめだ」

「じゃあ、いますぐ花田をここに呼んで、この部屋のパソコンを二台とも持っていきますよ。あいつK1ファイターみたいに力ありますよ」

雅人は携帯を取り出した。花田は今頃はオフィスに出て「ベスト・コンシューマー」の単純作業の部分をやっているだろう。

「怖い坊やだな。ちょっと待ってくれ」

三田は隣の部屋に入り、後ろ手でピタリとガラス戸を閉めた。

何かひそひそ語り合う声が聞こえた。もっぱら三田が何かいい、女は短い応答しかしない。

ガラス戸が開いて三田が出てきた。

「それじゃこれだけ払う、領収書を頼むよ」

三田は万札を突き出した。三枚あった。

「これっぽっちじゃだめだよ」

「これしかもっていないんだ」

「これしかない人が、この部屋で、人を雇って、会社をやれないでしょう」

三田は薄笑いをもらした。ガラス戸を開けていった。

「この坊やは怖いことをいったぞ。きみにもっとお金を出せというんだ」

「そんなこといっていない。あんたに払ってくれっていってるんだ」

戸から細い腕だけが突き出された。拳の中に万札を握っている。拳を開くとヒラヒラと札が落ちた。二枚あるように見えた。合計五万円、どうしよう？

3

昼飯を終えて部屋に上がると、真っ黒になったパソコンの画面に流星群が走っていた。ありもののスクリーンセーバーの中からこれを選んだ。最近の田中は、朝起きてすぐにパソコンを立ち上げ、寝る時間まで電源をＯＮにしっ放しである。

受信トレイに、気になっていた送信者の名前があった。心臓が短く強い鼓動を打った。先日、面接を受けた新橋の医療機器メーカーS社だ。ひと呼吸してからクリックした。

「……厳正なる選考の結果、残念ながら採用を見送りましたことをご通知いたします。ご希望に添うことができませんでしたが、何卒ご理解の程よろしくお願いいたします……」

無作法な会社だ。頭の中に最初にそういう思いが湧いた。いままでの不採用連絡はすべて郵便で来た。「ふざけやがって」と口に出た。頭の空っぽそうな三人の男の顔を思い浮かべた。あんな奴らにおれのことを厳正に選考できるはずがない。

これまで不採用通知をもらったときはいつも、採用されなくてよかった、と思うことにしていた。あんなろくでもない会社に採用されたらおれがだめになってしまう、と。しかしもうそんな心のゆとりがなくなっている。転職支援会社からのアプローチはじりじりと減っていて、さしあたり引っかかっているのは一社しかない。田中の望みを半分も満たしていない会社だが、そこにも雇ってもらえないような気がしていた。

由美子にもS社に面接に行ったことは伝えてある。少しは就職活動が前進している話を聞かせないわけにはいかない気分になっているからだ。この結果も伝えるべきだろうが、その気になれない。

衝動的に「天職ハンター」に画面を切り替えると、「キリン」は今日も新しい書き込みをしていた。

――先週の面接はやっぱりダメでした。最初から無理そうだったので、ショックはありません。縁がなかったのです。

三日後に面接する会社の社長の本が昨日、届きました。アマゾンで中古を買ったのです。まだぱらぱらとしか読んでいませんが、いまどき珍しい志の男のようです。これを生かして面接では、私の志を強くアピールしてやろうと思います――

こいつ、おれと同じ日に不採用の通知を受けたんだ。そしてまたおれと同じようなことをしようとしている。社長の著作なんて少しも当てにならない。世間を騙すことしか考えてなくても、ゴーストライターを使って、いくらでも立派なことは書けるのだ。

田中はコメント欄を開いた。いつもここも見ているが、自分が投稿するところまではいっていない。

少しためらってからキーを叩き始めた。

――初めてコメントさせてもらいます。キリンさん、残念でしたね。でもきっとその会社はキリンさんにとってふさわしい会社じゃないのでしょう。私もキリンさんと同じ身の上です。といっても私のほうがかなりロートルです。私は職探しを始めた当初は再就職というものは「努力」と「縁」の両輪の上に実現されると思っていたのですが、いまでは「年齢」がこの両輪の邪魔になると、しみじみ思い知らされています
――

　そこまで書いた田中は、いたたまれない気分になり、椅子から倒れこむように畳に両手をついた。そのまま速い速度で腕の屈伸を繰り返した。自分の体重だけの負荷ではもう物足りなくなっている。

　八十までやって畳の上に寝転んだ。仰向けになると肋骨（ろっこつ）が痛むのに気付いた。

（あいつ、誰だろう？）

　毛糸の帽子と大きなマスクが人相のほとんどを隠していたが、そこからはみ出してきたものや体型に覚えがある。最近どこかで会っている。たぶん自分が首を切った奴の一人だろう。そうだとしても、奴はハローワークでおれを見かけたのだ。だったらおれも五菱不動産をやめて職探しに苦労をしているのがわかったはずだ。あんなふうに凶暴におれに恨みをぶつけてくる必要はない。

思い出せそうで思い出せない。もどかしさにかきむしりたいような頭の中に不意に雅人の顔が浮かんだ。

まだ世の中のことを何もわからんくせに無茶をしやがって、と思いがそちらに移っていく。しかしそこから先は思考停止状態になる。あいつはもう二十四歳なのだ、親の思惑など無視して好きに人生を選んでいい年齢なのだ。おれもそうだった。

「なんでやめたんだ」

あの朝、久しぶりに雅人に語りかけた。のぞき込んだ布団の中の雅人の髭が田中より濃くて、見慣れない他人を見る思いだった。その見慣れない顔が口を開いた。

「あの会社にいても、将来の見込みはないんだ」

「どんな会社だって三年は辛抱して取り組まなきゃ、何も学べないだろう。それを石の上にも三年というんだ」

正論だという自信があったが、唇を結んだままの雅人の心に届いていないことも感じていた。

「それでどうするんだ」

「ECソフトを作って売り出す」

「もうちょっと詳しく話してみろ」

「わからないよ、父さんには」

雅人がこの家に帰ってこなくなってから、三日がたつ。由美子はどこにいるか知っているようだが、聞くことをためらっていた。聞けば対応せざるを得ないが、どう対応したらいいかわからない。

五十嵐の四度目の電話を受けて以来、由美子に何かをいえばすぐに話がこんがらがってくる。S社の面接から帰った日もそうだった。

「その顔どうしたの」

「駅の階段から落ちたんだ」

「うそ」

「嘘じゃないよ」

「そんな顔じゃ、面接できなかったでしょう」

「仕事は顔でやるもんじゃないさ」

「仕事のことをいっているわけじゃないわ。面接のことでしょう」

「いまのおれには面接だって、仕事のうちだ」

由美子や雅人に対しては、筋道をそれた言葉ばかりが湧いて出る。

デスクの上の携帯が鳴った。

起き上がって手に取ると「非通知設定」と表示されている。

「田中です」

一瞬、息を呑むような気配があって、電話が切れた。間違い電話やいたずらではないと確信した。

そのとき、思わずあっと叫んだ。思い出したのだ、あのマスクの男のことを。あいつは五菱不動産調布（ちょうふ）支店の支店長だった男だ。名前までは出てこないが、顔ははっきり思い出した。

六章　フィッティング・ルーム

1

雅人はトレモロを奏するピアニストのように、長い指を回転させながらキーボードを叩いている。モニター画面に、いくつものアルファベットや数字、記号が先を争うように並んでいく。「フィッティング・ルーム」のプログラム群の一つである。
ところどころにプログラムの内容を示す「コメント」が書き込まれている。
——Written:2009.……MasatoTanaka/
——Update:2009.……MasatoTanaka/
昔、ゼミの先輩に「コメントなどつけなくても、プログラムそのものがここで何を行なっているか物語るプログラムがベストだ」と教えられ、雅人もそれを目指してきた。しかし日銭稼ぎの仕事に膨大な時間を奪われるいま、そんなことはいってられない。設計もコーディングも勢いに任せ一気呵成にやったあと、何日もの間プログラムをのぞけないこともあるのだ。

　画面を内部設計からユーザーインターフェースに切り替えた。二度キーを叩くと、登録されているジャケット0001－0001のスチール画像が現われた。

　その下の欄に「ユーザーＩＤ」「パスワード」を入れ、「試着」ボタンをクリックすると、一瞬で雅人によく似たアバターが「ジャケット0001－0001」を着て、画面の真ん中に出現した。雅人が持っていた淡いグレーの三つボタンのジャケットだ。すでに雅人の体型と顔写真はデータとして取り込んであり、ＩＤ、パスワードを入れれば、それがアバターの姿かたちとなる。

　次に「ポージング」をクリックした。正面を向いていたアバターがゆっくりと左右に体を回す。精巧なＣＧ映画でも見ているように、腕にも胸にも自然なしわが寄り、生地の光沢さえ違ってくる。

「ウォーキング」。アバターはゆっくりと前方に向かって歩き始めた。ジャケットは体の動きに合わせて、スムーズに形を変えていく。この動きは二月前にリアル画像の九〇パーセントまでいっていた。その後の一週間で九二パーセントまでいった。それからは、アルバイトでひと月余り止まっていたが、今日までのこの一週間でもう二パーセントは前進しただろう。はめるボタンによるしわもこれ以上は期待できないだろう。完璧の一〇〇パーセントは永遠の目標でしかない。

悪くない。

雅人の頬が笑みで歪んだ。「Airvision3D畏るべし」。この台詞が口癖になってしまった。

ウェブ上に精密な３Ｄ映像を作ることのできるライブラリつまりプログラム群「Airvision3D」は、三年前にネット界に登場した。アメリカの、自分とは同じ人間とは思えない天才学生たちが生み出したのだ。そのお陰で世界中から、それまで考えられなかったリアルな３Ｄ映像を組み込んだコンテンツが、次々とアップされた。「ゲーム同好会」にいた雅人も花田も度肝を抜かれた。「ゲーム同好会」でそれを購入し、腕自慢の何人かがチャレンジしてみたが、ごくシンプルなものしか作れなかった。

しかしこの三年で「Airvision3D」には目覚しい改良が加えられ、雅人も社会人一年、ネットカフェでの半年、起業してからの半年で急速にスキルを上げた。そのことを証明する試着室の画像が、いま雅人の目の前のモニターで動いている。

いくつかのアイテムを試しているうちにキーを叩く手がかすかに震えているのに気

づいた。その震えが体中に広がっていく。このジャケットに関しては「素材感」の部分は、ほとんどパーフェクトに近づいている。あとは「動作のリアリティ」とどれだけ豊富なアイテムのデータを取り込むかだけだ。もうひと息だ、もうひと息で自分を封じ込めている世界が変わる。

ふっと手を止めた。画面の時刻表示は「11:33」となっている。この部屋に入ってからの二時間半が一瞬のうちに過ぎた。マシーンとなってキーを叩いていたのだ。

手を止めたとたん頭が空白になった。フラッシュを浴びたとき目の裏側に浮かぶようなものが頭を占めている。その空白にあの言葉が浮かんできた。最近いつもそうだ。それをグーグルの検索窓に打ち込んだ。

「英楽園」

すぐに華やかなトップページが現われた。赤、黄、ピンク、白、少女マンガのように、ふわふわと柔らかくデフォルメされたバラや百合が、モニターから溢れそうなほど一杯になっている。

英楽園というサイト名のロゴは、どこかのフリーデザイン文字なのだろうか。パステルカラーの優しい色と形が組み合わせられている。そのロゴに「英語で地球とつながろう」というキャッチフレーズが絡んでいる。

〈英楽園でできるお仕事〉＊英会話練習＊翻訳＊通訳＊英文校正＊英語文献・文化調査……

〈プロフィール〉私は父の仕事の都合で、小学校高学年の頃アメリカに暮らしておりましたバイリンガルです。その後、日本に戻り、中学、高校、大学と日本の学校で学びました。卒業後、日本の企業で国際部門スタッフとして働きましたが、そこを卒業する形で英楽園を始めました――

このあたりはもうすっかり記憶してしまった。毎日更新されるブログ「楽園通信」を楽しみにしている。日に二度も三度も更新されることがあるから、つい「フィッティング・ルーム」の作業の切り替えのときにのぞいてしまう。

――昨日、X通信さんのお仕事で、アメリカのY社のバイスプレジデントの奥様の東京見物のご案内をいたしました。

あらかじめご希望のコースをうかがっていたのですが、車の中でお話をしているうちに、別のコースがいいとひらめいて、東京ベイエリアの月島(つきしま)にお連れしました――

あの人はそんなに英会話が上手なのだ、と顔がほころんでしまう。

鷹巣次郎の勉強会で見かけて以降、このブログの主、柿沢(かきざわ)あかねとドリーム・オフィスの中で二度ほどすれ違ったことがある。それだけですっかり引き付けられてしまった。いや最初にひと目見たときから、そうだったのかもしれない。

ブログの下段に〈コメント（3）〉とある。クリックした。どれも仕事を通じた知人のもののようだ。ここを最初に見たときから迷っていたが、今日は書き込むことに決めた。そうせずにはいられなくなっていた。ハンドルネームを使えば、正体が知られることはないのだ。

——始めまして。いつも楽しく読ませてもらっています。英語を自由に話せるのはすごいですね。ぼくも英会話を練習したいと思いますが、個人レッスンも可能なのですか？——

ハンドルネームをどうしよう？　万一にでも「英楽園」の隣の隣の部屋にいることを気付かれてはならない。しかし自分の痕跡（こんせき）がゼロというのも物足りない。自分だというヒントはあるが決して気付かれない名前。

部屋の中を見回した。「幸福の木」と書き込んで、慌てて消した。ダサすぎだ。幸福の木の前にギターが立てかけてある。「桜」とした、一つ二つと首をひねってから「さくら」に変えた。いやこれもさえない。そのときドアが開いたので、慌てて「投稿する」をクリックした。自分のコメントが彼女に届くのだ、という思いが頭をよぎり、ヒヤリとした。

画面を切り替えて振り向くと、花田が声をかけてきた。今日は「紳士服の赤城」で買ったばかりのスーツを着ている。

「どうした？　なんだか嬉しそうだな」

「まさか」といなして話題を変えた。

「赤城はどうだった？」

花田はそれには答えず、自分のパソコンの前に座った。電源を入れてからいった。

「うまくいってれば、この部屋に駆け込んでくるよ」

「誰に会えたんだ」

「企画部、とはいっていたが、そこのナンバー1でも2でもなかったな」

「3か？」

花田はやっと人脈を見つけ出して「紳士服の赤城」の幹部に会いに行ってきたのだ。赤城のホームページで「フィッティング・ルーム」を採用してもらえれば、一気にすべてが解決する。

「結局、体よく門前払いってことだった」

「なんでだよ」

「おれのたどり着いたところはリアルの部署でな。オンラインショッピングにとってプラスになりそうなものは導入したくないってことらしい」

「そんな馬鹿なことがあるのか」

「そうはいわなかったが、絶対にそうだ」

そういえば雅人が一年いた「サイバーレボ」も、開発部門と営業部門はいつも互いを悪くいっていた。

「ならオンラインショップのほうにたどり着いてくれよ」

「そのつもりだったけど、いつの間にかこんなことになったんだ。でも他のメーカーも少しずつ本丸に近づいているから、間もなくどこかにタッチダウンするよ」

花田は肉体労働の合間を縫って、スーツ業界とファスト・ファッションの大手数社などに片端から「フィッティング・ルーム」の見本を送り、協力を求めている。しかし花田がいっているほど本丸に近づいているとは思えない。

ふと雅人は思いついていった。

「午後もそのスーツで、頼むよ」

花田が怪訝な顔をした。

「意味ないだろう」

「借金取りはバチッとダークスーツに決まっているだろう」

2

昼飯を終えた雅人が、腰を上げようと思ったとたん花田も立ち上がった。ときどき二人の間に見えない回線が通じているように動作や会話がシンクロすることがある。

「力仕事になる可能性もあるぞ」

「これをみろ。四百リットルの冷蔵庫だって一人でもてるんだ」

花田が胸をそらすと、Yシャツの下の大胸筋がボディビルダーのように張り出した。

廊下に出て鍵を閉めているとき、二つ先の部屋の扉が開いた。雅人はどきりとした。「英楽園」の主が出てきたのだ。

目があった。ああ、とだけいって頭を下げると、その人ははにかんだような笑みを返してくれた。もうひと言いいたかったが、できなかった。

「儲かってまっか」

花田がいった。雅人は驚いた。

「まあ、ぼちぼちでんな」

その人が冗談とわかる口調で応じた。階段を下りながら無言の雅人に花田がいった。

「柿沢さん、小学校のときアメリカにいたらしい」

「へえ」

花田がどこかで柿沢あかねとそんな話をしたのだと思うと、胸が焦げた。ファームの勉強会では少女のように見えた柿沢あかねが、今日は自分より年長に見えた。あれから三回目、すれ違うたびに柿沢あかねは違う表情を向けてくる。

「あいつ、こんなところにいたのか、この辺なら何度か来たことがあるよ」

今日も警官の姿のない交番の角を曲がるとき、花田が呆(あき)れたようにいった。

雅人は、先日は幾つものマンションを訪ね歩いた末に探し当てた三田のオフィスにまっすぐ向かった。

「あそこだよ」

雅人があごをしゃくった先に、クラックだらけの古びたマンションがあった。

薄暗い入口の右側の壁に集合郵便受けがあった。雅人はその２０２にまたあごをしやくった。２０２「サボテン・三田」。花田は声を出さずにうなずいた。

足音を忍ばせて二階に上がった。「２０２」の前で雅人がブザーのボタンを押した。中でブーという音が聞こえる。声もかけた。

「三田さん、三田さん」

何の反応もない。雅人は音を立てようとノブをひねった。一度ひねっただけでドアが開いた。暖簾の下に顔を突っ込む。血の気が引いた。目の前のダイニングキッチンには何もなかった。先日、確かに目にしたはずのデスクも書類棚もレンジも冷蔵庫も。部屋の主がいないことは明らかだった。

「どうなっちゃったんだ」

雅人は靴を履いたまま中に入った。花田も靴のまま続いた。

「本当にここにいたんだよ」

隣室との境のガラス戸を開けた。やはり何もなかった。あの女が座っていたデスクもパソコンも、畳の上には丸めたティッシュ一つなかった。

雅人はカーテンのない窓に近づき、ガラス戸を開けた。いま二人が入る音を聞いて、三田と女がここから飛び降りたような妄想にかられたのだ。窓の外は狭い道に面しておりかなりの落差がある。道を画するコンクリート塀の向こうは、小さな墓地になっていた。人の姿はどこにもない。

雅人は花田を振り返った。

「もぬけの殻(から)ってやつだ、まんまと逃げられたな」

花田は使い慣れない言葉を使って雅人を慰(なぐさ)めようとしている。雅人は責(せ)めて欲しかった。事務所があって女がいて家具があったから、逃げるはずはないと思いこんでいた。五万円を渡されただけで、五十五万円の金を盗まれたのだ。この四ヵ月のほぼ半分を費やした二人の重労働が煙と消えた。

「泣くなよ」

花田にいわれて目に手をやった。頬に冷たいものがあった。触れたとたん体の奥から衝動が突き上げてきた。それが弾けるのをこらえた。花田が背中に手を回してきた。体が震えそうなのをこらえた。

「あの野郎、ぶっ殺してやる」

「ぜったいに見つけよう」

部屋を出た花田が隣室のブザーを押した。無駄だ、三田が隣家に引越し先を教えているはずがない。留守だろうと思うくらい長い時間をおいて中から声があった。老婆のものらしい。

「少々うかがいますが、お隣さんはいつ引越されましたか」

「昨日だったかしら、あ、一昨日だ」

ドアを開けようとはしない。

「連絡先をご存知ではありませんか」

「知るわけないでしょう」

「このマンションの大家さんはどちらにいらっしゃいますか」

「大家は見たこともないわ。何をするのも管理会社よ」

「管理会社はどちらですか」

それなら脈があるかもしれないと思った。

「シーバルよ。入口のところに看板が貼ってあるでしょう」

二人は階段を駆け下りた。入口脇の壁に貼られたプラスチックに「シーバル」という黄色い文字が浮かび上がっていた。テレビでＣＭも流している大手だ。電話番号もある。花田が携帯を取り出した。

「少々うかがいます。私、セブンシーズンの花田と申します。いまから御社をお訪ねしたいのですが、場所を教えていただけませんでしょうか」

「だれ？」

営業マンのトークがすっかり身に付いてきている。携帯を切って花田がいった。

「駅前だってさ」

二人は小走りで、さっき来たばかりの道を戻り始めた。


シーバルの担当者は、柔らかな口調でお客様の個人情報は教えられないといい、押し問答になった。まだ二十代と思われる担当者はまったく揺らがなかった。花田も負けずに強引だった。

「引越し業者を教えるくらいいいでしょう」

「個人情報保護法の規制は、それはそれは厳しいんです」

「こちらは詐欺(さぎ)に遭(あ)っているんですよ。百万円もの大損害です。シーバルさんともあろうものが詐欺師をかばうのですか」

「私どもの決まりで、警察から公的な捜査依頼があったときしか、お客様情報は開示できないことになっておりますので、ご理解ください」

「本当に警察に届けますよ」

雅人の知らない花田が目の前にいた。ここまで押しの強い交渉ができるとは思わなかった。

「そうしていただけたら、こちらもご協力できます」

「間違いないですね。お宅が困ることになってもいいんですね」

担当者は表情を固くしたが、譲ることはなかった。

店を出た花田は無言のまま足を速めた。あとを追いながら雅人が聞いた。

「警察へ行くのか」

「取り合ってくれないだろう。取り合ってくれたとしても時間がかかる」

雅人にもそう思えた。いずれ警察に届けるとしても、このくそ忙しい今ではない。

「心配するな。まだ手はある」

「何があるんだ？」

花田は答えずまっすぐ駅に向かった。

オフィスに戻った花田はパソコンの電源を入れ、いままでのどの奥にしまっていた言葉を吐いた。

「あいつ、もうあれを稼動させているかもしれない。探してみよう」

「まさか」

そう答えたが可能性があるような気もした。

雅人もパソコンを立ち上げた。稼動させているとしても「学び舎ランド」という名前は使っていないだろう、雅人がそう思ったとき花田が笑った。

「やっぱり学び舎ランドではないわ」

それから二人で思いつく限りの名前を検索してみた。「学び舎王国」「学び舎大陸」「学び舎天国」……、「学びの森」「学びの道」「学び大陸」……、「学問の森」「学問の林」「学問の海」……、「ラーニングランド」「フリーラーニング」「ベストラーニング」……。

一時間後、キーボードから手を離して花田がいった。

「あいつだって、おれたちにばれないように加工してから使い始めるだろう」

「ああ、そうに決まっている。あいつの能力じゃ、加工するのにひと月はかかる」

「残りを払わせるのは、その先になるな」

花田が椅子を回し、ソファに投げてあったスーツの上着を手にしていった。

「こんなの買うんじゃなかった」

三田から回収した五万円は二人で半分に分けた。花田は「少しはましなスーツが欲しかったんだ」と赤城のスーツを買った。以前から企業に営業に行くのに、擦り切れたスーツを気に病んでいたのだ。雅人は花田のアパートの近くに家賃五万二千円の部屋を見つけ、明日にでもそこへ引越すことにしている。もう礼金・敷金・前家賃を支払った。二万五千円はその一部になっている。

二人とも残りの五十五万円が入ることを百パーセント信じていたわけではないが、どこかで当てにして浮ついた気分になっていた。これでは遠からずオフィス代も払えなくなってしまう。

しかし二人は金のやりくりについて、口にしようとはしない。このテーマについてはもう話しつくし、ホームページ受注は主として雅人がやり、花田は肉体労働をやって経費分の日銭を稼ぐという結論に行き着いたのだ。

七章　風の噂（うわさ）

1

田中辰夫は細めに開けた窓の前に立ち、煙を吐いていた。煙草の先の灰が長くなり、落ちそうになるのにも気付いていない。

田中の頭の中にこのところいつも振り払うことのできない迷いがある。あの男とどう決着をつけたらいいのか？

名前はわかった。調布支店長だった清国徹（きよくにとおる）。間違いないと確信しているが証拠はない。どこかであいつを捕まえ「あの襲撃犯はお前だろう」と問い詰めてみても「そんなことは知らない」といわれたら、それ以上迫ることはできない。

清国を早期退職制度に応募させるのに、手こずった記憶はない。悪罵（あくば）も吐かなければ土下座もしなかった。あいつは半年分の上乗せ退職金に飛びついたのだ。それがなぜおれを街中で襲撃する気になったのだろう？　再就職の厳しさに打ちのめされ、怨みが膨れ上がったのだろうか。しかしハローワークに通っているおれを見たら、自分と同じ運命をたどっているのだと怨みを忘れるものだろう。放っておくべきなのか、それとも対決して何らかの決着をつけたほうがいいのか？

はらりと灰が足元に落ちてわれに返った。指先で窓外につまみ出し机に戻った。

窓際に行く前に電源を入れたパソコンが立ち上がっていた。

「天職ハンター」を開けると、昼飯で一時間ほど外していた間にブログが更新されていた。

――今回の面接はたっぷり時間をかけてくれました。私が社長の本を丁寧（ていねい）に読んでいったのが気に入ったようです。「社長はいま日本に絶滅危惧種（きぐしゅ）となった〝志の人〟ですね」といったら大口を開けて笑っていました。

社長は私よりちょうど十歳上の四十九歳、いままさに働き盛りです。そんな風なことをいうと、「きみのほうこそ働き盛りじゃないか」といわれました。「ええ、私も働き盛りです。ですからぜひとも働き場所を手に入れたいと思います」これ、かなり有効打だったと思います。今度こそ皆さんに喜んでもらえる書き込みができる「かも」しれません。まだ「かも」にしておきます、断言するのは怖いです（笑）――

やはりおれより十歳若いのだ。三十九歳のとき、おれは中堅不動産会社にいてマンション用地の開発をしていた。二十四時間、火の玉のように働いていた。ずいぶん荒っぽいことにも手を染め、気分も鉄火場にいるようだった。あのときの自分ならいま何も迷わず清国のところへ飛んでいったろう。どう対応するかは走りながら考えればいい。

机の上の携帯が鳴った。画面に「非通知設定」と出ているが、そんなことはかまわない。

「はい、田中です」

気配はあるが何もいわない。とっさに清国が頭に浮かんだ。誤解に気付いて詫びを入れてきたのではないか。誘い込むような柔らかな声を出した。

「田中辰夫ですが、どちら様でしょうか」

「田中部長、以前お世話になった大泉です。ご無沙汰しておりますがお元気ですか」

独特な響きを持つ低音にすぐに記憶が蘇った。

「大泉くんか」

五菱不動産に入ったばかりの田中が営業をやらされたとき部下の一人だった。その後二人は別々の部署に分かれたが、二年ほど前、肩を叩かれたわけでもないのに、大泉は準大手の大江戸土地建物に移っていた。

「部長、このたび五菱不動産をお辞めになったそうですが、その後いかがなさっていますか」

大泉に似合わない堅苦しい口調だ。

「暇だよ。まだ仕事が決まらなくて、ネットで職探しばかりしている」

「ちょっとお力を借りたいことがありまして、どこかでお会いできませんでしょうか」

「怖いな、金だったらないぞ」

「いま私がお付き合いしているお客様のことなんですが、部長じゃなければ、商談に耳を貸さないというんです」

「誰だい、そんな嬉しいことをいってくれるのは」

「望月さんです」

「ああ」

懐かしさとずしりと重たい疲労感がないまぜになって蘇ってきた。

大泉は事情を話し始めた。

望月というのは食料品関係の専門商社のオーナー社長で、五年ほど前、田中を介して五菱不動産の億ションを購入した。そのとき田中の手駒として望月と知り合った大泉は、いま望月に大江戸土地建物の新築マンションを売ろうとしているのだという。ところが望月は「田中くんじゃなかったら、おれは買わんよ」といって、軌道に乗りかけた商談を中断してしまった。

いまでも望月流をやっているのかと、苦い笑いが漏れた。

望月は会った当初から田中を〝せんみつ〟と呼び、わがまま一杯に振舞った。不動産屋の営業マンなんて「千に三つしか本当のことをいわない山師(やまし)だ」というわけだ。

頭にきて望月をどう扱うかしばらく考えた。切り捨てるか、そうでないなら徹底的にわがままに応えるしかない。やってみようと思った。どこか引き付けるものがあったし、こいつを飼い慣らすことができるかどうか、腕試しの気分もあった。心を決めてしまえば、並外れたわがままに応じ切るのはいっそ気持ちよかった。振り回されながら必ず買ってくれるという確信があった。いくつものマンションのいくつもの部屋を案内して回り、海外へも家具の買出しに付き合った。そんなとき大泉を手足に使うことがあった。

やがてわかってきた。成人した子どもたちが家を離れ、古女房が病気で亡くなり、大金を貢(みつ)いだ愛人にも逃げられた末の望月のやけっぱちのわがままだったのだ。それに付き合いきった田中を一転、望月は深く信頼するようになった。

「お会いできませんか」

大泉がいった。

「いつでもいいぞ」

「早ければ早いほどありがたいです」

「今夜でもいいのか」

2

ギャラクシーホテルの広々としたラウンジに足を踏み入れると、奥の席に座っていた男が立ち上がって頭を下げた。濃茶のダブルのスーツに紺のストライプのネクタイを締めていた。地面にまっすぐに打ち込んだ杭のように背筋が伸びている。出会ったころは、金のブレスレットをつけアイパーをかけ、かたぎ離れした雰囲気をもっていた男が、すっかり洗練された紳士になった。

大きなテーブルに隣り合って座った。傍らに高さが三メートルもあるガラスの壁があった。ホテルの庭に植えられた植栽の隙間に、暮れ始めた街の明かりが広がっている。

い限りです」
「五菱をお辞めになった部長を、大江戸のために引っ張り出しまして、誠に不甲斐な

細い鋭い目を合わせずに腹に響く低音でいった。芝居がかったしゃべり方は昔から

だが、初対面のような距離感が二人の間にある。

「相手が望月さんじゃな」

短く近況を交換し合ってから大泉が切り出した。

「物件はレインボースカイ神楽坂なんですがね、駅から五分で平均七千八百万円が、

まだ三分の一しか売れてないんです」

十ヵ月前から販売にかかり、三ヵ月前に竣工となり、一ヵ月前に入居が始まったの

に、まだそれだけ売れ残っているという。

「最悪の時期だったな」

「ええ」大泉が苦笑いをした。リーマンショックの影響が大きいうちに販売が開始さ

れたというわけだ。

「そんなところに望月さんが買ってくれるというので大喜びしたんですが、田中部長

という思いがけない関所がありまして、それでご足労願ったわけです」

「しかし望月さんは九段におれときみとで売った億ションを持っているだろう」

大泉はストローで小さな音を立て、アイスコーヒーをすすってからいった。

「女ですよ」

「また女か。いくつになるんだい、望月さんは」

「つい最近、六十五になりました」

「奥さんもとうに亡くなったんだし、子どもも寄り付かないんだから、その女と一緒に暮らせばいいじゃないか。九段の億ションにいくつ部屋があると思っているんだ」

「そこまで立ち入っていませんが、そんなことをいっていたら、うちらの商売あがったりですよ」

大泉のいうとおりだ。訳ありの客などこの商売には掃いて捨てるほどいる。

「おれが立ち会えば買ってくれると望月さんがいうのなら、いつでも立ち会うよ」

ありがとうございます、大泉はすっくと立ち上がって最敬礼した。

詳細は後日、オフィスを訪ねて打ち合わせるということにして、世間話になった。

「ひどいですよ、わが業界は、沼の底に沈んだまま当分は浮き上がれません」

大泉は大げさな溜息をついた。

「あと一年は厳しいだろうな」

「今年は首都圏のマンションが四万戸を切るっていいますから」

田中もそのニュースは知っている。首都圏の新規発売マンションは〇五年まではずっと八万戸を上回っていたのに、その後毎年一万戸ずつ減少して、とうとう今年は四万戸を割るという。少子高齢化に、リーマンショック、資産デフレと追い討ちがかかって、あれほど沸き立っていた住宅需要がどこかへ蒸発してしまった。

大泉は延々、業界と大江戸土地建物の厳しさを愚痴(ぐち)ってから、思いついたようにいった。

「部長のような腕利きでも再就職はままならんのですか」

田中はコーヒーの肉厚のカップに唇をつけてから口を開いた。

「おれは不動産業界には戻らないつもりなんだ」

大泉は細い目を見開いて田中を見た。半開きの口から言葉が出てこない。

「だから苦戦している。いや一番の原因は歳だがね」

「嘘でしょう？　不動産に戻らないって」

「そんな嘘をついてどうなる」

「どうしてなんですか？」

「戻れた身じゃないだろう」

「でも、リストラは部長のせいじゃないでしょう」

「みんな、おれを怨んでいるさ」

大泉は口を開き何かをいいかけてから、別の言葉を口にした。

「そうだったんですか」

田中がポケットから煙草を取り出すと、大泉が慌てて止めた。

「禁煙席ですよ」

「きみ、禁煙席なんかに来るのか」

「まだ半年です」

田中の知っている大泉はいつも坂道にかかった機関車のように煙を吐いていた。

「おれは三年間、禁煙してたのに五菱をやめたらすぐに戻ってしまった」

大泉が上唇を舐めた。

「毎日毎日、お前なんか必要ない、って思い知らされているんだ。吸わなきゃ、やってられないよ」

水が解けて水のようになったアイスコーヒーをせわしなく飲んでから大泉がいった。

「一杯、付き合ってくれますか」

いいよ、と田中がうなずくと「ちょっと待ってください」大泉は席を立った。しばらくして戻ってきてから「さあ、いきましょう」と声をかけた。

ギャラクシーホテルの裏側に盛り場が広がっている。学生やらサラリーマンがその中に繰り出していく時間だった。大通りを一本入った裏道で、大泉は雑居ビルの狭い階段を登った。二階の突き当たりの小さなドアを開けた。ドアには「喜美（きみ）」と書かれたパネルがあった。

「いらっしゃい」

カウンターの中からママと思しき女が出てきた。イントネーションで沖縄出身だろうと想像がついた。大きな目が目立つ顔の造りも、田中が知っている沖縄の女に共通している。

奥に一つだけボックスがあり、サントリーの角が置かれていた。大泉はその奥に田中を促した。ママがグラスの載ったトレイを持ってきた。田中には水割りを、大泉にはレモンを絞ったハイボールを作って、ママはカウンターの中に引き上げた。

「妙なものを飲むな」

「最近はこればかりですよ」

そういえばテレビのCMで、こんな飲み方を見たことがある。グラスの縁をぶつけ合わせてから大泉がいった。

「部長、毎日毎日、お前なんか必要ない、っていわれてんですか」

「まあな」

「不動産はイヤなんですか」

「イヤというわけじゃないが、いったとおりだ」

「五菱に戻られるんでしょう」

目を見開いて見返した。言葉をいわなくても伝わったようだ。

「みんなは、そう思っていますよ」

「どうして？」

大泉はグラスに口をつけ、ゆっくりと呷(あお)ってから右手の親指を立てていった。

「この人がそういってますもの」

一拍遅れて親指の示す人に気が付いた。田中もグラスを手にした。

「確かに何度か戻るようにすすめられたが、おれは断わった」

「信じられませんな」

「女房と同じようなことをいうな」

ふーん。大泉が大きな溜息をついた。そこで二人のグラスがもう空になった。すかさずママがやってきて注ぎ足した。

二杯目を飲み始めたとき、大泉の話と先日の襲撃につながりがあるように思えた。

「そんなこと、誰から聞いたんだ」

「風の噂ですよ」

「誰か、きみに話した奴がいるんだろう。いまみんなっていったじゃないか」

大泉は口の中で言葉にならない言葉をいって目をそらせた。田中も問い詰めたりはしない。もう部下ではないのだ。

「おれな、このあいだ、殺されるかと思ったよ」

大泉が目をしばたたいた。

「ハローワークにいってさ、ばあさんの職員にいやみいわれて、やっと二十万円ほどの金をもらえることになって、やれうれしやと帰りかけたら、裏道でプロレスラーみたいな奴にタックルを食らわせられたんだ」

「はあ？」

「ガタイのいい奴でビルの床に叩きつけられた。壊れるところだった」

「それはご災難で」

「五菱を辞めてから体を鍛えているんだ。毎日、腕立て伏せ二百回がノルマ、それで何とか死なずにすんだ」

カウンターの中のママと一瞬、視線が絡んだ。もう一度見直したとき、ママは他所を向いていた。清国の名前を出さないで話を進めようと決めた。

「おれは、襲撃犯は自分が首を切った奴だと思っているんだ。それにしてもおれもハローワークの帰り道だ。同じ失業給付金を受けている身とわかったら、あそこまでやらなくてもいいと思っていたのだが、いまの話を聞いてわかった」

「…………」

「あいつ、ほとぼりが冷めたら、おれがのうのうと五菱に戻ると思っていたんだ」

ママがまた大泉の酒を作りに来た。大泉はその手を遮って自分で作り始めた。ウィスキーを三センチほど入れ、その倍の炭酸を足して氷を加え、レモンを絞り込んだ。マドラーでかき混ぜながら田中を見た。

「おれから聞いたって、絶対に誰にもいわないでくださいよ」

了解した、と表情だけで応じた。

「つまり部長が、いいように使われたということですよ」

また親指を立てて突き出した。

「あの方は五菱の社長になれる目があると思っていたんです。これまで、五菱不動産は興産の天下りしか社長にはなれなかった。プロパーも、途中入社組も、よくて専務どまりでした」

「ああ」

「しかし興産の社長はああいう人だから、天下り社長ばかりを続けては、社員のやる気が殺がれるから、五菱不動産の業績があがるはずがない、プロパーや途中入社組でも実力のある人材を社長に据えなきゃいかん、といっていたんですよ。それをあの方が真にうけてスタンドプレーをしたんです」

最後のひと言以外は説明されるまでもない。

五菱不動産の親会社、五菱興産の三輪太郎社長は三十年に一度の大物社長といわれている。三年前に興産の社長に就任するや、毎期の詳細な目標を内外に明らかにし、信賞必罰を鮮明にする経営で、従業員の意欲を掻き立てて業績をV字回復させた。同じやり方を五菱グループ全体にも広げようと思っていると、あちこちのメディアで公言してきた。

しかし五十嵐のスタンドプレーの話など聞いたことはない。

田中は煙草に火をつけて煙を吐いてからいった。

「彼が何をしたって」

大泉は拝むように手刀を作り、田中の煙草を一本抜き取った。火をつけてやった。

「いやでも三輪社長の目に止まるような大手柄を立てたかったんでしょう。大幅なリストラをして、私がわが社をこんなに筋肉質にして黒字を増やしましたって三輪社長にご報告して、次の社長候補のトップに躍り出たかったんですよ」

あの時期、大幅なリストラが必要だということは、五十嵐一人が唱えたわけではなく経営の判断だったはずだ。五菱興産からきた社長がいの一番にいい出したと聞いていた。

「あんなに大勢をやめさせるリストラ案なんて、どこからも出ていなかったんですよ。それをあの方がいい立てて、田中部長に前線部隊長をやらせたんです」

「そんな馬鹿な」田中は体中の血の気が引くのを感じた。

「どうしてそんなことがいえるんだ」

「木内ですよ」

一瞬の間をおいて思い出した。木内は経営企画部のナンバー2だった。田中が異動するずっと前から経営企画部にいて、五十嵐の子飼いと目されていた。

「部長が辞めたすぐあと、木内もあの方に弾き飛ばされたんですけど、あいつ、何とかしてくれないかと、おれんところに泣きついてきて」

得意げに鼻の穴が膨らんだ。舌が酔いにもつれている。

「いちおう嘱託でわが社に拾いましたよ。私が会社に借りを作った格好になっている。あの方は自分の策謀を知りすぎていた木内は切って、気付かなかった部長は呼び戻そうとしている」

大泉の言葉を頭が受け付けない。

「この業界には、あの方ほどの策謀家はいませんよ。自分のことしか考えていない奴は掃いて捨てるほどいても、絵図が描けない」

「絵図って何だよ」

「大リストラもそうですし、天下り社長の無能ぶりを、上手に三輪さんにプレゼンしているようですよ。社長の外堀は着々と埋められている」

「三輪さんはそんな間抜けじゃないだろう」

マスコミで報道されているかぎり、三輪は骨太の経営者で、ゴマ擂りやご注進が効く相手とは思えなかった。

「あの方だって、そう間抜けじゃないですからね」

田中は問い続けるのをやめた。おれ一人が間抜けだったのか。おれは、五十嵐に買われていたから、営業の部隊長を任され、開発の部隊長を任され、さらにリストラの部隊長を任されたと思っていた。

大泉の言葉が少しずつ体の深いところに染み込んでくる。おれは五十嵐の絵図に巻き込まれたのか？　それに気付かないから呼び戻されようとしているのか？

ママがボックスへやってきて田中の隣に座った。体を押し付けるようにしていった。

「難しいお話はもうおしまいよね」

大泉はいっそう酔いの回った口調でいった。

「こちらが噂の田中さんだ。おれが前の会社でお世話になった上司で、すごい腕利きなんだぞ」

「うちのがお世話になりました」

ママがしなを作るようにいった。

「どうせよくない噂でしょう」

「いえ、皆さん、すごい人だって」

この店にときどき木内や五菱不動産を切られた奴らが集まって、いま大泉が話したようなことを噂しあっていたのだ。こんな話が飛び交っているなら、清国じゃなくてもいつか誰かがおれを襲撃したかもしれない。

ママはまだ三分の一は残っている二人のグラスに酒を足した。

「部長、イケ面ね」

お世辞とも本気ともつかぬ口調でママがいうと、大泉が混ぜ返した。

「ママ、ほれるなよ。部長は女泣かせだからな」

「お前、馬鹿をいうなよ、ママさんが本気にするだろう」

まだ半信半疑だったが、田中は思い切り飲みたい気分に駆られていた。

3

「そろそろ話したらどうなのよ」

テレビから視線を雅人に移し、母はあっさりといった。雅人は聞こえなかったふりで、茶色い前髪をいじり続けている。

「あなたが、お洋服を取りにだけ、帰ってきたのじゃないくらいわかるわよ」

「どうして」と思わず肯定したことになってしまった。

雅人も、早くしないと親父が帰ってきてしまうと、さっきからじりじりしながら切り出せないでいた。

「百万円貸してくれないかな」

母は、声を出さず口と目だけを、え、と大きく開いた。

「貸すんじゃなくて、出資でいいよ。近いうちに大儲けして高い配当を出す」

「あなた、あの時うちには絶対に迷惑をかけない、そのうちお母さんには贅沢をさせてあげるって、いってたじゃないの」

雅人の声が小さくなった。

「だから投資だって、いってるじゃない」

母はリモコンでテレビを消した。

「会社を、黙って辞めたことは仕方ないと思っているのよ、もうあなたは一人前なんだから。お父さんにもそういったわ。それなのに親に頼っちゃダメでしょう」

「経費を稼ぐのに追われて、ベスト・コンシューマーの開発に時間が取れないんだ」

ベスト・コンシューマーについては母に熱弁をふるったことがある。そのとき勢いで、そのうち母さんに贅沢をさせてあげるといってしまった。

「それをうまくやるのが起業なんでしょう。あなた、そういって胸を叩いたじゃないの」

「計算は立っていたんだけど、大口のお客に逃げられちゃって」

「会社を作るのは大変だって、お父さんもお母さんも最初から思っていたわよ。お父さんなんか再就職するってだけで、大変なんだから」ああ、そうだ、と母は雅人の顔をのぞき込んだ。

「お父さんに相談してご覧なさいよ。お父さんが出資してくれるっていうんなら、お母さんだって反対しないわ」

「ダメに決まってんじゃない」

「そんなの、わからないわよ」

「わかってるよ」

「お父さんがダメに決まっているなら、お母さんだってダメでしょう」

「わかった、もういいよ」

雅人は立ち上がって帰り支度(じたく)を始めた。

4

田中は自分が千鳥足(ちどりあし)になっているとわかっていた。頭の中で洗濯機の水流のようなものがぐるぐると回っている。ついに大泉に打ち明けなかった清国のことも、大泉が語った五十嵐のことも、大きな汚れもののようにその中に巻き込まれていた。

タクシーを降りた表通りでは大声で歌っていたのに、住宅街に入り、家が近づいてきたら自然に口を閉ざしていた。

五菱不動産を辞めてひと月くらいは、世間をはばかる気分は少しもなかった。おれは大勢の部下を首にしたから、その責任を取るために自ら辞表を出したんだぞと、胸を張って周囲に触れ回りたいくらいだった。しかしふた月目になると、近所の顔見知りと会うことを避けたくなってきた。ましてこんな千鳥足で帰宅するところなど見られたくない。

二十メートル先に家の二階が見えてきて、足を速めた。この辺は顔見知りばかりだ。しかし足はもつれてなかなか進まない。

ふいに足が止まった。田中の家の門灯を背にした人影が突然、視野の中に出現した。足早に近づいてくる。

隣家の庭から漏れた光が顔を浮かび上がらせた。雅人だった。向こうも同時に気付いたようだ。あっと声を漏らしたが、顔を俯(うつむ)けたまますれ違っていった。

「おい」

体をひねって小さな声を投げた。しかし雅人は振り向こうとせず、小走りになって角を曲がった。姿がなくなってから、大きなリュックサックを背負い両手にバッグを持っていたことを思い出した。

チャイムを鳴らす前に内側からドアが開いた。玄関に由美子がいた。

「いまの雅人か」

「あらら、こんなに酔っちゃって」

玄関に入った田中はずるずると体勢を崩し、きれいに並んだ靴の上に座り込んでいた。

「いまの雅人か」

両手を突いて立ち上がりながらいった。

「そうよ」

「何しにきたんだ」

リビングルームのソファに体を預けるように座った。由美子がグラスの水を持ってきた。

「お金貸してくれないか、ですって」

「それで」

「お父さんに相談してご覧なさいって。ここであたしが甘やかしたら、それこそあなたに怒られちゃうと思ったから」

グラスを呷ると喉がごくごくと大きく鳴った。田中が意見をいう前に、もう済んだとばかりに由美子は唐突にいった。

「あたしね、タカコのお店でお手伝いすることになったわよ」

由美子の言葉を理解するのに時間がかかった。これまでも由美子の話に出てきたことがある名前だ。タカコ。学校時代の友達で、どこかで夫とケーキ屋をやっているといっていた。

「あなたも雅人も当てにならないから、あたしだって少しはなんとかしないと」

目の前に立っていた由美子をソファから見上げると、照明の翳(かげ)りの中に顔があった。

「お昼から夕方までのパートですけどね」

田中はソファの中に崩れ落ちて目を閉じた。返答に窮(きゅう)して目を閉じたのだが、急速に眠くなってきた。

八章　英楽園

1

階段をゆっくりと一階まで降りて、事務所の脇の自動販売機の前に立った。コーヒーがいいかウーロン茶にするかコーラか、スロットに小銭を入れてからまだ迷っているふりで、田中雅人は時間を稼ぐ。

昨日もこの時間ここに立ったが、目的を達せられなかった。彼女の出勤はいつも正確に同じ時間というわけではないのだ。

事務所の目が気になって無糖カフェのボタンを押した。機械がゴトンと鈍い音を立てたとき背後でドアが開いた。

「おはようございます」

声は風のように雅人の後ろで舞った。フロア全体にかけられた声とわかっていたが、雅人は振り返り「おはようございます」と応えた。赤いコートの声の主は雅人を見て、少し斜めに傾けるように頭を下げた。

今日の柿沢あかねは少女の顔だ。その顔に雅人を「ドリーム・オフィス」の同志だと思っている親近感があった。何か飲む？ とたずねるだけの勇気はない。

シャンプーのものらしき香りを漂わせて柿沢あかねは階段を上っていった。雅人は軽い失意を感じながら缶を取り出す。少しかがんだ雅人は、ふと事務所からの視線を感じた。見ると清水が目をそらすところだった。

追いかけてなどいないことを清水に見せる足取りで階段を上った。二階の廊下に出たとき心臓が飛びはねた。柿沢あかねが「英楽園」のドアの前でバッグの中を探っていた。

「どうしたんですか」

「鍵が見つからないんです、確かに入れたはずなのに」

柿沢あかねの頬が赤く染まっていた。今朝はこの冬一番寒いとテレビでいっていた。

「事務所に行けば、マスターキーがありますよ」

声が少し上ずっている。中学生のころからそうだった。意識している女の子の前では自然でいられなくなる。

「でも清水さんに、またおっちょこちょいと思われてしまう」

「何かおっちょこちょいをしたんですか」

「この間、部屋の電気をつけっぱなしで帰ってしまって、電話して消してもらったんです」

足元から音楽が響いてくる幸せ感があった。頬がほころぶのを抑えられない。

「ぼくが鍵をもらってきてあげましょうか。ああ、ぼくがセブンシーズンの鍵を忘れたことにしますから」

「そんな」

拒否している表情ではなかった。雅人は階段を駆け下り、女性スタッフからマスターキーを借り、また駆け上がった。

「すみません」

柿沢あかねは胸の辺りで両手を合わせてからキーを受け取った。

扉はすぐに開いてオフィスの中が見えた。窓にサーモンピンクのカーテンがあり、壁には子猫や子犬の大きな写真が貼り付けてあった。セブンシーズンとは比べ物にならないきれいなオフィスだった。うっかり口にしてしまった。

「写真よりずっときれいですね」

「どこの写真を見たのかしら？　ホームページですか、DMですか」

「あ、ホームページです。あれって自分で作ったんですか」

「ええ。セブンシーズンさんのようなプロから見たら、下手くそでしょう」

「とても楽しそうなホームページだと思いましたよ」

「うれしい。うちのイメージと合わないかと心配していたんです」

「いや、がっつり英会話のイメージですよ。グローバルですよ」

「これってグローバルなんだ」

「英楽園」に入るか、自分の部屋に行くか、決めなければいけない微妙な気分に追い立てられた。柿沢あかねが何かいいかけるのと、雅人が「それじゃ」といってオフィスに向かうのが同時だった。

窓際の幸福の木に声をかけた。

「お前、グッジョブ」

この木が、名前にふさわしい時間を、雅人にもたらしてくれたような気がした。

高揚した気分のまま壁のメモ用紙に目をやった。三十は越している画期的なアプリケーションになるはずのアイデアの卵たち。いまこれらすべてのアイデアをかんたんに実現できるような気がした。

デスクに座りタッチパッドに触れると、深夜まで取り組んでいたデータが現われた。重たい気分が戻ってきた。

「学び舎ランド」で損をした金をカバーするために、中規模のホームページの作成を受注したのだ。発注主のW通信機がちゃらんぽらんで、指示が二転三転する。それにかかりきりとなって「フィッティング・ルーム」はすっかり止まっている。なんとか自分を駆り立て、製品写真の加工にとりかかっていた。

作業を始めて一時間後、電話が鳴った。W通信機の専務だった。こいつが発注の窓口である。

「製品情報だけどね、役員会で、あれじゃ不十分ということになったので、新しいラインナップの写真と仕様をメールで送るから、頼むよ」

「もうあそこは仕上がっていますから、追加料金をいただきますよ」

「何を言っているんだね。そういう細部の仕様変更も含むっていう条件だったじゃないか」

電話を切って、舌打ちをし、メールをのぞいてみた。幾つもの画像と文書が添付されている。次々と開いてみた。「細部の仕様変更」ではすみそうもない。

顔をしかめてから画面を切り替えた。

「英楽園」。花園のようなトップページはこれまでに少しずつ変えられている。そこに更新している柿沢あかねの仕草や表情が見えて、心が和らいできた。

雅人はブログ「楽園通信」を開いた。もう今日は更新されただろうか？ まだだった。作業に戻ろうとしたときふっと勘が働いた。

先日の自分のコメントの部分を開いてみた。コメントには次の日に、「akane」というハンドルネームで当たり障りのない返信があった。

——さくらさま、英会話を練習したいとのこと、とても嬉しく思います。残念ですが、個人レッスンはやっておりませんので、(お教室)でご覧になって、ご都合のいい所に入会のお申し込みをしてください。お待ちしております——

そのあとに新しい追加のコメントがあった。

——さくらさま、もうお申し込みをいただけましたか？ お待ちしております——

時間を見ると十一時十九分。十分ほど前だ。雅人と別れて一時間しか経っていない。あのときたしかに言葉を飲み込んだ。それをここに吐き出したのではないか？ ぼくが「さくら」だと、もう気付いているのだ。何か返事を書かなくてはいけない。

その思いをすぐに振り払った。そんな馬鹿な！ あかねにばれているはずがない。

昼前に花田がスーツを着て姿を現わした。この格好だと営業があるはずだが、その予定は聞いていない。

上着を壁のフックにかけ、仕事にかかる前の儀式のように花田はメールをチェックし始めた。それが終わるとネットサーフィンに移る。雅人は眼の端でちらりと花田の画面を見た。三田がどこかで運営しているかもしれない「学び舎ランド」を探しているのだ。二人ともときどきチェックをしているが、いまだに見つからない。三田はほとぼりが冷めるまで塩漬けにするつもりか、よほど変形してもう運営しているのかもしれない。

やがて二人は食事にかかった。花田は牛丼弁当、雅人はカップ麺。牛丼は花田が途中の店で買ってくる。カップ麺は、安売りの日、陳列されていた全七種類を買って、段ボールのままローボードの脇に置いてあるが、残り少なくなっている。

「昨日ヤバかったよ」口を飯で一杯にして花田がいった。

「もう少しで足の上に製氷機を落とすところだった」

「安全靴は？」

「面倒だから履いてなかった。今日のＪウェアをドタキャンするところだった」

「うそ！　Ｊウェア！」

　これを切り出したくて、花田は製氷機のことをいったのだ。

「いちおう社長室の人が会ってくれることになっている」

「すげえじゃない」

「いちおう、だからな」

　Ｊウェアは日本で指折りのＳＰＡ（製造小売業）だ。この不況下に大幅な増収増益を続け、創業社長はしょっちゅうマスコミに登場して、日本経済の救世主のように持ち上げられている。

「どんな立場の人よ」

「まあ、もう少し待っててくれ」

　いつもは気軽に経過報告をする花田が用心深い。そのぶん真剣になっていると感じた。なにしろＪウェアだ。

　花田が話題を変えた。

「そっちはどうなの」

「相変わらず朝令朝改だ。いわれたことにすぐにかからないほうがいいくらいだ」

　雅人は受け取ったばかりの変更を罵ったが、花田はそれに関心があったわけではない。

「本当はＪウェアのジーンズくらい加えておきたかったよな」

「とてもじゃないが時間がなかった」

もっと前にいってくれれば、一つくらい試作アイテムを載せられたのに、とはいわない。

「Ｊウェアで話が決まれば、いくらでもオペレーターを雇える。アイテムなんかあっという間にいくらでも増やせる」

二人ともいつの間にか「ベスト・コンシューマー」全体ではなく、「フィッティング・ルーム」にしか関心がなくなっている。

「金、借りようか」

「なに？」

「もっとまさとの時間を確保しなきゃいかん。やっぱり金を借りよう」

雅人は言葉を飲み込んだ。母親に金を借りにいって、あっさりかわされたことを花田にいっていない。

千鳥足だった父親の姿を思い出した。「サイバーレボ」の最悪上司も酔っ払いだった。雅人も花田も足がもつれるほど飲んだことはない。そうなる心境が少しも理解できない。

「まだおれたち、打てる手を全部、打っていない」

「打てる手？　誰だよ」

花田は答えようとしなかった。半信半疑で雅人がその名前を口にした。

「鷹巣次郎か」

「当たり」

以前も二人の会話に出たが、すぐに立ち消えになっていた。

「あいつのところへいくなら、絶対に金を出させる。断られるくらいならいかない」

「そんなの、わからないじゃない」

「わからないなら、やめよう」

「そういう見栄（みえ）っぱりが邪魔になると鷹巣さんはいってたんだ。いいじゃない、ダメもとでやってみようよ」

「あれこれやってバツばっかり食らったら、消耗するだろう、仕事にならなくなる」

雅人のどこかで母の言葉がまだ響いている。「そのうちお母さんには贅沢をさせてあげるって、いってたじゃないの」思い出すたびに大声で叫びたくなる。ダメもとではないのだ、ダメだったらすごいショックを受ける。

「まさとがいくんじゃない、おれがいくんだからいいだろう」

「消耗するのは一緒だよ」

母のことを話さずに、ダメもとではすまないことを説明できそうもない。それでもいう気になれない。

花田は牛丼をなめるようにきれいに食べてから立ち上がった。

「じゃ、いくわ。鷹巣さんのところじゃないよ。Ｊウェアだ」

2

Ｗ通信機からの添付文書をプリントアウトし、新しいラインナップとコピーを確認した。こちらを対等な取引相手と見ていない指示書だが、やるしかない。

データファイルを開いて、写真の加工にかかり始めた。キーボードを叩き、タッチパッドに触れているといつも無心になっていく。大学時代にゲームを作り始めた頃からそうだった。意識がデータのたどる一本道だけに集中して、他のことが浮かばない。

しかし最近は「英楽園」がその一本道に蜃気楼（しんきろう）のように浮かんでくる。作業が難航すると、すぐに意識がそちらに逃げ道を求める。

数日前、最初に自分がコメントを書いて、柿沢あかねから返事があった。今度は彼女が書いてきたのだから、こっちが返信をする番だ。最初のコメントから何日も経って、さくら宛に「もうお申し込みをいただけましたか？」と書いている。自分と話したその日にだ。自分がさくら、だと気が付いたのではないか、さっき飲み込んだのはその問いかけなのではないか。

無理やり作業の区切りをつけて、画面を切り替えた。

「楽園通信」が更新されていた。

——昨日はちょっと小雪が舞っていましたね。最近は雪があまり降らないので、あのくらいでもすごく嬉しくて、空に向かって口を開いて、雪の花びらを受け止めてしまいました。あ、もちろん、人のいないところで、ですよ——

——某企業様の新製品のマニュアルの翻訳のお仕事をいただきました。日本のマニュアルとアメリカのマニュアルでは発想が違うので、言葉の翻訳だけではなく、構成の翻訳をしなくてはなりません……——

——英楽園ツイッターはじめました。つぶやくだけで世界とつながれるなんて素敵ですね——

いつものスタイルの書き込みの後こんな書き込みが続いた。

——今朝は鍵を忘れて出勤してしまいました、今日も反省です。困っていたら、奇跡が起きて、わたしは無事オフィスの、このパソコンの前にたどり着くことができました——

「奇跡が起きて」、何のことだろう？　あかねが鍵を忘れて、バッグの中を探していたら、自分が現われて、事務所までマスターキーを借りにいってくれて、それを使ってあかねが部屋に入れた。それのどこが奇跡なのだろうか？　真意はわからないが、体中が揺さぶられるような書き込みだった。

何度も読み直してからW通信機のデータに戻った。

商品ラインナップの手直しは、まだわずかしか進んでいない。写真の加工に無理やり自分を縛り付けるが、「奇跡が起きて」という言葉が頭から消えない。何が奇跡だろう。こんなにたくさん商品を載せたって効果を打ち消しあってしまうだろう。絞り込めばいいのに。おれと出会ったことが奇跡というのだろうか？　まさか。もう少しいい写真がないのだろうか？　こんな製品をいったい誰が買うんだ？

十枚ほどの写真を加工してから、もう一度「英楽園」にいった。

コメント欄を開けて書き込むことにした。

——申し訳ありませんが、「教室」への申し込みは仕事が一段落するまで、延期させていただいています——

——このところいいことばかりが起きているようでよかったですね。最後の「奇跡が起きて」というのはどんなことが起きたのですか？　よかったら教えてください——

さくら、と名前を書き込み、「投稿する」をクリックした。

それからまたW通信機に戻った。

製品の説明だって変だ。前のもののほうがシンプルに過不足なく機能を伝えている。今度のものは、わかりやすくしようとして、よけいな文章を加えた分、ピントがぼけてしまった。「教えてください」はまずかっただろうか？　ただのブログの読者としては立ち入りすぎている。いや、向こうがああ書いているのだから、聞いてもいいはずだ、聞いてくださいといっているようなものだ。

どのくらいW通信機にかかっていられただろうか？　二時間くらいという気がしたが、時刻表示はわずか五十五分しか進んでいない。「英楽園」のコメント欄を開けていた。何も書かれていない。ホームページに戻ろうとしたとき、あかねがツイッターを始めたことを思い出した。「ツイートする」をクリックして、詩の言葉をつぶやく以外、使っていないＩＤでログインした。

――ここを使って申し訳ありません。〝さくら〟です。皆さんがご覧になるコメント欄であんな質問をしては申し訳ないと思ってこちらに書きます。こちらで教えていただけたらありがたいです。立ち入りすぎていたらシカトでけっこうです――

　このＩＤには（たなかまさと）や（セブンシーズン）を連想させるものはない。それでも正体がばれてしまうのではないか、クリックしてから急に胸がどきどきした。

九章　レインボースカイ神楽坂(かぐらざか)

1

大泉がインターホンに低い声を吹き込むと、ガラス扉が滑らかに左右に開いた。

広々とした大理石のホールは四つのコーナーに丈高(たけたか)いポトスの大鉢が置かれ、中央に配された黒い革張りのソファ、その背後から吹き抜けの二階のバルコニーに向かって優美なカーブを描いて上がっていく階段、と贅沢な造りになっている。

「大江戸も、やるな」

田中が感嘆の声を上げた。

「恐れ入ります」

大泉は得意そうにいって、住戸玄関の扉をカード・キーで開けた。セキュリティもこれ見よがしなほど行き届いている。

エレベータに乗り込んでから大泉が思い出したようにいった。

「今日は部屋から富士山が見えますよ」

「そうだ、望月さんは富士山が好きだった」

かつて二人で案内した物件から富士山が見えるとき、望月は部屋の内部を見る前にベランダに出て、優美な山の姿に長いこと見入っていた。

最上階でドアが開いたとたん、住民と思しき初老の男が乗り込んできた。大泉が丁重に頭を下げたが無愛想だった。まだたくさん売れ残っているのが面白くないのだろう。

「1004」と表示されたメタルカラーのドアを開け、短い廊下とキッチンを通り抜けて、十二畳ほどのリビングルームに出た。ベージュのクロスが張られただけの部屋は、家具もカーテンもない分広く感じられた。

「それじゃ一番の売りから見せてもらおうか」

大泉はうなずいて窓に近づく。ベランダに出るとすぐ目の下にか黒い木々の塊（かたまり）が広がっていた。皇居だ。ビル群の中にぽっかり浮かんだ緑の迷路のように見える。その後ろに湾岸の高層ビルが何本も聳（そび）え立っている。田中は手すりに両手をつき、百八十度の眺めを見てからいった。

「すげえな。都心のランドマークが一直線に並んでいる」

「これで売れないんだから、イヤになっちゃいますよ」

眺望だけで売れるわけがないと大泉もわかっている。

「次の自慢は何だっけ」

「いま見てきたでしょう。エントランスですよ」

「あのおっさんは共有部分なんかどうでもいいんだ、女だろう」

女に買う部屋だから、女の好みで選ぶに違いない。

「彼女は何もいわなかったんです」

望月は最初ここへ女を連れてきた。そのとき「田中くんが相手じゃなかったら買わない」といいだしたという。「きみ何か気に入らないことをしたんじゃないか」というと、「まさか」と大泉は首をかしげた。

「バスは凄(すご)いですよ」

五年前の望月は、田中と大泉の前で少しも好色を隠そうとしなかった。バスルームの仕様は大事だろう。

「これですよ」

三畳間ほどの広さのあるバスルーム。自動温度調節も、ジャグジー機能とミスト機能も付いた贅沢品である。これなら望月も文句はいうまい。

約束時間の十分前に二人は下に降りた。ホールで立ち止まった大泉に田中がいった。

「表門までお出迎えに行こうや」

玄関から表門まで耐火煉瓦を組み合わせたアプローチになっている。望月の運転手は表門のすぐ前に二人を乗せた車をつけるだろう。以前の運転手だろうか、それとも新しい運転手に替えたろうか？

時計を見た。約束の時間まであと三分というときに、ホワイトパールのプリウスが早稲田通りのほうから姿を現わし、タイル張りの門柱の前に滑らかに停まった。運転席のドアが開いて黒いコートの女が出てきた。毛先に軽いウェーブのかかった長い髪に細身のパンツ、化粧もナチュラルである。

「いやあ、田中くんだ、田中くんだ」

望月が力強い声でいい助手席から出てきた。

大泉が二人に最敬礼をした。田中は少し軽めに頭を下げた。下げた頭の中に半信半疑の思いが揺れた。

後部座席以外に座った望月を見たことがなかった。血色のいい頬にきれいに撫で付けられた銀髪。額や頬のいくつかの深いしわも鋭さを演出していた。五年の空白などなかったようだ。

「その節はすっかりお世話になりながら、ご無沙汰をいたしました。今回は私のことを思い出していただき光栄でございます」

望月にいいながら目の端で女を見ていた。間違いない。

「おれも余計なことで神経を使いたくないんだ。きみなら任せておけるからな」

「恐れ入ります」

「おい、覚えているだろう」

望月は女と田中を交互に見た。

「お久しぶりです」

田中は穏やかにいい、女は「変わらないわね」と優雅に笑った。雰囲気は五年前とすっかり変わっていたが、アーモンド形の目も声も記憶に刻まれているものだった。

女の名前は美奈、銀座のバーでの源氏名で、本名はまだ思い出せない。何度か通った後、店を終えてから美奈を連れ出し勢いで寝たことがある。しなやかな体も反応も、想像以上にいい女だった。それを手に入れたと自惚れていた。美奈は三十代の半ば、田中は十ほど年上だった。

その数日後、早い時間に同伴を頼まれ、「ねえお店が大変なの、少し何とかならないかしら」と甘えた声でいわれた。そのとき、ああこれが銀座の女なんだ、惚れられたわけじゃなかったのだと気付いた。買いかぶられた分だけの金を工面して、二度と寝ることはなかった。銀座のママの男になるなんて荷が重すぎた。その前後、接客の流れで望月を美奈の店に連れて行ったことがある。田中の知らないところで望月が美奈に惚れて関係が出来たということなのだろう。金がいくらでも自由になる望月なら銀座のママの男になれる。

その後、美奈をテレビで見たことがある。『カウンターの中から世界が見える』という体験記を出版し話題になったのだ。慌てて本屋で立ち読みをした。自分のことは何も書かれていないと知って安堵の溜息が漏れた。それも三年も前のことだ。

「早苗、気をつけろよ。こいつは手が早いからな」

望月にいわれてどきりとした。小倉早苗が本名だったと思い出した。しかし望月が二人の関係に気付いているはずはない。

「社長に勝てたことは一度もありません」

望月は、ははは と気持ちよさそうに笑いながらいった。

「もっとも早苗はいま女っぷりを売っているわけじゃないがね」

「はあ?」

「知らないのか、いま売り出し中の作家なんだぞ」

「ベストセラーは拝見しました」

「そんなんじゃないわ」

小倉早苗は話をそらすようにいったが、「いくつかの出版社から、小説を書くように勧められているんだよ」と望月が得意そうに続けた。

「それはすごいですね」

望月と小倉早苗は内緒にしなくてはならない関係ではないのだ。

「きみ、五菱を辞めたんだそうだね」

「ええ、ご承知のとおり、この業界は土砂降り不況でして」

「きみならなんでもできるだろう。おれにあそこまでついてこれたのは、きみと早苗だけだった」

望月は高笑いして見せた。二人の仲をあてこすられているような気がした。

望月は、部屋の出来栄えを気にする様子は見せなかった。小倉早苗が部屋をゆっくりと眺める後ろ姿を満足そうに見ている。

以前、望月に見せられた女と小倉早苗ではタイプがまるで違う。以前の女は愛人という言葉が似合ったが、小倉早苗は少し若い妻といってもおかしくはない。

望月も小倉早苗もなにも尋ねないから、田中と大泉も黙って二人のあとについて歩く。

「おれはここで外を見ているから、早苗、気のすむまで田中くんに説明してもらえ」

望月はベランダに出た。

大泉は望月のあとに従い、小倉早苗は田中を率いて隣の部屋に歩いていく。

キッチンの前で振り返り彼女がいった。

「変わらないわね、たっちゃんも」

あの店で小倉早苗は田中のことをそう呼んでいた。

「あなたはすっかり変わりましたね。どこから見てもセレブの奥様だ」

自然と丁寧な言葉になってしまう。

「ご結婚されるんですか」

「籍とかそういうのは、子どもさんたちが、だめなんだって。その分、贅沢をさせてくれるっていうけど、あたし、贅沢なんて欲しくはないの」

何が欲しいんですか、といいそびれていると彼女がいった。

「なんか書くのが面白くなっちゃって」

「それは素晴らしいですね」

「でも、いくつかの出版社なんて、遠い話よ。まだ卵のたまご」

小倉早苗はキッチンを通り過ぎ、バスの扉を開けた。中に入って見回してからうなずいた。

「これで売れないなんて不思議ね」

「不動産は水物ですから」

「あとはどれくらいお安くなるかだけね、あの人の問題だけど」

小倉早苗はベランダに視線をやり、田中は恭しく頭を下げた。

「お手柔らかにお願いいたします」

値段の交渉は大泉にバトンタッチしなくてはならない。

「ねえ、あなた」小倉早苗がベランダに向かって大きな声をあげた。

「ここ、気に入ったわ。早く住みたくなっちゃった」

二人の乗ったプリウスが角を曲がるまで、田中も大泉も頭を下げていた。

車の影がなくなると、大泉は田中のほうに頭を下げなおした。

「部長、ありがとうございました」

望月は接客用に用意した部屋の応接セットで、小倉早苗とうなずきあってから、契約書に署名捺印をした。大泉はこぼれそうな笑顔で契約書を受け取った。

大泉に案内されて田中は販売センターに向かった。一階奥の、まだ売れていない部屋の一つ「104」が、販売センターに使われていた。一階はまだ一室しか売れていない。

センターの二つ手前の販売中の部屋のドアが開いていた。ドアの間から室内のやり取りが聞こえてきた。田中は立ち止まった。男性販売員が客に話しかけている言葉だけが鮮明で、客の声は聞こえない。

田中は足音を忍ばせて、ドアの隙間から中をのぞき込んだ。やり取りを少し聞いてから中へ一歩だけ踏み込んだ。六十前後と見える恰幅のいい男と、三十前後の背の高い営業マンが、言葉を交わしているのが目に入った。

大泉が怪訝な顔で田中を促した。

「部長、行きますよ」

2

「ありがとうございました」

　大泉が改めて深々と田中に頭を下げた。すでに顔を合わせたことのある販売課長も大泉に倣った。

「これが売れ残るかね」

「われわれもそう思っていたんですがね」

「あとはお値段だけだ、って彼女もいっていた。値引きはどうしているんだ」

「一期売り出しより、これだけは引いています」

　まず人差し指を立て、それから全部の指を開いた。一五パーセントということだろう。あの部屋だと千万円を超える値引きとなるが妥当だろう。

「宣伝はどうしているんだ」

「チラシを撒かせたり、折込みもやっているのですが、ここんところほとんど情報誌とネット経由ですね。チラシは一万撒いて一件反応があるかないかです」

　数年、営業を離れていた田中にもそれは常識となっている。

「ところがこれが一長一短でしてね。ネットでアプローチしてくる客はくずが多いんです。資料請求してきたまま、ぷつんと連絡が取れなくなるような奴ばっかりで」

大泉はごつい鼻梁にしわを寄せた。社内でそういう愚痴がいわれているのは聞いていた。

失業してから田中はネットの膨大な不動産広告を見るようになった。チラシよりもずっと豪華な雰囲気をもち、行き届いた情報を網羅したホームページが無数にある。

「きみ、パソコン、嫌いなんだろう」

「私は、目に見える、生身の相手と言葉を交わし心を交わしながら商売をしたいですね。私のこの信念は今日、部長が目の前で実証してくれました。やっぱり営業に大事なのは生身のコミュニケーションですよ。ほんとうにありがとうございました」

話を切り上げるようにいって、大泉がスーツの内ポケットに手を入れた。それが何を意味するか田中にはわかっていた。

手を出しかけたときドアが開いた。スーツを着た背の高い男が部屋に入ってきた。田中が手前の部屋で見かけた若い営業マンだ。男が販売課長にいった。

「あの人、やっぱり、その気はないですね。散歩のついでに立ち寄ったというとおりですわ」

販売課長が荒っぽい口調でいった。

「こんなところまで散歩ってことはないだろう」

「でも最初から、いくら引くんだっていったきり、あとは何を聞いても、のらりくらりですよ」

「こっちは何を聞いたんだ」

「ご予算はいかがです、から始めました」

「それから」

「ご家族様の構成とご希望の部屋数と」

アプローチとしては基本どおりだ。何の情報も与えない客に、値引きの数字を教えるわけにはいかない。

「アンケートはどうなっている」

「これですわ」

のっぽはテーブルの上に用紙をひらりと置いた。ほとんどが空欄である。

「お前、女の子だって、もっと書かせられるだろう」

「私だって、押したり引いたり、やれるだけやったんですよ」

部屋を見に来た顧客にわたす「アンケート用紙」には細かな顧客情報欄がある。家族構成、今の住まい、予算、資金事情……、業界でホットな客と呼ぶ、本当に買う気のある客ほど詳細な書き込みをしてくれる。課長がチラッと大泉に視線を投げた。大泉がかすかにうなずく。

「それじゃ早めに切り上げて、六階でYくんが当たっている客を、きみが相手をしてくれるか」

はい、とのっぽは部屋を出て行った。

ドアが閉まるのを待って、田中が大泉にいった。

「あの客、散歩のついでじゃないぞ」

大泉が細い目を見開いた。

「土曜日の午後、バーバリーのコートを着て散歩に出るか？」

「バーバリー？」

「丸めるように腕の中に抱えこんでいるがね」

「バーバリーとわかったんですか？」

「おれは一時期、モデルルームに客が入ってきた瞬間、ひと目でどれほど客のことがわかるかばっかり研究していたことがある」

ふうん、と大泉は視線の定まらない相槌を打ったが、バーバリーを見極めるぐらいわけはない。

「大泉くん、きみ、バーバリー旦那に顔を知られているのか」

「いいえ」

「それなら販売員をやってくれないか。おれが客をやろう」

大泉が怪訝な顔をした。

「おれが客のふりをしてきみに色々聞くから、おれの話についてきてくれ」

部屋に足を踏み入れながら、田中は大泉に語りかけた。

「グローバルマンションで、神楽坂から歩いて六分以内、六十平米前後で平米単価百万円ということで検索したら、ここが一番トップで出てきたんだよ」

「グローバルマンション」は日本で有数のマンション検索サイトである。いいながら目の端でバーバリー男をうかがった。

六十は過ぎているがまだ現役で金回りはいい。散髪はしたばかり、靴もジャケットも趣味のいいものだし、バーバリーのコートも高級なランクのものだ。大泉とロールプレイングを続けてみる価値はある。

このマンションに住むのを自分にするか、親にするか。一瞬迷ったが、親にすることにした。ぎりぎり彼に届く声を出した。

「とにかくお袋が、もう一戸建ては面倒で仕方ない、ってSOSを出してきたんだ、植木職人を入れるのだって気を使うからイヤだって」

大泉が話をあわせてきた。

「そうですね。戸建ては外回りの補修とか庭の手入れとか大変ですよね。ここなら全部、管理人に任せていられますから。最近はお母様のようにおっしゃるお客様がとても多くなっております」

「地面に一番近い一階がいいだなんて、老人にそういう望みがあるとは思いもよらなかったよ」

田中は部屋のあちこちを見るふりをしながら、バーバリー男の耳に届くところからは離れないように大泉に語りかける。

「やはり親の世代が多いのかな」

田中はアンケート用紙を手にして大泉に目配せした。大泉は気付いたようだ。

「さようでございます」

「なるほど」

「しかしお客様は、親孝行でいらっしゃる。それでお父様お母様のお歳は、……はあ、はあ」

読み上げないほうがいい顧客情報はうまくスキップする。この程度のことはできる男だ。田中はさらに先にいってみることにした。

「このあたりでこの時期、同じようなマンションはもっと出てくるんだろう?」

大泉が細い目を見開いた。大泉はおれの期待する答をくれるだろうか?

「それはですね」

大泉は手にしたパンフレットを広げながらいった。のっぽとバーバリーがこっちに神経を向けているような気がした。

「うちはまずったんですよ。二年前、もう他所が敷地の手当てから手を引いていたのに、うちは突っ走ったんですよ。だからこんな最悪の時期に販売開始になってしまったんです。他所はしばらく仕込んでいませんから、当分は出てこないでしょう」

いいぞ、という表情を大泉に送った。この答え方が正解だ。大泉も一緒に仕事をしなくなった五年間で成長している。

「そうですか。お袋もついていたな」

帰りかけていたバーバリーが、のっぽに何か聞き始めた。のっぽが明るい声を上げて応対している。田中はダメ押しをすることにした。

「また明日、親父とおふくろを連れてきますが、手遅れってことはないですよね」

「まだ、大丈夫だと思います」

大泉はバーバリーたちに背を向けて噴き出しそうになっている。田中は眉間（みけん）にしわを寄せて笑うのを戒（いまし）めた。

販売センター内のスタッフルームに戻ってから、大泉は腹を抱えて笑った。

「誰ですか、部長のことをマムシのタツなんていったのは。むしろ笑かしの達人じゃないですか」

「きみ危なかったな。もう少しで噴き出すところだったろう」

「だってお袋もついていたな、なんて。そんな甘いことをいう顧客はいないでしょう。バーバリーにさくらだって気がつかれるんじゃないかとひやひやしたですよ」

あの顧客はきっと気がつかないと思った。仕事はそこそこ出来るだろう。しかし脳みそは四角四面にしか働かない男。確信があった。

「どうなりますかね」

テーブルに向かい合って座ってから、大泉が１０２号室のほうをあごでしゃくった。

「私、何度か部長と一緒にお客と会いましたけど、部長って、こんなに口八丁でしたっけ」

意表を衝かれた。自分が口八丁だったか？　営業から五年離れていた。五年前がどうだったか覚えていない。モデルルームをのぞいたときに閃いた芝居をやっただけだ。

「きみこそ口八丁だった。おれがどんどん勝手なことをいっても軽々とついてきた」

「勉強になりました。ああいうやり方もあるんですね」

大泉がスーツの内ポケットに手を入れた。少し膨らんだ茶封筒を取り出して頭を下げた。

「ありがとうございました。これ些少ですがお納めください」

遠慮してみせるのも芝居がかっているだろう。ありがとうといって、中を確かめずにポケットに入れた。受け取った掌の感覚では十万円だった。

のっぽが戻ってくるまで田中は待たせてもらった。

「どうだった？」

大泉が聞くと、のっぽはアンケート用紙をテーブルの上に置いた。さっきは空白だった書き込み欄がかなり埋まっている。

「今度は女房と来るっていってました」

「驚いたかい？」

田中が聞くと、のっぽはにやりとした。

「最初は驚きました」

「わざとらしくなかったか」

「声が小さかったのでよかったですよ。あの親父、そっちへ耳ダンボでした」

田中がやったな、という表情で大泉の肩を叩いた。

田中が部屋を去ろうとしたとき大泉が声をかけてきた。

「部長、お願いがあるんですが」

「うむ？」

「ここの販売の面倒を見てもらえませんか。まだあと二十室もあるんです。悪いようにはしませんから」

「馬鹿をいうな。おれは求職中の身なんだぞ」

「しかし」といって空咳（からぜき）をした。

「部長、もう五十なのに、この業界以外なんて無茶ですよ」

「四十九だ」

「面接とかあるときは、そっちへ行ってくださって結構ですよ。お時間があるときだけ、こっちへ来ていただければ、悪いようにはいたしません」

「そう決めたんだ」

「部長が悪いんじゃないって、みんなわかってますよ」

「おれを殴りたがっている奴がいたってことは、思い知った」

「誤解だったんです」

「誰だ」

「知りません」

襲ったやつを知らなくて、誤解かどうかを知るわけがない。

「誰なんだよ」

「…………」

「おれはやられっぱなしでいなきゃいかんのか。あれで有望な就職が一つだめになったんだぞ」

大泉は結んだ唇を開こうとはしなかった。

3

駅に降りたとき、乗り換えのホームに向かわず、「喜美」に行こうと心を決めた。今夜も一緒に呑むだろうと思っていた大泉から、丁重に送り出されてしまった。申し出を断ったから、つれなくされたのかもしれない。

大通りを越えマンションが並んだ一角を通り過ぎてからの雑居ビル群のどこかに、店の外まで客の並んでいるラーメン屋があった。「喜美」はその隣のビルだった。見つからないまま一周したらしく、さっき通ったばかりの四つ角に出た。そこの雑居ビルにもいくつかバーの類が入っている。ここでもいいや、と思った。大泉のくれた金は途中で確かめてある。きっちり十万円。どこで飲んでも足が出ることはない。

階段で二階に上がると、ドアを開け放したバーがあった。開店準備に忙しそうな女に声をかけた。

「もういいのかい」

「ええ、もちろんですよ」

カウンターの端に座り、生ビールを頼んだ。

いろんなことがあった日だ。

望月はおれと美奈のことを知っていたに違いない、不意にそう思った。美奈に部屋を買うのに、おれと美奈がどんな仲だったか確認したかったのだ。二人を会わせてみて何かが再燃することはありえないとわかり、契約書にサインをした。別に営業マンとしてのおれを認めてくれていたから呼んだわけじゃない。そこまで考えて、黒板消しで消すように思考の流れをふき取った。何一つ確かなことはない。

他にも煮え切らない思いが頭の中をめぐっている。大泉は自分を五十と決め付けて、再就職は難しいと断言した。そのおれに売れ残りのマンションを売らせようとする。おれはどんな顔をして元五菱マンの手先を務められるのか？　しかしあのシナリオのない芝居は面白かった。あんなことは初めてだが、思いついたことをそのままやったに過ぎない。大泉は、おれを口八丁といいやがった。お世辞だろうか、本心なのだろうか。おれはあいつと営業をやっていた頃より口がうまくなったのだろうか？

あのバーバリー男、あの部屋を買うだろうか？　芝居の効果に興味津々となっている。大泉に経過報告をしてもらおう。

二杯目を頼んだとき女が抑揚のない声をかけてきた。

「生がお好きなんですか」

四十九歳では、不動産以外の就職は無茶だと大泉は断言した。これまでの就職活動では確かにそうだった。しかしまだ四ヵ月しか経っていない。どんなプロジェクトだって、取り掛かってみればいつもとても越えられないような壁に出くわすものだ。投げ出すには早すぎる。

ドアが開いて二人の客が入ってきた。女が救われたように「いらっしゃいませ」と大きな声を上げた。それを機に店を出た。もう少しましなところがあるだろう。

ひと区画歩くと行列にぶつかった。行列の先にラーメン屋の赤いちょうちんが見える。顔を上げた。目の前のビルに「喜美」と紫の文字の浮かび出た看板があった。

ドアの隙間から中の賑（にぎ）やかなやり取りが漏れてきた。ドアを開けると、客たちの視線が一斉に田中に向けられた。ざわついていた部屋の空気が凍（こお）りついた。

「あらあ。部長、いらっしゃーい」

喜美が明るい声を上げて、凍りついた空気を破った。

カウンターに三人の男が並んでいた。三人とも見知った顔だ。みな唖然（あぜん）として田中から目をそらすことができない。真ん中に大泉がいて、奥にいるのは木内、手前のひときわ体の大きいのが清国だ。

田中もすぐには言葉が見つからない。大泉が立ち上がっていった。

「部長、先ほどはありがとうございました」

「邪魔をしたかな。きみが遊んでくれないんで、この近くで一人で飲んでいたんだけど、ママが恋しくなってね」

「すみません。前から約束していたもので」

「作戦会議かね」

そのとき清国が立ち上がった。勢いで止まり木が倒れた。田中が反射的に後ずさりすると、清国はその場に土下座をした。太い声が足元から響いた。

「部長、すみませんでした。私は部長のお気持ちも知らずに、とんでもないことをいたしました」

リノリウムの床に両手を突いて、その間に頭をこすり付けている。

慌てて木内もカウンターから立ち上がり、清国の隣で同じ姿勢をとった。清国の大頭には剛毛がたっぷり生えているが、小柄な木内は頭頂部まで禿(は)げ上がり、頭がラッキョウのように見える。

「私も間違ったことを清国さんに伝えまして、申し訳ありませんでした」

二人は頭を下げ続ける。田中は腰を曲げて二人の背中に手を置いた。

「わかった、きみらの気持ちはわかった。もういいから、立ってくれ」

二人はなかなかその姿勢を崩そうとはしなかった。

「きみらがやめないと、おれまで土下座をしなきゃいけない気分になる」

「おい」大泉が口を挟んだ。

「部長に土下座をさせるわけにいかんだろう」

そのとき閃いた。

「きみら、そんなに気がすまないなら、おれに一発殴らせてくれ」

え、あっけにとられた顔で二人が田中を見上げた。それからこくりと子どものようにうなずいた。

二人は田中の前に直立した。首一つ分、清国が大きかった。清国には格闘技の選手のような迫力がある。あの日、この頑丈そうな大頭に毛糸の帽子をかぶり、ごつい鼻をマスクで隠していたが、確かにこいつだった。木内は対照的に小柄で、田中より五歳は若いのに五歳はふけて見える。「ビジネスマンはふけて見えたほうがいいんだ」と五十嵐はいつも木内をからかっていた。

田中はまず清国の前に立った。

「歯をしっかり食いしばって、体中に力を入れてくれ」

力加減が難しい、痛すぎても痛くなさすぎてもまずい。拳をやんわり握ることにした。これなら加減しやすい。

いくぞ、振りかぶって奥歯をかみ締めた頬にパンチを当てた。体に響く鈍い音が鳴った。清国はわずかに上体を揺らした。

木内は清国より軽くしたが、こいつも少しよろけた。

「もうこれで、一切なかったことにしよう。おれも怨まない、きみらも謝らない、話にも出さない。いいな」

二人は大きくうなずいた。

ボックス席の奥に田中と大泉が座り、その前に清国と木内が座った。

田中は三人のグラスに氷を足して、乾杯の音頭をとった。喜美がチーズの盛り合わせをテーブルに置きながら「男の人はからっとしていいわね、女はぐじゅぐじゅ」といった。

「女はぐじゅぐじゅなもんか、ママがこの中で一番からっとしているよ」

田中は笑って見せたが、まだ誰も笑うところまでいっていなかった。

仕方ないから田中はせっせと飲んでせっせと注いだ。木内を酔わせて聞きたいこともあった。バカ話をいくつも繰り出してから、さりげなくいった。

「木内くん、大泉くんに聞いて驚いたよ。本当は希望退職は五十人も要らなかったのか」

「一度、三十人に決まったんです」

「それが何で五十人になったんだ」

「そりゃ、一人でも多いほうが人件費を大きくカットできますからね。そういうの、これがお好きでしょう」

親指を突き出した。確認した。

「専務が、ってことか」

木内が小さくうなずいた。なるほど大泉のいっていたとおりだ。アルコールのせいではない熱いものが体中をめぐり始めてきた。

「おれがただ突っ走ったってことか」

「専務が戦略を立てて、部長が旺盛に実行されたと、いまではみんなわかっています」

「みんな？」

「リストラを食らった奴らの何人かは、時どき飲んだりメールをやり取りしたりで、連携が取れていますから。今度のことは伝わっています、部長がいまハローワークに行かれていることも」

「きみはどうして辞めたんだ」

「私は、あの方の無茶はたいてい何でもやらされました。ここんところいっそうなりふり構わなくなっていますから、もう耐えられなくなって」

「なにをやらされたんだ」

木内は滑らかだった口をつぐんだ。田中が木内のグラスにウィスキーを注ぎ足していると、横から大泉がしゃべりだした。

「品川の××ランドだって、外資のファンドがサーッと手を引く中で、これが逃げ遅れたんですよ。結局、途中までしか建たないで重荷になっている」

「あれは専務の責任じゃないだろう」

木内から聞いたということだ。

熱いものは勢いを増していたが、言葉ににじまないようにした。今度は木内が答えた。

「あの話がひそかに出回ったとき、どこも乗らなかったのに、あの方が乗った。私らに強引にもうかる企画書を作らせたんですから」

「それだって経営企画会議を通っている」

「騙しゃ、勝ちっていうんですか」

お前だって喜んで乗ったんじゃないかとはいわずにグラスを口に運んだ。喜美がやってきて氷で溢れたアイスペールと交換した。

「私はね」と清国がしゃべり始めた。木内の話は聞き飽きているのだろう。

「誘ってくれる友達がいたんですよ。だから半年分の退職金上乗せは御の字でした。ところがどっこい、辞めたとたん話が急に迷路に入って私は放り出された」

似た話は田中の目の前も掠めていった。

「そうなるとダメですよ。どこにいっても洟も引っ掛けてくれない。フルコミッションならもちろんありますよ。でもこの年でフルコミッションでやって、半年くらいで振り落とされて、またどっかでフルコミッションでって、やってられませんからね」

「そりゃそうだ」

「木内さんは大江戸で拾ってくれたんだから、いいですよね」

「仮住まいさせてもらっているだけですから、間もなく清国さんと一緒になる」

大泉はグラスを口から放さない。木内と清国の扱いの違いを説明はできまい。大江戸土地建物と大泉のどこかに、木内をはめこむ場所はあったが、清国のぶんはなかったのだ。

「他の人はどうしてますか」

「三分の一はどこかに収まりましたが、あとは苦労していますよ。失業保険が切れるまでは、なりふり構わない気分にもなれませんしね」

それは田中も一緒だ。失業保険がなくなれば、自分の見栄や好みに拘(こだわ)ってはいられなくなる。田中も一歩ずつそこへ近づいている。

「今日な」大泉が話題をそらした。

「部長と面白いことをやったんだよ」

大泉は二人で演じたシナリオのない芝居を詳細に再現した。最初は不思議そうな顔をしていた二人が、やがて声を上げて笑い出した。

「お袋もついてた、はないですよね。そんな天使のような客は見たことがない」

「そうだろう、おれも部長と一緒に何度か営業をやったことがあるけど、こんな的屋(てきや)のようなトークをするのは見たことがない。むしろ行動力で営業をする方だったという印象なんです」

的屋はないだろう、と田中がいいかけたのに清国が割り込んだ。

「そうですかね。私は、部長から口説かれたとき、この人はずいぶん上手に話を持っていくな、と思いましたよ。いつの間にかイヤといえなくなっていましたから」

胸の中で清国の言葉に強く呼応するものがあった。リストラの前線部隊長だったあの時期、おれはできるだけ相手を刺激せず、退職へと搦めとる話し方を心がけた。必死ですがり付こうとする五十人を相手に、何度もそれを繰り返せば、少しはトークがうまくなっているかもしれない。

「悪かったな。おれもまだ決まっていないのだから勘弁してくれよ」

「部長はすぐに決まりますよ。私らとはものが違いますから」

「なにいってんだ。さっき大泉くんから絶対無理だって太鼓判を押されてしまった」

「他の業界ならば、ってことですよ。もういいでしょう、みんなに事情が知れたんだから、そんな意地を張らなくたって」

大泉が田中のグラスにどぼどぼとウィスキーを注ぎ足した。

十章　Jウェア

1

　田中雅人は喫茶室の窓から地下街を眺めていた。サラリーマンやOLが隊列を組んでいるかのように、切れ目なく行き来している。無意識のうちに膝の上のバッグを両手で抱えていた。

　来ないですむなら来たくなかった。W通信機の仕事を早く終えたかったし、プレッシャーを感じる人たちばかりがこの先に控えている。しかし今日まさとが来ないでどうするんだ、と花田良治は許してはくれなかった。

──今日は大勝負の日です。久しぶりに緊張しているみたいです──

　出がけに「akane」にダイレクトメッセージを打っておいた。今度はいつ返事をくれるだろう。あの日以来、雅人は時どきあかねのブログに触発された想いや、甘い詩句などをつぶやいている内に、あかねと「ダイレクトメッセージ」をやり取りすることになった。「akane」は「さくら」のメッセージに忘れたころ、短い返事をくれる。「akane」がつかず離れずの距離をとっているような気がした。雅人も距離を測っている。この細い道が消えないように。

雅人の視線の先で細身の男が隊列から抜け、喫茶室に入ってきた。店内をまっすぐこちらにやってくる。男は親しげな笑みを浮かべていった。

「やあ、お待たせ」

「すいません、お忙しいのに」

花田が立ち上がって頭を下げた。雅人は座ったまま口の中で「どうも」といった。雅人にとって「お金講座」以来の鷹巣次郎だった。

「とうとう花ちゃんに、引っ張り出されちゃってね。清水さんにもしつこく頼まれているからな。おれ、あの人、弱いんだよな」

鷹巣はまるで学校の先輩のようなしゃべり方をした。

「ありがたーす」

花田も後輩のようなしゃべり方になっている。

花田の、Ｊウェアの社長室のスタッフとの話はやはりうまくいかなかった。その翌日、雅人が渋るのを意に介さず、花田は鷹巣に会いにいった。鷹巣との話を済ませた花田は、帰る道すがら息を弾ませて雅人に電話してきた。

「驚くなよ。すげえことになった」

「はあ？」

「お金のほうはダメになったんだけど、やっぱりダメ元って偉大だよ。いやそうじゃない、叩けよ、さらば開かれん、だ」

「…………」

「誰に会えることになったと思う」

「もったい付けるなよ」

「加倉井隆（かくらいたかし）だよ」

「まさか、あの」

「あの加倉井隆だよ」

二人ともフルネームでしか呼んだことのない加倉井隆は、Ｊウェアの創業者である。マスコミがしばしばその辣腕（らつわん）ぶりを伝えるカリスマ経営者だった。その人に会えるなどとは夢にも思っていなかった。

雅人は来たばかりのコーヒーに砂糖を入れている鷹巣にたずねた。

「加倉井隆が、何でぼくらに会ってくれるんですか」

「説明してないのか」

花田を見た。

「いくら説明しても飲み込めないみたいで」

そりゃそうだ、笑いながら鷹巣が口を開いた。

「加倉井さんは『若手起業家と語る会』というのを作っていて、色んな若手を応援しているんだ。ぼくもその会に入れてもらっているんだけど、花田くんから出資してくれないかという話を聞いたとき、これは出資よりも加倉井さんだろうと思ってね」

雅人は生唾(なまつば)を飲んだ。

「加倉井さん、いつも、若い起業家がもっとどんどん出てこないと、日本経済はダメになると心配しているんだ。それできみらの話をしたら、すぐにプレゼンにつれて来いっていうから」

「おれのいったとおりだろう」

花田が得意そうにいったが、雅人はまだ信じられなかった。信じるには事態の推移が急すぎる。

花田が先になって地下街から青梅街道へと上った。そこからは鷹巣が案内した。途中、後ろを振り返って二人にいった。

「全力投球でプレゼンしろよ。あの人は細かなことより情熱の人だから、情熱が起業の成功の秘訣と思っている人だから」

「鷹巣さんだって、そうでしょう」

花田が媚びるようにいった。

「おれは運だってこのあいだもいったろう。おれの周りで生き残っている奴は、ほとんどが運だけでやっているようなもんだ」

青梅街道を少し下った背の高いビルの前で鷹巣が空を仰ぎ見るようにした。

「今日はここに来ているんだ」

雅人もビルを見上げた。真っ白な建物が自分のほうにのしかかってくるような気がした。この最上階にJウェアの「新宿ラボラトリー」が入っているという。

2

テレビで見た芝居の楽屋のような部屋だった。あちこちに大きさもデザインも違うテーブルがあり、雑多な洋服がかけられたパイプハンガーが並んでいる。その間を若い男女が駆け回っていた。

小さなテーブルやハンガーに囲まれた大き目のテーブルに三人は座っていた。そのテーブルの半分にはシャツやジーンズも載っているから、作業台兼用かもしれない。

雅人は部屋のあちこちを盗み見ながら、若者たちが生み出す迫力に気圧(けお)されていた。

長いこと待たされていたが、時間は飛ぶようにすぎた。部屋の騒音が少し静まったと思ったとき、パイプハンガーと若者の間を縫って、胸幅の厚い精悍(せいかん)な男が近づいてくるのが見えた。マスコミでしばしば見たことのある加倉井だった。

三人は立ち上がって頭を下げた。加倉井はおう、と声を上げた。鷹巣が二人の名前を紹介すると、加倉井は何も問おうとせず、傍(かたわ)らのモニターをあごでしゃくった。

「それじゃ始めてもらおうか」

雅人は慌ててバッグからＵＳＢメモリーを取り出して、モニターに差し込んだ。加倉井は、髪を短く刈り、目は細く、鼻も小さく、唇は薄かった。しかし剃刀のように、触れたものを切り裂き血を噴き出させる鋭さがあった。

それから十五分、雅人は熱心に「ベスト・コンシューマー」の概略を説明し、本命の「フィッティング・ルーム」を使って見せた。念のため練習してきた以上にキーを素早く扱った。体中が汗ばんできた。加倉井も吸い込まれるように画面から目を離さなかった。

それまで短い質問を挟むだけだった加倉井は、プレゼンが終わって雅人が向き直ったとたん、鼻先でモニターを吹き飛ばすような口調でいった。

「これじゃ弱いだろう。着せ替え人形のようなものだ。実際に着たらどうなるか、さっぱりわからん」

雅人は必死で言葉を返した。

「世界中のネットをひっくり返しても、これほどのものはどこにもありませんよ。いま他所のをお見せしてもいいです、三ランクは違います」

「そんなロクでもないものと競争しても仕方ないだろう」

「でも、それが世の中に通用しているんです。うちのフィッティング・ルームはリアルの鏡の前に立ったようじゃないですか」

「ま、最初のジャケットとジーパンくらいは見られなくはないが、シャツもTシャツもまだまだだ。これじゃフィッティング・ルームの名前が泣くよ」

「先ほど申し上げましたように、パターン003以降はまだラフ版です。採用してくれた企業さんの具体的なアイテムが全部、最初の二つのようになりますから」

「何のためにうちにつれてきたんだよ」加倉井が鷹巣にいった。

「うちのアイテムが入っていなきゃ仕方ないじゃないか」

鷹巣が気弱な笑みを浮かべたとき、花田が慌てて間に入った。

「すみません、鷹巣さんのお話をいただいてから日数がなかったもので、不十分で失礼いたしました。これから早急に御社のアイテムを登録いたします。動作もデザインも素材も、かなり広範囲にフォーマットを作ってありますから、このプログラムに沿ったデータをいただければ、あっという間に登録できます」

加倉井は花田の言葉を最後まで聞いてはいなかった。

「いいかい、ネットで試着サービスを成立させるためには、リアルショップとは違うプラスアルファがなきゃだめだよ。ネットじゃ、どうしたって自分の手や頰っぺたで素材に触れられないいんだから、そのマイナスを補うだけのものがなきゃ」

「もちろんそう思っています」

雅人ははったりを口にした。プラスアルファなんて考えてもいなかった。「フィッティング・ルーム」そのものがまだ百パーセント完成していないのだ。プラスアルファにまで頭が回るわけがない。

加倉井が矢継ぎ早にいった。

「うちのグループの中だって、リアルショップとバーチャルは激しく争っているんだ。よほどの相乗効果が見込めなければ、採用するわけにはいかんよ」

今度は雅人もひるまなかった。

「いまにどのメーカーもどのネットショップも、このシステムを利用するようになりますよ。子どもからじいちゃんばあちゃんまで、いまはネットが苦手な人だって、ここで試着してからファッションアイテムを買うようになりますよ」

不況の波に洗われているリアルショップは、地すべり的にネットショップに重点を移行させている。リアルショップの経営者たちはネットを恐れながら、自分もそちらの果実も手に入れたいと切実に願っているのだ。

「きみら、うち一社仕様のものを作るつもりがあるのか」

加倉井が雅人の心の内をのぞき込むようにいった。「フィッティング・ルーム」を一社仕様にするつもりはなかった。ネット上のソフトは全世界に向かって開かれているものだ。しかし加倉井は当然のようにイエスの答を待っている。雅人が口を開きかけたとき花田がいった。

「ぼくらは日本中のショップが、いや世界中のショップが、これを使うことを夢見て、いや確信してやってきました。モニターの中で試着ができるんですよ。人類共有の財産にするべきでしょう」

「Ｊウェアをその他大勢の一つにして、データを提供しろっていうのか」

加倉井の細い目が花田を切り裂くように見た。今度は雅人が口を開いた。

「必ずどこかが先陣を切ってデータを提供してくれます。そうするとそこの製品はモニター上で試着できるんです。ユーザーは一気にそこに集まってきます。他所のショップの倍も三倍も商品が売れるようになります」

花田が付け加えた。

「他所も必ずあとをついてくるようになります」

加倉井はモニターの画面に目をやっている。雅人は息を殺して次の言葉を待った。画面を見ながら加倉井がいった。

「きみらの遊びに付き合ったとして、うちの先行者利益はどのくらいある」

「Jウェアさんが踏み出してくれれば、他社が次々と加わってくると思います……」

「そうなると？」

「私どもの営業活動にもよりますが、三ヵ月くらいは……」

「三ヵ月か」

失笑するような口調だった。

「色んな企業がフィッティング・ルームを備えたあとは、それぞれのアイテムの本来の商品力の勝負となると思います」

「それだったら、おれたちは何のためにそれを入れるんだ」

「ECがそういう時代になるんです。フィッティング・ルームを入れなかったら、時代に参加しないことになるんです。先行者利益は少なくても時代に遅れずに済みます」

花田の言葉に雅人がダメ押しした。

「いまやどこのショップも、何のためにネットショップを始めたかなんて問わないじゃないですか。それが普通のビジネス環境になるんです」

「おい」加倉井が頬を歪めて笑みを浮かべた。「生意気なことをいえるんだな」

「恐れ入ります」

「謝ることはない、きみらのいうとおりだろう。おれはネットなんて好きじゃないが、ネットが開拓する商売の行く末は、きみらなんかよりずっと深刻に考えているよ」

雅人は気付かれないように、ふーっと長い溜息をついた。

さっきから若い男が、少し離れたところに立ってこちらを見ている。加倉井がそれに気が付いて、なんだ、と顔を向けた。

「ちょっと見ていただきたいものがあるんですが」

「ここへ持って来いよ」

男は誰にともなく頭を下げるだけで近寄ろうとはしなかった。加倉井はテーブルに両手をついて勢いよく立ち上がりいった。

「それじゃ、これでおしまいだ。きみら擦り切れるほどがんばってみたらいい。いいのができたら検討するよ」

「何か種類の少ないアイテムで、データの協力をお願いできますか」

加倉井は首を傾けてからぶっきらぼうにいった。

「そのくらい、うちじゃなくても、どこか、探せるだろう」

何かいわねばと雅人は焦（あせ）ったが、言葉が見つからないうちに、加倉井はその場からいなくなった。

3

三人は高層ビルの谷間を新宿駅に向かって歩いていた。あのオフィスを出てから、誰も口を開かなかった。雅人は四百メートルほど全力疾走したあとのような疲労感を覚えていた。

赤信号で鷹巣がいった。

「おれんときより、加倉井さんの反応がいい」

「嘘でしょう、ぼろくそだったじゃないですか」

花田がいった。

「あれは脈があるときの加倉井さんのやり方なんだ。タカジェンスなんか、こんな子どもの暇つぶしをビジネスにするなんて考えられないっていわれて、なかなか相手にしてもらえなかった」

「へえ」

「自分だって、やたらに子どもの服、作っているくせにな」

青になった交差点を渡りながら鷹巣がいった。

「それで、さっきの話はどうなったということなんですか」

花田が聞いた。加倉井が「フィッティング・ルーム」にどの程度乗り気なのか、雅人にも判断できなかった。

「あそこのアイテムを登録していないことにすねているんだろう」

雅人と花田は顔を見合わせた。

「とりあえずＪウェアの代表的なアイテムを登録して、彼のいった通りにしてみたらいいじゃないか」

「もう少し質感をリアルにして、プラスアルファを加えるってことですか」

「ああ」

「採用してくれますかね」

「使い勝手がよければな」

鷹巣はするりと体をかわした。これでは何もいったことにならない。

そこから三人は駅まで続く地下への階段を下りた。花田が聞いた。

「タカジェンスは、加倉井さんに出資してもらっているのですか」

「まさか」鷹巣は青白い顔をゆがめ失笑した。

「そんな甘い人じゃないさ。うちをのっとるつもりなら別だろうが、金なんか出してくれるもんか」

「鷹巣さん」花田がいった。

「三ヵ月以内にはJウェアで採用してもらうようにしますから、それまでの繋ぎ資金を貸してくださいよ」

「そんなに甘い人じゃないっていったろう」

採用してくれるかどうかわからないといっているのだ。

「もう花田もぼくもアルバイトをやめにして、全力で取り組みたいんですよ。三ヵ月分の時間を買うお金が欲しいんですよ」

「きみんところは立派な実家があるじゃないか」

鷹巣が雅人にいった。

「そんな金持ちじゃないですよ」

「だったらサラ金を借りたらいい」

「もうやってみたんです」雅人がいう前に花田が答えた。

「でもぼくらみたいな人間にはお金を貸してくれないんですよ。サラリーマンでもなければ、決まった収入もありませんから」

それでも鷹巣は表情を変えなかった。

「経営者はいつだって金の問題と闘わなきゃいけないんだ。本当に経営者を目指しているのか、起業ごっこじゃないかどうか、きみらの覚悟の見せ所だな」

鷹巣は片手を上げて別れを告げ、地下鉄の駅のほうへ歩いていった。

二人は西口交番の前に取り残されていた。周囲には買い物に行くらしき主婦や仕事の真っ只中のビジネスマン、デートの相手を待っている若い男女がいた。

二人はＪＲの改札に向かってのろのろと歩き始めた。二人がフルに「フィッティング・ルーム」に取りかかれば、三ヵ月分の家賃と事務所経費だけでも六十万円の金が要る。生活費を合わせればやはり百万円にはなるだろう。

花田の大きな背中を見ながら雅人は思った。花田は「わかった、おれが家に頼んでみよう」というのを待っているのだろうか？　花田にはシャッター街の外れで潰れそうな食料品店を経営している実家しかない。いやもう店を畳んだかもしれない。花田は雅人の家には普通の経済力があると知っている。

お父さんに相談してご覧なさいよ。

母の声がいまでも耳に蘇る。同時に父の千鳥足も瞼の裏に浮かんできた。相談しても言葉が嚙み合うだろうか？

——大勝負、中途半端でした。ピッチに立つ前に、終了の笛が吹かれた感じです——

オフィスに戻り、W通信機の仕事をできるだけ進め、最後に「akane」にダイレクトメッセージを送った。いつの間にか詩の言葉ではなく、婉曲(えんきょく)な業務報告がふえてきている。

十一章　ホームページ

1

机の端にコーヒーの空き缶。その上のセブンスターから煙がゆっくりと立ち昇っている。田中辰夫はときどきそれに手を伸ばす。もう由美子に知られていたが何もいいはしない。

昼食後、由美子がタカコの店とやらに出かけてから、田中はずっとパソコンの前に座っている。音を立ててキーを叩き、せわしなくあちこちのページに飛んでいる。画面には高級そうなマンションの画像が次々と現れた。興味が湧くとじっくりと読込み、関連する他所のホームページにまで飛んでいく。

五菱不動産を辞めるまで、田中はネットを使った営業に反感を持っていた。不動産の営業マンは、客と会話をしながら、客の中にあるニーズを把握し、あるいはまだもやもやしているニーズを形にしてみせ、客を満足させる方向に物件の魅力を盛り上げていかなくてはいけないと思っていた。

よく部下にいったものだ。

「ネットなんかで、客をその気にさせられるものか」

ところがこの三ヵ月ですっかり気持ちが変わった。田中自身、ネットでいくつもの不動産会社を研究したし、「転職支援会社」の担当者とは、何度もメールを交わして、細かなところまで意思疎通を図った。「目と目を見ながらでなくては心が通わない」といっていたら、こんなにたくさんの転職先を紹介してもらうことはできなかった。

田中はいくつものホームページをうろついてから、「レインボースカイ神楽坂」に戻ってきた。大手不動産会社のものとしては標準的な出来栄えである。

トップページは真ん中から左右二つの領域に分かれている。左には「駅から五分」「学園エリアのど真ん中」などのアイキャッチとなる、いくつかのキャッチフレーズがある。右には売りとなる部分の鮮やかなスライド写真が次々と現れてくる。

その上部には「アクセス」「管理・セキュリティ」「共用部」「間取り」「モデルルー

ム」「設備・仕様」などのタブが並び、その右端にひときわ大きく「資料請求」のクリックボタンがある。タブをクリックすれば、それぞれ詳しい説明のあるページが現われてくる。それよりさらに詳しい情報を欲しい人は、「資料請求」をクリックする。その場合は姓名、年齢、住所、電話、家族構成、予算、希望間取り、年収など、かなり詳細な個人情報を書き込まなくてはならない。

とくにセールスポイントとなる「設備・仕様」には写真や図がついている。「レインボースカイ神楽坂」はアプローチやダブル・オートロック、大きくあいた窓から見える皇居や湾岸部までの眺望などを紹介している。

アクセス地図にも近隣の施設、学校や大型店舗、公園などを目立たせるようなレイアウトをしている。「レインボースカイ神楽坂」に限らず、どこの物件も似たようなデザインのホームページで似たような紹介のされ方をしている。

最初は、舌を巻いていくつものホームページを見比べていた田中だが、やがて不満を感じるようになった。

これらのホームページはチラシ広告の詳しいものという役割しか果たしていない。もっと顧客と濃密な情報交換をするホームページが作れるだろう。

資料請求フォーマットの考え方も間違っている。不動産を買おうと思っている顧客候補が、もっとも嫌うことは営業マンにうるさく付きまとわれることだ。とことんフリーな立場で物件を吟味し尽くしてから、初めて営業マンと接触したいのである。本来ホームページはその欲求に最適なものだろう。それなのに、資料請求でこんなに詳細な顧客情報を取るのでは、その段階で尻込みしてしまう。

「そんな個人情報を内緒にしたがる奴はホットな客にはなりませんよ」

田中が営業をやっていたとき誰かがいった台詞だ。それは田中自身がいいたかったものでもあった。しかし今は違う。自分の情報を登録してもいいという少数の顧客候補だけに営業をかけるより、登録を嫌がるような多数にも営業をかけたほうが売れる可能性が高いと思うようになった。

匿名のままの顧客候補がさらに追加の情報を欲しがれば、いくらでも送ればいい、相手のニーズに合わせた情報を送り続けているうちに、顧客候補はその気になって、商談は次の段階に進む。そうしたら顧客候補も自分の情報を少しずつ開示してくる。

田中は何度もあちこちのホームページを比較しながら、自分の考えを進めていく。缶の上の煙草が半分灰になりデスクに落ちたがそれにも気付かない。

「間取り」と「設備・仕様」が別々のページからしか見られないのも気に入らない。間取り図にある玄関のドアスコープカメラをクリックしたら、すぐに機械と機能の解説ページが現れないと使い勝手が悪い。それくらい気が付きそうなものだが、そうなっていない。何でわからないのだろう？

人の気配を感じて田中は振り返った。由美子が立っていた。由美子は机に落ちていた煙草をつまみ缶の中に入れた。

「あなた、危ないわね。玄関を開けてもこのドアを開けても、ぜんぜん気が付かなかったのよ」

窓の外にはいつの間にか夕闇が広がっている。

「本当にパソコン中毒になったわね」

「これで仕事を探しているんだから、仕方ないだろう」

「仕事を探しているようには見えなかったけど」

モニターにはドアスコープの拡大図がある。

「これも仕事だ」

「DNAだったんだ」

いいたいことがわかったが口にしなかった。

「雅人も一日中やっていたわ」

雅人が学生だったころ、明け方トイレに立った田中は、明かりのもれる雅人の部屋からキーボードの音を聞いたことがある。最初はドアを叩いて「もう寝ろよ」といっていたが、そのうち諦めた。父親の叱責が効くのはせいぜい中一までだろう。

「これ、ちょっと見てみろ」

椅子から立って由美子に座らせ、モニターに「レインボースカイ神楽坂」の３ＬＤＫを開けた。

「どう思う？」

由美子はモニターを見た。

「どうって、よさげじゃない」

「どうして、そう思う？」

「きれいそうに見えるもの」

「トイレも、キッチンも、どんなものか、わからないじゃないか」

「それは仕方ないでしょう」

田中はマウスを奪って「設備・仕様」のページを開いた。そこで「トイレ」をクリックした。

「あ、こんなトイレなんだ。これテレビで見たことあるわ。どこも完全自動制御なんでしょう」

「どうだい」

「うちはそんな場合じゃないですよ」

「そうじゃなくて、あの間取り図をクリックしたらこれが見られたほうがいいだろう」

「それは」

由美子の答を待たずにいった。

「いいに決まっているさ」

田中は、「設備・仕様」のページに並んだ部屋の窓からの眺望を見せた。

「こういうのもある」

「窓から皇居が見えるんだ。いいわね、うちからはお隣の二階しか見えないのに」

「眺めの問題じゃなくて」田中は間取り図に戻った。指でモニターを指しながらいった。

「ここからこっちの方向にさっきの眺めがあるんだよ」

「どういうこと？」

由美子は怪訝（けげん）な顔になりかけて気付いたようだ。出会ったばかりのころのあどけない表情がこぼれた気がした。

「窓のところをクリックしたらすぐ、この眺めが出てきたほうがいいだろう」

「あなたがこんなにパソコンに夢中になるとは思わなかったわ」

「…………」

「あの子もね、あたしがネットでお洋服を買うのは心配だわ、っていったから、会社を作ることにしたらしいの。ほら写真だけじゃよくわからないでしょう」

前に聞いたことのある由美子の話は、右の耳から左の耳に流れていき、田中の頭でアイデアがどんどん整理されてきた。

ホームページの一番中心となるページに「レインボースカイ神楽坂」の「外観」と「立面図」と「個々の部屋の間取り」という三通りの図を置く。

ユーザーが知りたい部分のどこをクリックしても、詳細画像と機能の説明に飛べるようにしておけば、とことん物件を知ることができる。詳細画像に動画を組み込めるようになればパーフェクトだ。

「きみが、もしこれを買うとしたら、物件の詳細の次に何が知りたい」

「うちは買わないですよ」

「仮に、の話だ」

「お金ないし、もう家があるでしょう」

「お金がなくても、もし買いたくなったら？」

買わないですよ、といって由美子は椅子から立ち上がった。ローンの話をしようと思ったが、これ以上、田中のアイデアに付き合うつもりはないようだ。

「今日ね、タカコから美味しいアップルパイをもらってきたの」

「金がなくても買いたきゃ、ローンを組むだろう」

「あたしが今日持っていったチーズケーキ、すごい評判なの。で、もう少し洗練されたらお店に出してもいいっていうのよ」

「おれたちだってローンを組んだんだ」

「お店に出してもいいんですって」

嬉しそうにいって由美子は階下に下りていった。

ケーキ屋のパートを始めた由美子は、いつの間にか五十嵐の誘いを断り続けている夫のことも、会社ごっこのような起業を始めた雅人のことも気にならなくなったようだ。

パソコンの前に座りなおした。

不動産を買おうとする多くの潜在顧客にとって、一番の関心事はどのようにローンを組めるかだろう。

かりに五千万円の物件を自己資金が一千万円しかない人が買おうとしたとき、自分の収入でローンが組めるのか、月々ローンの負担がどうなるのか、それを知りたいに違いない。それに応えるページを設けたほうがいいではないか？

このトップページにも「フラット35登録マンション」とは銘打っているが、五千万円の物件を買うのに、どういうローンを組んで毎月どれだけ支払ったらいいか、ボーナス月にはどうしたらいいかまでは解説されていない。

なぜそこまで行き届かないのだろうか？　ホームページの管理者に質したことはないが、たぶん顧客によって年収や他に抱えているローンなどの条件が違うし、ホームページにそこまでの情報を載せるのは、手間暇がかかりすぎるということがあるのだろう。あるいはこんなに重要な情報を無料のネットユーザーにあげてもいいのか、と思うからだろう。

ローン支払い方法をここで勉強して、買うのはよその物件じゃ損をしてしまうか？

田中は首をひねった。そうかもしれない。だったらこの情報を欲しがる顧客候補には最低限、住所氏名の登録を求めるか？

（ここから先は匿名じゃないことを求めてもいいか）

田中は新しい煙草に火をつけた。

どの段階からどれだけの顧客情報を求めるべきか、まだ腹は決まっていないが、それはいま田中の頭に浮かんでいることを進めるのに障害にはならない。

煙草を半分ほど吸い、吸殻を缶の中にいれてから、携帯を手にした。登録してある番号にかけた。

目指す相手は留守だった。代わりに出た男がいった。

「戻ったらかけさせます」

「いえ、こちらからまたかけなおします」

相手がいなくてよかったと思った。もう一度、自分の心を確かめてからのほうがいい。

パソコンに戻ろうとしたら、階下から声がかけられた。

「ご飯ですよ」

2

ダイニングキッチンからリビングのテレビが見られる。たいていはつけっぱなしだがいまは切られている。

　スープの皿をレンジから取り出した由美子がいった。

「あたし、ケーキ作り習うわよ」

　さっきもケーキのことをいっていたと思い出した。

「パティシエなんてかっこいいでしょう」

　不意に思った。今日の主婦が明日のパティシエか。ケーキ作りとはそんなにかんたんな世界なのか？

「才能があるというのよ、あたしに、タカコの旦那が。あたしのチーズケーキ、いままで食べたことがないほど、美味しいんですって」

「どの世界だって奥が深いんだ」

　言葉とは別の考えが、頭の中でぱちぱちと火花を散らしている。

「わかっているけど、あたしだってケーキ作りは長いのよ、知ってるでしょう」

　あいつはどう出てくるだろう？

「パティシエなんて、プロフェッショナルの世界だろう」

　口は由美子についていっている。

「そのプロが才能があるっていってくれるんだから」

皆はその気になるだろうか？

「そりゃ、奥さんの友達のパートにはお世辞くらいいうさ」

由美子が黙った。

二人が箸（はし）に手を伸ばしたとき、玄関のチャイムが鳴った。あら、といって由美子が立ち上がった。チャイムの主が誰か、わかっている動作に見えた。

廊下から聞こえてきた「どうしたのよ」という由美子の口調で、来訪者が雅人だと知った。ドアから姿を現わした雅人は、田中に向かって小さく頭をうなずかせ、田中は「おう」といった。

由美子は、家を出るまで雅人が座っていた席に座らせ、すぐに田中と同じ料理を並べた。

「マー君がね」と由美子はわざと愛称をいった。「あなたにお話があるんですって」

「ふうん」

短い期間だが家を離れた息子は、雰囲気が変わって見えた。息子というより若い部下のようだ。どんな会社をやっているんだと問い詰めたのが、遠い過去のことのような気がした。

「うまくいっているのか」

家を出たから雰囲気が変わっているだけではないことに気付いた。雅人は何か重いものを心に抱えているのだ。

「話って、なんだ」

「あなたって、せっかちね。会社じゃないんだから、ご飯が終わってからでもいいでしょう」

「いいんだ」

雅人が母をさえぎった。

「父さん、おれにお金を貸してくれないかな」

田中はスプーンを皿に置いた。自然と少し背筋が伸びた。

「百万円でいいんだ。絶対に返すから」

「どういうことだ」

「この間、話したベスト・コンシューマーだけど、いま大詰めに来ていて、Jウェアの加倉井さんに会ったら、採用してくれそうなんだ」

「あのJウェアの加倉井隆か」

「ああ。あそこで採用されたらもう大丈夫。だからお金を貸して欲しいんだ」

「Jウェアで採用してくれるなら、おれから借りなくても大丈夫じゃないのか」

「最後の詰めをやってから、もう一度プレゼンして本決まりになる」

煙草の煙が目にしみたかのように顔の左半分をわずかにしかめた。幼いころから時々見たことのある表情だ。

「それじゃ採用と決まったわけではないだろう」

「だから百パーセントになるまでの繋ぎ資金が欲しいんだ」

由美子が話に加わってきた。

「この話ね、この間、あたしにいってきたのよ。だからお父さんに相談しなさいっていったんだけど、あの時はいえなかったのね、マー君」

夜中に家の前ですれ違った雅人の姿を思い出した。

「どうしていえるようになった」

「加倉井さんの話が出てきたから」

三人とも箸もスプーンも手から離している。

「経営者としていっているのか。息子としていっているのか」

「経営者としてだよ」

「それじゃ事業計画書と担保（たんぽ）がいるだろう」

「担保！」

雅人の声が高くなった。

「そもそもおれはお前がどんなものを開発しようとしているのか知らない」

「ネット上の買い物がうんと楽になるアプリケーションなんだ。とくに加倉井さんは、洋服をネット上で試着できるフィッティング・ルームに関心を持っている」

「そんなことができるのか」

「ちゃちなものはいまでも少しはあるんだけど、こっちのは本当に鏡の前で着ているようにできる」

「それをJウェアが採用するっていうのか」

「ああ、日本初、いや世界初だ。ネットの買い物に革命を起こす」

「そう簡単にいくまい」

言葉とはうらはらに田中が話に引き込まれかけたとき由美子がいった。

「あなた、二階で携帯が鳴っているわよ」

耳を澄ましたが何も聞こえない。立ち上がってリビングを通り抜け階段の下に行った。確かに着信音が降ってきている。慌てて駆け上がった。

「はい、田中です」

「電話をいただいたそうで」

　大泉だった。

「ああ、お忙しいところ、すみませんね。こっちからかけるつもりだったのに」

　つい丁寧な言葉になる。

「今日、小倉早苗さんが引越してこられたので、わたしが色々とアテンドさせてもらいました」

「…………」

「望月さんも一緒に来られましたから、もう一室くらい何とかならないかとスケベ心を出したんですが、ダメでした」

「どうです？　その後は」

「相変わらずです。少しは下見に来るんですが、一室も決まりません」

　思い切っていうことにした。

「あれ、まだ生きてますか？」

　答までやや空白があってから声が弾けた。

「やってくれるんですか」

「わたし一人、ということでなく、清国や五菱を辞めた奴、何人かでチーム組んで、請け負うというのはどうかな」

「彼らのこと、そこまで責任を感じておられるとは驚いたですな」

「まだ何も話していないから、どうなるかはわからないが」

「乗ってきますよ、彼らに他に選択肢はないんですから。木内だって喜ぶと思います」

大泉は木内も放り出すつもりなのだ。

「できますかね」

「いちおう本部長に話を通しますが、問題ないですよ」

階段をゆっくりと降りた。一足ごとに、体の中にあわ立つ思いが盛り上がっていくのがわかった。重大な責任を感じるというより、開き直りの気分が強かった。

「長かったわね」

答えず椅子に座った。由美子がレンジからスープの皿を取り出し、目の前に置いた。皿が熱くなっている。

「担保なんて、何もないよ」

雅人が真っすぐに田中を見詰め、思いつめた口調でいった。田中は話の続きを思い出した。

　雅人は母親の顔に向けようとした視線を、もう一度田中に戻していった。

「もし、万一、まんいち加倉井さんのほうがダメになったら、何かアルバイトをやって毎月三万円ずつでも返すよ。どうしても百万円分だけ時間を買いたいんだ」

　三万円ずつで百万円なら利息をつけなくても三十三ヵ月、ほぼ三年かかる。三年後でも雅人はまだ二十七歳だ。

　田中はスープを口に運んだ。舌がやけどしそうなほど熱かった。

「わかった。母さん、雅人に百万円出してやってくれ」

　退職金のほとんどは由美子に渡してある。

「あら、いいの」

「アルバイトで返すっていうんなら、体が担保のようなものだ。雅人の体ならまだ百万円は問題ないだろう」

　雅人の表情が半信半疑のまま明るくなっていった。

「その代わり時々報告を入れてくれ」

「報告？」

「ああ、大株主だ、当然だろう」

頭の中が、貸金ではなく出資に切り替っていた。

「雅人、口座番号を教えてよ」

由美子はニヤニヤしながらいった。

十二章　販売受託会社

1

田中雅人と花田良治が、パソコンの前に並んで座っている。午前中、二人がこの定位置にいるのは久しぶりのことだった。

花田はひっきりなしにキーを叩いている。モニターにはアルファベットと記号と数字が次々と打ち出されていく。

雅人はときどき両手をキーボードから離して、モニターの画像をじっと眺めた。ケミカルウォッシュのジーンズを穿いたアバターがゆっくりと基本動作をとっている。前後に歩き、体を左右に振り、一回転する。次に両手を前のポケットに入れて同じ動作をする。さらに両手を後ろのポケットに入れてみる。

母親から雅人の口座に振り込まれた金で「Ｊウェア」の売れ筋のアイテムをいくつ

か買ってきた。花田は肉体労働の日雇いに行くのをやめ、新しいアイテムのデータを必死になって「フィッティング・ルーム」のフォーマットに取り込んでいる。

雅人はW通信機のホームページを放り出し、Jウエアのジーンズとジャケットの画像を作成し、加倉井に求められた改良点に取りかかっている。

あの日加倉井は、雅人のプレゼンの最中、目を見張ってモニターを見ていたくせに、説明が終わったら「これじゃ、着せ替え人形のようなものだ」と注文をつけてきた。

雅人は内心むっとした。神経質にいいだせば切りがない。所詮、「Airvision3D」で合成した映像なのだ。世界の度肝を抜いた「ジュラシック・パーク」だって3D映画の「アバター」だって不自然さは残る。モニターの中で試着するにはいまの「フィッティング・ルーム」で十分だろう。

いわれたときは反発を感じたが、すぐにもう少し改良してみようと思いなおした。時間が足りないことを自分で言い訳にした覚えがある。自分に言い訳できたって世の中は甘えさせてくれない。

ウエスト、裾（すそ）、肩幅、パターンを構成している部位のプログラムを丁寧に書き込めば、画像はそれだけ繊細になっていき、いっそう試着室で鏡を前にしたときの感覚が味わえるようになっている。

襟元や袖口、ポケットなど重要な部分を拡大して、指先で質感を試す映像も見られるようにしている。これは加倉井が最後に求めた「プラスアルファ」のつもりだ。雅人がキーを叩きタッチパッドを動かすと、拡大された袖口のウィンドウが開かれる。サイズはモニター一杯まで大きくできる。指先で生地の質感を確認している大きな画像を見ると、ユーザーも生地の質感を味わった気になる。

（これでもまだ気に入らないか）

頭の中の加倉井に問いかけながらプログラムをいじっていく。加倉井は何も答えない。気に入らないのなら、新たなプログラムを創出しなくてはならない。それが三ヵ月でできるだろうか？

どのくらい時間が経ったろうか？　雅人は息苦しさを覚えて、キーボードから手を離した。頭に血が上り、後頭部が痛いほど脈打っているのがわかる。両手を伸ばし思い切り背筋を反らせた。

花田はまだパソコンに全神経を集中させている。体力がまるで違うのだ。おれはこの難所を渡り切ることができるだろうか？

チチチチ、奇妙な音がオフィスに鳴った。花田がデスクの携帯に手を伸ばして音を止めた。

「時間だ、おれでかけるわ」

「Jウェア」や「紳士服の赤城」の後に続いているファスト・ファッション「ホワイト」のオンラインショッピング部門と、パイプがつながったという。

「今度はVIPに会えるんだろうな」

「下手な鉄砲も数打ちゃあたる、だよ」

雅人はJウェアの採用が九割決まったと思っているが、花田は決まるまでは五分五分なんだといい張り、他のルートも追い続けている。

花田が部屋を出るとすぐ、廊下から声が聞こえた。

お忙しいんですね。

あかねだった。

これが無駄足ばかりなんだよね。

花田も打ち解けた口調でいうと、あかねが女子高生のような笑い声を上げた。雅人は胸が焦げるのを感じた。ジジッと音が出るほどだった。

なんだって花田はあかねとあんな口が利けるようになったのだろう？　雅人も廊下や建物への出入りのとき、あかねと何度かすれ違っているが、まだぎこちないやり取りしかできない。それなのに花田は「柿沢さんて、ちゃんとした企業に勤めていたのに、独立したんだってさ」とか「英楽園はまだぼちぼちらしい」という情報を聞き出し、雅人に伝えてくる。雅人は「さくら」という架空の名前でぽつりぽつりとしかやり取りがない。

――大勝負、中途半端でした――

これには短い返事をもらった。

――ということは、まだ勝負がついていないということですよね。がんばってください――

花田の足音が遠ざかり廊下は静かになった。しかし雅人は「フィッティング・ルーム」の作業に集中できない。加倉井の憎らしい口調を思い出して、自分を駆り立てようとしたがダメだ。

「英楽園」を開けた。まっすぐ「楽園通信」のほうへいった。

――××教室は少しずつ生徒さんが増えています。今回、会社を定年退職されたので近いうちに奥様と一緒に海外旅行に行きたいから、英会話を学びたいという方が入っていらっしゃいました。

英楽園では漠然と英会話を学ぶのではなく、生徒さんの目的に合わせて、実際に役立つシナリオを作って、会話を勉強しています。

近所の外国人とお話ししたいという目的でもいいので、ぜひいらしてください——

××教室はM区の公民館を利用した英会話教室だ。公的な助成金も受けながらやっているようである。公民館はここから五分とかからない。そこにいけば自然にあかねと顔を合わせられる。しかし五秒しかかからない隣の隣の部屋に今もあかねはいるのだ。

ツイッターものぞいてみたが、今日はまだ新しいつぶやきがない。ダイレクトメッセージはがまんした。

電話が鳴った。W通信機の専務だった。

「うちのホームページはどうなっているんですか」

声は怒りに満ちていた。

「先日お話ししたでしょう。そちらからの追加仕様が契約を大幅に超過しているから、キャンセルをさせてもらいますと」

「何をいってるんだ。あれは契約のうちだって、きみは了解していたろう」

強引に押し付けられただけだ。

「そんなでたらめばかりをいっていたら、W通信機の名前が泣きますよ」

「乱暴なことをいいますな」

「その台詞は以前、当社が御社に申し上げたことじゃないですか」

専務は絶句した。いい気分だった。お金があれば自分の思ったことがいえるのだ。しかしそのお金も三月しか持たない。

電話を切って両手で頬を叩き「フィッティング・ルーム」に戻った。

2

「きみ、だてにこの世界で二十年も飯を食っていないね。ピンポイントに話が食い込んでいくのはさすがなものだ」

肩を並べて廊下を歩きながら、田中は清国にいった。清国が連れてきた顧客候補を二人で案内し、エントランスから送り出してきたばかりだ。

「いやあ、それほどでもありませんよ」

そういう清国の口からかすかにアルコールの匂いが漂ってくる。候補に買う気がないのはほとんどひと目でわかった。この匂いのせいではない。

大泉と会ったラウンジに呼び出して「一緒にレインボースカイ神楽坂の販売代行をしないか」と最初に持ちかけたときも、清国は昼間から酒臭かった。「ぜひやらせてください」と二つ返事でいった清国に、仕事中の酒は厳禁だぞと釘を刺しておいた。おれに気付かれていないと思っているのだろうか。

田中は怒鳴りつけたい気分を押し殺していた。そんなことをしたら清国の立場がなくなって、せっかくここまで積み上げたものが無に帰す。

104号室のドアを開け、奥のリビングルームに向かった。大泉は、十二畳ほどのこの部屋を、とりあえず田中と清国に空けてくれた。スチールデスクが二つ、応接セットが一組、ガラス戸のはめ込まれた本棚が置かれていた。

インターホンが鳴った。本棚の脇の液晶画面で来訪者を確認する前に、ドアが開き大泉の姿が現われた。

その表情を予想はしていた。どうも、と大泉は笑みを作ったが、少しぎこちない。すぐにいい返事があるはずがない。今日までに答をくれることになっていたあの注文に、

「部長」

大泉が田中をそう呼んだとき、以前から考えていたことをいうことにした。

「もう部長はよしましょうよ。田中さんでお願いします。私は大泉さんから仕事の依頼をいただく業者になったんですから」

驚いて目を見張ったが、「わかりました」とうなずいて用件を切り出した。

「まずですね。私がプライベートにお願いするのではなくて、当社として正式に販売委託をお願いするとすれば、部長、すいません、田中辰夫個人ではまずいんですよね。株式会社にしていただかないと」

「わかりました。可及的速やかにそうしましょう。設立代行会社に頼めば一週間もかからないでしょう」

五菱不動産でも販売を個人に頼むわけにはいかなかった。

「主な契約条件はここにまとめてあります。もちろんこのあいだ提出していただいたプランをベースにしていますが、なるべく早くご検討ください」

テーブルの上に「販売委託契約書」とタイトルのついた書類を置いた。田中は手に取ろうとはしなかった。どうせ基本的な条件は決まっている。

「大苦戦をしていますので、値引き率はトータルで一五パーセントまでということで、数字が出ています。一戸あたりの最大値引き率は二〇パーセントまでです。もちろん値引きをした契約者とは、守秘義務契約を結んでもらいます」

「了解してます。どこもそうしているわけですから」

「部長、あ、すみません、田中さんならここまではすぐにご理解いただけると思いますが、問題はホームページです」大泉が渋い顔になった。

「あれは専務案件でしてね、すぐに話が通らないのですよ」

専務とは、一年前に大江戸土地建物のメインバンク、ABC銀行から来た戸高のことだ。

「専務はインターネットに強いのですか」

「そういうわけではなくて、専務がABC時代に付き合っていたソリューション会社のコンサルを受けているんですよ」

「なるほど、それで？」

「田中さんのいわれることは無茶だといっているんです」

「どこが無茶なんですかね」

田中は穏やかにいったつもりだが、大泉が細い目を気弱そうにしばたたいた。いまの立場はずっと優位なのに、刷り込まれたものがまだ消えないのだろう。

「一つには金がかかりすぎるということです」

「専務が思っているほど高くはなりませんよ」

ネットでざっと調べてみたが、ホームページの制作費は、七千万円の部屋一室の値引き料金一五パーセントには遠く及ばない。

「もう一つはあれだけの情報をタダでくれてやって顧客情報を取らないのでは、大損だというのです」

「いまネットの情報は、ほとんどどこでもタダなんですよ。お金なんか取ろうとしたら、利用者は激減します。つまりは目的が達成されないことになるじゃないですか」

少したどたどしくいった。立て板に水だと自分は攻撃的になる。何人もの部下を希望退職に追いやっているとき、はっとそれに気付いた。

大泉は何かを飲み込むような顔をしてから口を開いた。

「遠回しにですがね、専務はとにかくおれのところに挨拶に来いといっているんですよ」

ああ、と田中は笑った。

「いいですよ。いつでもうかがいます」

「部長、ああ、だめだ部長、田中さんなんていえませんよ。やっぱり当分部長でいかせてください」

「それはダメですよ。大泉さんが私のことを部長なんていったら、御社の中でけじめがつきませんよ。ときには田中くんと呼んでもらうくらいでないと、大泉さんだって立場を悪くするかもしれません。私のほうでもやりにくいことになります」

「わかりました、田中さん。心がけます。専務のところ、これからでもいいですか」

田中がうなずくと大泉は受話器を取った。

「戸高専務いらっしゃいますか」

黒目と白目の判別できない細い目でちらっと田中を見た。

「ああ、田中氏ですがね、専務のところにご挨拶とご説明に上がりたいと申しておるのですが」

田中はそれでいいんだというように、うなずいた。

「これからでよろしいですか」

電話を切って大泉がいった。

「一緒に本社まで行ってくれますね」

「もちろんですよ。清国くんにも行ってもらいます」

「私は遠慮しますよ」

清国が大きな体をすぼめるようにした。

「何をいってるんだ。大江戸土地建物の専務に会うことを遠慮するような男が、高級マンションを売れるものか」

大泉が先に部屋を出て行くと、田中は清国にささやいた。

「清国くん、少し、酒が匂うんだ。ここを出る前によくうがいをして、これを呑んでおいてくれ」

スーツのポケットから仁丹（じんたん）の小瓶を取り出し、清国の掌（てのひら）にたっぷりぶちまけた。


新宿の高層ビルの一つに大江戸土地建物の本社が、三階分のフロアを借りている。その奥まった一室に専務の部屋があった。

三つ揃（ぞろ）いのスーツだけが高そうな、のっぺりした顔の男がデスクの向こうから立ち上がってきた。不動産業界を渡り歩いてくればこういう顔ではいられない。戸高はＡＢＣ銀行平取締役からここへきたという。

ソファに体を投げ出すように座り、縁なしメガネ越しに田中を見て戸高がいった。

「きみがあんな乱暴な提案をしてきた田中くんか」

「田中辰夫です。こちらはレインボースカイ神楽坂を一緒に売りまくろうという同志の清国徹です。よろしくお願いいたします。しかしそんなに乱暴だったでしょうか」

田中は笑みを浮かべながらいったが、戸高は笑わなかった。

「金はかかるが効果は薄い、しかもうちで情報を取った奴らが、その知識を使って他の物件を買ってしまう。得になることは何もない」

「ご心配はごもっともだと思います」

「きみら不動産屋は、どんぶり勘定が過ぎるんだ」

「ABCからいらした専務がご覧になれば、そうでしょうね」

戸高は嵩にかかってきた。

「だいたいああいうマンションを買う顧客は中年以降だろう。パソコンなんて、ろくに触れんのだよ。パソコンで情報を摑もうという客は、金のない若造で、無責任な冷やかしでしかない。ホームページに金をかけるだけ無駄だ」

「たしかに私もパソコンをよく使うようになったのはつい最近ですよ」

「そうだろう、せっかくきみが五菱で培ったノウハウを生かそうというんだから、もうちっとはましなことを考えてくれたまえ」

「恐れ入ります」と頭を下げた。両脇に座った大泉と清国がはらはらしているのがわかった。

「ところで、レインボースカイ神楽坂はとても立派な物件ですが、竣工から三ヵ月半が経っています」

「そんなこといわれるまでもないよ」

「販売を開始してから竣工までに半分売れました。その後は最初の月に三室、先月二室、今月はまだ一室、このままいくと残り二十室は二年かかっても売れると思えません」

「…………」

「ご案内のとおり、半年も売れ残っていましたら、イメージがすっかり悪くなって売りにくくなりますし、二年経つと新築物件ではなくなります」

「いわれんでもわかっておる」

言葉の勢いがなくなった。人のやり方にけちを付けることはできても、自分でどうやったらいいのかはわからないのだ。

「ここは少しコストがかかっても、早めに売りさばかないとまずいと思っております。売れ残るのが最大のコストですから」

メガネを外して眉間をもみながらいった。

「そういういい方がどんぶり勘定だっていうんだよ」

「たしかに今回、ご覧いただきました計画書は、少し大雑把（おおざっぱ）にすぎましたので、もっときちっとした予算とスケジュールをお出ししようと思いますが、いかがでしょうか」

「そうだろう。あれじゃ、その辺りがようわからんのだよ」

「反省しております。たしかにこの業界は少し乱暴でして、私もその水に馴染みすぎました。専務のようにきちんとした方がいらしてくれたら、私もそれを前提に対応させていただきます」

「不動産バブルもとっくに弾けたんだから、もう行け行けどんどんじゃなくて、きちんとした予算に基づいて合理的な商売をしないと、この業界もやっていけんよ」

「わかりました。専務がご判断できるような合理的な計画書を、可及的速やかにお出しします」

「やってみてくれ。おれをがっかりさせるなよ」

部屋を出て十メートルも歩かないうちに大泉が田中の耳元でいった。

「いつも、ああなんですよ。ABC銀行で使えないと烙印を押されて、うちへ飛ばされて来たくせに、偉そうにするのが大好きで」

「私は嫌いじゃないですよ。威張っていただきさえすれば、こちらの希望通りやらせてもらえる方ですから」

エレベータには三人で乗り込んだが、大泉は本社に仕事があるといって、すぐ下の階で降り、田中と清国の二人だけになった。清国の口からはもう仁丹の匂いしかしない。エレベータが半分ほど下りたところで清国が田中の両肩をつかんだ。手が震えている。

「すみません、部長」

「なんだよ」

「酒のことです」

口が近づくとまだ少し匂った。

「やめられるんだろう」

昼間から飲むのは、やめられるんだろう、というつもりだった。

「ええ、もう二度と呑みません」

「禁酒するのか」

「ええ」

清国はきりっと唇を引き結んだが、当てにならない。酒も煙草もちょっと決心したくらいでやめられはしない。騙し騙し使っていくしかないだろう。

エレベータを降りて玄関ホールを歩きながらいった。

「どんなのがいい」

「はあ？」

「会社名だよ。大泉さんからああいわれたんだから、すぐに会社を作らなくてはいかんだろう」

もうどこでも「大泉さん」と呼ぶことにした。清国にも考え違いをしてもらっては困る。

「おれも考えるが、きみもいいのを思いついたら教えてくれ」

「はあ」

「それから最低もう一人欲しいな。きみくらい腕の立つ奴がいい」

会社にして営業をまるごと受託するには二人では少ない。木内はあと三ヵ月、大江戸土地建物の嘱託の身分を残していたいという。

「いくらでもいますよ」

「誰だ？」

清国が数人の名前を口にした。どれも田中が首を切った連中だ。田中の頭の中で取りたい男ははっきりしていた。

「きみだったら、誰を取る？」

清国が挙げた名前は田中が描いたのと同じだった。

「うまくいけば仕事も人もどんどん取っていくぞ」

清国の視線が宙を舞った。


部屋に戻ってからすぐ田中はパソコンを立ち上げた。

なるべく早く田中がイメージしている通りのホームページを軸とする販売計画書を出さなくてはならない。誰にそれを形にさせたらいいのか。

検索窓に「ホームページ制作」と「料金相場」と入れてクリックしてみた。たちまち十数万件ものサイトが表示された。圧倒されたが、とりあえず一頁(ページ)めからのぞいていくことにした。

最初の頁の上のほうに全国の制作会社を比較するサイトがあった。開いてみると地域ごとに制作会社を一覧できるようになっている。個々の会社の能力や料金などが列記されているが、ほんの数行でしかない。いくつもの制作会社の自己宣伝を眺めて次のサイトへ行った。

一時間ほど読み込んで途方にくれた。どの制作会社も似たような宣伝文句を並べているが、その技量のよしあしが判断できない。

料金設定も複雑だ。たとえば「企画構成料金」には十数万円から数十万円の開きがある。これはアイデアの部分だから仕方ないのかと思うが、「写真の加工」というシンプルな作業にも数百円から数万円の開きがある。この差は技術水準や実績の差なのだろうか。どう考えたらいいのだろう。土地鑑のないところで判断以前の迷いが生まれていた。

判断がつきかねて隣の清国を見た。デスクに覆いかぶさるように名簿を見ている。すっかり髭が濃くなっていた。こいつに相談しても無駄に決まっているとすぐに答が出た。

ふっと思いついた。名刺入れに入っていた番号に電話をかけると、呼び出し音三つで相手が出た。

「はいセブンシーズンです」

「おれだけど、ちょっと聞きたいことがある」

「父さん！」

雅人が驚きの声を上げた。

「おれも会社を始めることになってな。この業界には前例のない画期的なホームページを作りたいんだ。お前のところでできないか」

「このあいだ、いったじゃないか。ぼくはいまフィッティング・ルームにかかりきりだ。そのために父さんに金を借りたんだ」

〝金を借りた〟が少し気になったが、交渉の余地がないことを思い知った。

「それじゃ、どこか腕がよくて値段の安い制作会社を知らないか。ネットで調べたんだが、どこがいいかさっぱりわからん」

「制作会社の人気ランキングってのがネットにあるけど、順位の操作もできるし、あんまり当てにならないね。そこが今までにやったものを見て、判断するしかないよ」

「今までにやったもの？」

「制作会社のホームページに、『仕事一覧』て感じで載っているでしょう。それを見て、父さんの一番気に入ったホームページの制作会社に頼んだらいいんじゃないの」

確かに、当社はこんなホームページを担当しました、という紹介をいくつも見た。どの事例も田中がイメージしているものよりずっと貧相に見えた。

「もう一つ教えてくれ。料金設定に大差があるんだけど、これはどうしてだ」

「ぼくらなんて四ヵ月もかけて画期的な大作を作ったのに、六十万円だった。それもほとんどが踏み倒された。この世界の料金にちゃんとした相場なんかないんだ。どこの制作会社も料金表を載せているから、いくつも見比べて相場観を作ってから、交渉するしかないいんじゃないの」

「なるほど」

「やたらに料金を叩かないようにね」

「叩かれたのか」

「死にそうだったよ」

笑いを漏らしそうになった。二十四歳の息子はちゃんと世間の荒波に洗われているのだ。

電話を切ってもう一度、パソコンに向かった。キーボードを叩きながら、雅人の説明に無駄がなく要領がよかったことを思い返していた。仕事のできるビジネスマンの口調だった。出資した百万円は無駄にならないかもしれない。

十三章　トラスト不動産

1

１０４号室のリビングルームだった部屋で、田中と一人の男がソファに座っていた。男はもみ上げを長めにし、深紅（しんく）のネクタイとポケットチーフをつけている。田中が五菱不動産の法人営業部長をやっていたときの客だ。外資系金融機関の、条件のうるさいアメリカ人のマンションをいくつか販売したことがある。

「どうもご無理を申し上げましてすみません。非常によいお部屋なんで、とりあえずご報告しないと、あとで怒られてしまうのではないかと心配になりまして」

田中の言葉に、男は顔の下半分だけで笑みを作った。

「田中さん、相変わらず、お口チョコレートだね。田中さんが新しく会社を起こしたって聞けば、私も飛んでこないわけにいかんだろう」

「感謝感激ですが、お口チョコレートはないでしょう。私はいつだって心もチョコレートですよ」

この客は以前から田中の営業トークを〝お口チョコレート〟といって揶揄(やゆ)していた。耳に心地よいことばかりをいうというのだ。

田中があわてたように付け加えた。

「いや、心はトラスト一筋です。そのためのネーミングですから」

急遽(きゅうきょ)、社名を「トラスト不動産」にしたのだ。トラスト、信頼。清国も大泉も大賛成したわけではないが、代替案も出てこなかった。１０４号室全体を格安で借り、リビングルームは特別な客の応接や会議に使うことにした。

客が用心深そうにいった。

「最初に申し上げておきますが、当社ではいまレインボースカイのような立派な部屋を必要とする事情にはありません」

「よくわかっております。……さんの幅広い人脈の中で、ご興味をお持ちになりそうな方がいらっしゃいましたら、ご紹介くださいということでご連絡を差し上げたわけです。さっそくおいでいただき、田中辰夫一生恩に着させていただきます」

「なんだかチョコレートにしんにゅうがかかって、のしがついた感じだな」

「それだけこの会社は本気でやっているということです。よろしくお引き立てください。さあ、きみもお願い申し上げろ」

最大級の依頼の言葉をすらすらといい、同席させていた清国も立ち上がらせて、深く頭を下げた。

客に脳天気に振舞えば振舞うほど、田中は冷静になった。もう引き返すことのできない戦線に足を踏み入れてしまった。その戦線の遠い先にとにかくはっきり形の定まらない目標がぼんやりと見えている。目標の中心にあいつがいるのだが、まだくっきりと見定めないようにしている、すぐに達成するわけにいかないのだから。

ソファに座りなおして田中がいった。

「たとえば御社のグループ会社の社員様に、ここのチラシをお配りいただくわけには参りませんか」

客は一瞬、絶句してから笑い出した。

「すごい力入っているね。五菱にいるときだって、そんなことをいわれたことがない」

「私ね、やっぱり甘えていたんですよ。サラリーマンにだけはなるまいと覚悟していたはずなのですが、やはり大五菱の傘の下でのんきにやっていたんですよ。こんな小っぽけなトラスト不動産じゃ、どうしたって傘にはならないです。雨風が遠慮なく吹きこんできますから、力を入れざるを得ないじゃないですか」

客は皮肉っぽい口調になった。

「いまだって大江戸さんの傘の下にいるわけでしょう」

「もちろんです。ありがたいと思っております。しかしこれまでのように丸々ってわけじゃありませんから」

「当社でチラシを配るのは無理です。そんなことをしたら、うちの取引先から次々と販売依頼を受けて、通販会社みたいになってしまう」

「ごもっともです」

客が帰ってから清国がいった。

「すみません」

必ず来るといっていた清国の客からはキャンセルの電話が入り、ここに同席することになった。

「いいんだ、ただの冷やかしに来てもらっても何にもならない、男は黙って一発成約だよ」

清国は角ばったあごに太い筋を浮かび上がらせた。あれから酒の匂いはさせていないが、まだ契約は取れてはいない。

ドアにノックがあり男が入ってきた。田中のための社長室にしたリビングルームに隣接する六畳ほどの洋室だ。

男は田中に向かって両手を広げ、細い肩をすくめた。

「いけそうな気がしたんですが」

男は自分で連れてきた客に503号室を下見させてきた。

「焦らなくてもいいよ。大江戸でもどうにもならなかったんだ」

男の名前は椎名(しいな)。早めに希望退職に応じた柏(かしわ)支店の支店長だった。腕がいいからどこにでも転職できるという自信があって、割り増し退職金に目が眩(くら)んだのだろう。その自信が通る生易(なまやさ)しい業界の状況ではなかった。

形よく整った目鼻立ち、額の上で柔らかに巻いている前髪、ペイズリー柄の太いネクタイ、フランスの二枚目俳優の雰囲気があった。もう四十代の半ばだが三十代に見える。かつて何人かの女子社員と問題があったという噂は、田中の耳にも入っていた。この業界ではそう珍しいことではない。

清国が、仲間に加える候補のトップに椎名を挙げたのは意外だった。二人がウマが合うとは思えなかったが、一緒に会社を始めるとなれば、腕利きのほうが心丈夫なのだろう。

「それじゃ、打ち合わせをやるぞ。清国くんを呼んできてくれ」

三人で中世風のソファに座り、厚さ十二ミリのクリスタルガラスのテーブルを囲んだ。

「どうだい、検討してくれたか」

資料は昨日二人に渡してある。

清国と顔を見合わせてから、椎名が口を開いた。

「社長がこんなにホームページに詳しいとは知りませんでした。私はインターネットなんかガキのおもちゃと思っていましたから」

椎名が開いたページには、「ホームページ改革案」とある。

「長いこと暇だったからな。インターネットが友達だった。毎日あっちこっちのブログを見て、業界のホームページを見て、助平なページものぞいて、こんなものが世の中に出回っていいのか、と呆れたよ。きみらもそうだろう」

「私は仕事探しのサイトか、趣味のほうに走っていまして、物件のサイトを丁寧に見たことはありませんよ」

「それでどうだい？」

「まず『私が、あなた様のお部屋探しのパートナーです』というページですがね、冒頭に、われわれの顔写真とプロフィール、実績、信条を載せて、その上で営業マンブログで読者とコミュニケーションを図るってのは、いかがなものですかね」

　黙って先を促した。

「中年男の顔写真なんか出しても、客は信頼感を感じてくれますかね。かえって敬遠されませんか。それにいくら立派な実績や信条を並べ立てても、言葉だけのきれいごとと取られるんじゃないですかね」

　清国が椎名に共感するように苦笑した。

「さらに困るのはブログですよ。私、小学校の頃から作文は大の苦手だったんです。何を書いたらいいかわかりませんし、うまく書けるかどうか」

「そこは日々の営業活動を淡々と書けばいいんだ。それを続けていけば、客に、いやお客様におれたちを信頼してもらえるようになる」

「そういうのは自信ないですね」

　椎名は女のような輪郭をした切れ長の目をそらした。

「清国くんも同じ考えか」

清国がうなずいた。

「私は顔にも文章にも自信がないですね」

「わかった、ブログは当分おれが担当しよう。要領がわかってきたら、きみたちも書きたくなるさ」

「………」

「自己紹介するのは気が進まないってのはわかったが、何かマイナス要素があるか」

二人はまた顔を見交わし、椎名がいった。

「マイナスとは思いませんが」

「五菱の支店では、どこも営業マンの顔写真と営業の考え方ってのを出していたじゃないか。あれを見て直接ご指名がかかることもあったぞ」

「彼らは若くて、純情そうな顔をしてましたから」

「きみらは若くはないがその分、経験があるだろう。それが顔にも出ているよ。どうせ五年も前のちっとはみばえのいい写真でいいんだ。いいかい、嫌だといっても営業マンの紹介は必ず載せるぞ。顔写真も、プロフィールも、実績も、信条も、きっちりと自分のセールスポイントを強調して、お客様が信頼してくるようなものを作ってくれよ。きみら、ここのところの就職活動で、そういう経験をさせられたろう。おれなんかリクナビの若者に履歴書の添削までされたよ。それを生かして腕によりをかけてくれ。最終的にはおれにチェックさせてもらう」

椎名さんは男前だけどおれはな、と清国がつぶやいた。

「何いっているんだ。椎名くんはオーソドックスな二枚目、若いＯＬにはもてるだろうが、きみだって熟女殺しの顔をしているよ。マンションを買うのは熟女のほうだからな、きみの顔のほうが王道だ」

本当にお口チョコレートだ、と清国が口元をほころばせた。

「きみらも知っているとおり、チラシや電話営業はどんどん効かなくなっている。圧倒的にネットなんだ。しかしおれが見るところ、どのネットも、物件の魅力を顧客のニーズにあわせてドライブをかけて、伝えちゃいない。おれたちは現場ではそうやって売ってきた。ネットでもそれができるはずなんだ。トラスト不動産が、ネット営業の最先端に立つ」

二人とも半信半疑というよりもっと疑いの強い表情をしている。

「今までの営業もやれるだけはやるさ。それにネットの威力を加えていくんだ。電話やチラシとは桁違い（けたちが）いの人数にアクセスして、突破口を見つけていく。何でもやってみるしかない」

二人がうなずき、次のテーマに移った。

「資料請求のアンケートはどうだ、清国くん」

「私は」とだけいって黙り込んだ。なかなか口を開こうとしない。

「清国くん、トラスト不動産は意見を求められたときに、黙っていていい会社じゃないんだよ。みなが持てる知恵と力を一滴残らず搾り出さないとやっていけない」

言葉が終わらないうちに清国がいった。

「資料を請求してくる顧客の個人情報ですが、書きたいところだけ書けばいい、というのでは、営業に役に立たないと思います。住所氏名を書いてもらわなかったら、こっちからアプローチできないんですから」

「営業はかけられたくないけど、情報だけは欲しいって人はごまんといるだろう」

「…………」

「そういう人だって間違いなく潜在的なお客様だ、違うか」

「それはそうでしょうが」

「おれはそういうお客様候補がレインボースカイ神楽坂の商圏だけでも、数万はいると思う、そういう奴が匿名で気楽に資料を手に入れて、興味を持って、継続的にアプローチしてくれれば、そのうち住所氏名を知らせてくると思う。母数が大きいのだから、営業につながるケースはこれまでよりずっと多くなる」

清国は分厚い唇を尖(とが)らせたが何も言わない。代わりに椎名が切り出した。

「私にも経験があります。就職紹介企業の資料をもらうとき、住所氏名とか詳細な個人情報を求められましたけど、まだ様子を見たいと思っている段階で、そこまで求められるのに抵抗がありましたよ。匿名で色々と知りたかったわけですから」

そこから田中が発言を奪って「きみだってそうだろう」と清国に水を向けたが、あいまいにうなずいただけだった。清国はネットを使った就職活動をしなかったのだろうか？

「それじゃ一つずつ聞いていくぞ。まず最初から住所氏名を書いてもいいと思っている少数派は、匿名ＯＫにしても資料請求をやめることはないだろう。どうだ」

清国がうなずいた。

「次に、住所氏名を知られたくない膨大な人は、匿名ＯＫなら、安心して資料請求をしてくる。これはどうだ」

清国の視線が宙を舞ってから田中に戻ってきた。

「それはそうですが、匿名希望じゃ資料を送れないじゃないですか」

椎名がその質問に答えた。

「住所氏名を書いてくれた人には郵送用の特別資料を送ればいいし、それをパスした人には資料を請求してきたメールのアドレスに資料を送ればいい。メアドは必ずついてくるんだから」

「そうか」

清国がいった。ネットをよく知らないのだ。

「たくさんのメアドを手に入れると、トラストの財産になる。レインボースカイ神楽坂だけでなく、これから仕事を広げていくときにすごい役に立つぜ」

清国が頭の中を探るような視線をした。

「色んな情報をどんどん送れるじゃないか。膨大(ぼうだい)な顧客候補のリストを抱えていることになる」

「わかりました。とことん社長のいわれるとおりやってみます」

田中が飾り戸棚からジョニーウォーカーの青を取り出した。

「大泉さんが差し入れてくれたんだ」

椎名が皮肉っぽい口調でいった。

「大泉さん、ですか」

「ああ、大泉さんだ、わがトラスト不動産に仕事をくれた大恩人だ」

三人ともロックにして乾杯をした。しかし清国は形だけで口に含もうとしない。

「本気なのか」

「ここで飲んでしまったら、私、アル中まっしぐらになりそうですから、そうしたら何もかもなくしてしまいます」

田中が椎名に事情を説明した。

「わかりますよ。私だってときどき昼間から飲むようになっていましたから。女房からキャンキャンいわれていました」

「ちょっといってきます」

清国が話をさえぎるように立ち上がり、部屋の隅のショッピングバッグを手にとった。膨れ上がった中身は「レインボースカイ神楽坂」のチラシだ。

この界隈には、大泉の部隊が何度となくこれを撒きに回り、新聞の折込み広告にも入れている。しかし田中はとめようとはしなかった。何度目にしていても、最後の一枚のチラシが効くこともある。

清国の姿がなくなってから、別の空気が二人の間に流れた。

「椎名くんが加わってくれるとは思わなかった」

「わたしもまさか田中さんからお呼びがかかるとは思いませんでした」

「彼もおれも一番初めにきみを思い浮かべたんだよ」

「田中さんは一段落したら五菱に戻ると思っていました。大半はそう思っていましたよ。あの話を聞くまで、五十嵐専務と田中さんの関係は、誰にもそう見えていた」

田中はウィスキーで舌先をしびれさせてからいった。

「あいつ、この三ヵ月半に四度もおれのところに電話をしてきた」

田中が親指を立てると、椎名はうなずいて話の先を待った。

「おれに、会社に戻ってこいというんだ。それに応じていたら、今頃誰かに殴り殺されていたかもしれないな」

「戻ったほうが楽だったのに」

「そうはしないと決めていたんだ」

いいながら、五十嵐が最初から由美子に知らせることが目的のような電話のかけ方をしなかったら、もう少し耳を傾けたかもしれないと思った。

「木内の話を聞いて、こっちがあいつに殺意を覚えたよ」

「……」

「本当に殺すわけにゃいかないから、業界から抹殺（まっさつ）してやる」

口にして自分で少しひるんだ。

「どうするんですか」

「まずはここを完売することだ。それができなかったら、こっちが業界から消えていくしかない。それから考える」

「了解です」

椎名の甘い顔が一瞬凄みを帯びた。

2

「これは、どうするの」

隣に座った花田がふいに雅人にたずねた。うむと声を上げたが、雅人は自分のパソコンのモニターから目を離さない。花田は黙って待っている。やがて雅人は花田のモニターをのぞき込み、回線を介してプログラムを書き込んでいく。

「先にいってみて」

花田がいくつかのキーを叩くと、モニターに画像が現れた。中央にＪウェアのジーパンを穿いたアバターがすっくと立っている。マウスに触れると手前に向かって歩いてきた。

「なるほど。まさと、すごいことやったんだな」

「おれがすごいんじゃない。いま世界中で寄ってたかって、このアプリの最先端を開拓しているんだ。それがなかったらまだ半年はかかったろう」

「謙遜(けんそん)もできるようになったんだ」

「おい」

会話はそれだけで、二人ともまたパソコンに吸い込まれるように集中した。

――いちおうご注文をクリアしましたので、この段階でご覧いただき、ご意見をうかがいたいと思います――

一昨日、加倉井にメールを送った。課題を与えられてから三週間、経(た)っていた。送信ボタンをクリックするとき、まだ加倉井はあの約束を忘れていないだろうか、と不安感に包まれた。返信などこないのではないか。

翌日、「新宿ラボラトリー」に来るようにと、一週間後の夕方を指定した返信があった。返信は鷹巣にも送られ、同行することが求められていた。

「ご一緒って、どういうことですかね」

花田が電話で問い合わせると、鷹巣も怪訝そうな声でいったという。

「おれにもわからないよ」

すぐに花田は単純な解釈を下した。

「おれたちはまだ加倉井さんから、単独で会うべき相手とは認められていないんだろう。鷹巣さんのところの若者でしかないんだ」

「むかつくな」

「世界の加倉井だ、会ってもらえているだけで奇跡だろう」

花田はローボードからギターを取り出してひき始めた。「桜」のイントロだった。

「こんなときこそまさとのテーマソングだ」

花田にはこの歌が自分に与えるインパクトのことを話したことがある。花田がささやくように歌い始めた。

名もない花には名前を付けましょう
この世に一つしかない

雅人も声を重ねた。しかし以前のような思いはこみ上げてこない。この世に一つしかない名前をつけるとは、ドラマにあるような道をたどることではない。いまでは歌詞の別の部分が心に刺さる。

会うたびにいつも　会えない時の寂しさ
分けあう二人　太陽と月のようで

あかねとこんな状況にはないのに、重なり合う心境を抱いてしまう。

ウルサイヨ。

最初、何が起きたのかわからなかった。花田がギターをやめて苦笑いを漏らし、雅人も遅れて気付いた。隣のオフィスから怒鳴り声が上がったのだ。

「ホームメイト」とかいう便利屋をやっている中年男だ。以前、清水に告げ口したのもこいつだろう。おかげで子どものように清水から叱られた。そのときは「便利屋のどこが起業なんだよ」とこっそり二人で悪態をつくだけで終わった。

「そっちのほうがうるさいんだよ」

雅人が怒鳴り返していた。隣のオフィスには、ときどき学生アルバイトが騒々しく出入りしている。何か大きな荷物を運ぶことがあるようだ。

しーっ。花田が唇の前に人差し指を立てたが雅人はやめなかった。

「オフィスを作業場にするほうが常識がないだろう」

「ふざけるな」

「すいません」と声を上げて、花田が雅人の口を押さえた。雅人も大声を上げたことで苛立ちが少し収まった。

ギターをローボードに納めて花田がいった。

「加倉井さんのところにいくまでに、一つでも余計、Jウェアのアイテムをフィッティング・ルームに登録しようよ。おれも二十四時間張り付く」

つながるかと思ったファスト・ファッションの「ホワイト」との線はまた迷路に入ってしまっていた。花田にはいまいくらでも時間がある。

二時間後、雅人は喉の渇きを覚えた。買っておいたウーロン茶のペットボトルが空になっている。立ち上がって花田にいった。

「何か欲しいものある」

自販機にいくといわなくてもわかる。

「ホットコーヒーならなんでもいい」

ドアを開け廊下に出た。「ホームメイト」の明かりは消えていた。こちらはまだ明るい「英楽園」のドアの前を通り過ぎた。胸がどきりとするのとドアが開くのと、どちらが先かわからなかった。

「田中さん」

自分が足を止めたのとあかねが声をかけてきたのと、どちらが先かもわからなかった。小声でいった。

「わたし、ぜんぜん気にならないから、ホームメイトさんがいないときなら大丈夫よ。わたしあの歌、大好きなの」

「ありがとう」

雅人は短い言葉をいっただけで、一階に降りていった。なぜお礼をいったのか、それもわからなかった。

3

オフィスには田中の姿しかなかった。清国と椎名は、それぞれトラスト不動産で働くことになった挨拶を兼ねて営業活動に出かけた。椎名の客が一人、決まりそうになっているという。それが清国にも意欲と焦りを感じさせていた。

田中はパソコンの前に座り、キーをゆっくりと叩いている。文字列がモニターを少しずつ埋めていく。四ヵ月前は一本指打法だったのが、いつの間にか五本の指を使えるようになった。

「資料ご請求フォーマット」にも「ご質問フォーマット」にも住所・氏名を書き込まなくていいことにしたら、請求がじりじりと増え始めた。田中は暇さえあるとアクセスを確認して資料を送り、回答を書いた。

それに刺激されて二人とも力の入ったプロフィール原稿と写真を提出した。写真は数年前のものだろう、いまはごつい感じの清国もまださわやかな顔をしている。

ブログも第一回目はもう載せた。タイトルは「レインボースカイ神楽坂の三銃士」とした。

――われわれ三人は「プロフィール」にありますように、不動産営業の世界で多くの経験を積んできたベテランです。

この度、大手不動産会社を飛び出し、

〝お客様のニーズにベストフィット〟

をスローガンとして最高・最善の営業を目指す不動産販売会社を作りました。

いくら優れたマンション・住宅でも、お客様のご希望にかなったものでなければ、いいものとはいえません。

〝お客様のニーズにベストフィット〟を実現するために、われわれはネットとメールを最大限活用することにしました。

〈お客様のお求めに応じた当社からの情報提供〉〈お客様のご事情ご希望に沿った当社からのアドバイス〉を大きな二本の柱といたします。

まず最初に、【レインボースカイ神楽坂】がどのようなものか、ご希望の方すべてに、できるだけ正確・詳細にお伝えしたいと思います。

【レインボースカイ神楽坂】の〝お勧めのポイント〟はたくさんあります。ホームページに詳しい説明がありますが、ここで要点をかんたんにお知らせします。

まず立地です。地下鉄神楽坂駅まで、エントランスを出て改札まで、途中信号を一つ挟みますが三百五十メートルです。ゆっくり歩いても五分とかかりません。

早稲田通りまでは百メートル、駐車場は車幅を二百センチとたっぷりとってありますので、高級車でも出入りが楽になります。

徒歩三分の商店街にはコンビニも生鮮食品店も銀行の支店も小児科医を始めとする

医院もあって、日常生活には何一つ足りないものはありません。

ホームページの情報以外に、もっとこんなことが知りたいという方がいらっしゃいましたら、「ご質問フォーマット」をご利用になって、どんなことでもご質問ください。ご納得いただけるまで、とことんご説明申し上げます。

ご質問を送って下さった方のアドレスは「資料ご提供アドレス・リスト」に加えさせていただき、適宜(てきぎ)、様々な情報を送らせていただきます。「資料の送付が不要の方」はご質問表の該当箇所でその旨お知らせください。


清国と椎名には自分の書いた下書きを読ませた。

中身は二人の予想を超えていたようだった。しばらく言葉を失っていたが、「お客様のニーズにベストフィットというのはいいですね」と椎名が最初にいい、清国もうなずいた。

二人ともいくつかの注文をつけてきた。それはすべてブログに反映させた。

家で由美子にも感想を求めたが、由美子は「いいんじゃない」といっただけだった。パティシエの修業に夢中になっているというより、マンションを買うつもりのない素人には、意見のいいようがないのだと思った。田中だって由美子のケーキを試食させられ、意見を聞かれても「いいんじゃない」というしかない。

由美子に渡しておいた退職金のうち千万円をトラスト不動産のため引き出したが、由美子はいやな顔はしなかった。こっちで勝手に心苦しかった。由美子の前で何度も五十嵐のおいしい誘いを断っているのだ。

ホームページの制作会社は、大江戸土地建物の専務と関わりのあった所を頼んだ。自分で選ぶ時間も能力もなかったし、専務にお世辞を使っておいたほうが無難だと考えた。料金も相場の範囲だった。

目の前のパソコンが軽やかな電子音をたてた。メールを見ると「受信トレイ」欄に新着数が刻まれていた。〈12〉。うち五通が「ご質問フォーマット」だった。そして五通とも「住所・氏名」の欄は書き込んでいない。

ホームページを開設して三日、「ご質問フォーマット」は三十数通送られてきているが、まだ住所・氏名を記載したものはない。アドレスも個人名が判別できないものが多い。

しかし田中は落胆していない。まだ匿名でしかない客たちが、回線の向こうでいつそれを明かして、部屋を訪れようかと迷っている姿が見えるような気がした。

十四章　裏切り

1

無人の受付に置かれていた構内電話で鷹巣が名前をいうと、すぐに全身をＪウェアで固めた若い女がやって来て、三人を応接室に案内した。

慌しい楽屋のような仕事場の片隅とはかけ離れた、落ち着いた部屋だった。ガラス製のテーブルの周囲には高価そうな革張りのソファが置かれ、壁には二十号ほどの油絵がかかっている。

「こんな部屋があるんだ」

鷹巣がいった。

「初めてですか」

花田が問うと、鷹巣は無言でうなずいた。雅人は油絵のサインを読み解こうとしたが、ローマ字らしいとわかっただけだ。

先ほどの若い女が盆(ぼん)に載せたお茶を持ってきた。一口飲んで上等なものだと気付いた。いつか家で母親が解説付きで飲ませたお茶と同じ味がした。

「いやあ、お待たせ、お待たせ」

部屋の空気をかき乱すようなエネルギーを撒き散らしながら、加倉井が姿を現わした。三十前後の男を連れていた。最初に会った日にも顔を出した男だ。男もJウェアのブルゾンとジーンズを着けている。両方ともこの一週間で「フィッティング・ルーム」に取り込んだ基本アイテムだ。

三人の前に座りながら加倉井がいった。

「どうだい、鷹巣くん、タカラジェンヌは儲かっているか」

うちはタカジェンスですよ、といってから鷹巣が答えた。

「三年連続で増収増益です。そのうち道玄坂(どうげんざか)に自前のビルを建てますから」

「おおいにけっこう。これからはモノより情報。おれはもう時代遅れで、きみが日本経済の星になるんだ」

二人とも本気とは思えなかった。加倉井はJウェアの安値を支えていた中国の賃金が急に高くなったので、世界的な生産体制を組みなおしているところだ、というようなことを笑いながら早口でいった。

鷹巣と花田は、そうですか、大変ですね、などとときどき相槌を打ったが、そうしたやり取りは雅人の意識の表面を流れていた。

加倉井が連れてきた男を振り返って、低い声で何かを命じた。

ブルゾン男はテーブルの上にモバイルパソコンを置いて電源を入れた。驚くほど早く立ち上がったパソコンのＣＤドライブに、一枚のＣＤを突っ込んだ。すぐに画面にカラフルな画像が現われた。雅人はそれを見て錯覚にとらわれた。

（この間、あのデータをコピーさせたっけ）

いや、そんなことはなかった、と思いなおしたとき加倉井がいった。

「いや、Ｊウエアも大所帯になってな。おれもうちで何が進んでいるか、ぜんぜん把握できていないんだ」

画像に男のアバターが立っている。アバターはブルゾン男のジーンズと同じものを穿いている。顔もブルゾン男に似ていた。

「本当にびっくりしたよ」

三人とも唇を結び、加倉井の次の言葉を待っている。

「この間、おたくのあれ、見せてもらってから、採用を検討しようとうちのオンラインショップ部門に打診したら、うちでももう完成するところですよ、ってこれを見せられたんだ。これはこいつの体型になっている」

あごをしゃくられたブルゾン男が、キーを叩きパッドを操作すると、アバターは軽やかに動き、それに伴って、ジーンズの裾がかすかに揺れた。アバターの動きもジーンズの揺れも滑らかだった。

それは「フィッティング・ルーム」の画像とほとんど変わりないように見えた。雅人は思わずいった。

「これってフィッティング・ルームじゃないですか」

「本当によう似とるね、おれも驚いた。ＩＴの先端にいる若者たちはみなおんなじようなことを考えているんだな。おれにはさっぱりわからん世界だが」

血だかリンパだか熱いものが、雅人の体中をすごい勢いでめぐり始めた。鷹巣も花田も口をわずかに開けているが、言葉を発しはしなかった。

男はアバターの操作を続けている。アバターは画面に向かって近づいてきて、体を左右にひねり、くるりと一回転した後、正面を見たまま後退した。「フィッティング・ルーム」のアバターと同じ動作をしている。

「これってうちのを盗ったんじゃないですか」

雅人がつぶやいた言葉が聞こえなかったように加倉井が男にいった。

「レディース、やってくれ」

男がマウスを動かしキーを叩いた。今度は画面に若い女性のアバターが現れた。

「ロマンチックスカート」というアイテム名が読める。いまテレビCMで盛んに流れているアイテムだ。テレビCMには人気歌手を使っているが、このスカートを身に着けた部分は数カットしかない。画面ではアバターが軽やかに動き回り、そのたびにスカートの裾がひるがえり、プリーツの陰影が移り変わる。

「フィッティング・ルーム」では、レディースはジーンズ、Tシャツ、ブラウスのトップアイテムしか入れていない。

「というわけで、せっかくの鷹巣くんの紹介だが、うちはきみんところの製品を使わなくていいということになった」

あしからず、加倉井が立ち上がった。雅人の頭の中で熱いものが沸騰していた。

「だけどこれってフィッティング・ルームじゃないですか」

「同じ時期に似たようなものを開発しているってことはよくあることだ。おれも何度も泣かされたよ」

「この人は」とブルゾン男を指差していった。「あの日、うちのフィッティング・ルームをしっかりと見た。それから一ヵ月かけて、大勢のスタッフを使って、突貫工事で、これを仕上げたんだろう」

「まさかそんなこと」

ブルゾン男が部屋に入ってから初めてはっきりした声を上げた。嘲る口調だった。

「きみのいっていることはぜんぜん間違っているよ。うちでは半年前からこの開発が進んでいたんだ」

「社長が知らないわけがないじゃないか」

加倉井が答えた。

「うちではそんなことはいくらでもあるんだよ。社員が何人いると思っているんだ。全部に目が届くはずがない。しかしもし仮にきみがいうとおりだとしても、何か問題があるかい。特許をとってあるわけでもないし、開発競争なんて世界中に腐るほどある」

雅人はその言葉を信じられなかった。こいつらは「フィッティング・ルーム」の機能を見た後、これを持ち出してきたのだ。これを作れる「Airvision3D」の最新バージョンは、まだこの世に登場して間もないのだ。

「鷹巣くん、あとは頼むよ。彼によく説明してあげてくれ」

加倉井が部屋を出て行くと、部屋を息苦しくしていた空気圧が一気に低下した。

雅人はＣＤを引き抜こうとしていた男にいった。

「あなた、ひどいじゃないですか」

「いまご説明したとおりです」

「もしそうなら、この間うちのを見たとき、それはこちらでも進んでいるっていうはずでしょう」

「Ｊウェアは競争相手にそんな親切はしませんよ。Ｊウェアでなくても、どこでもそんなこと、しないんじゃないですか」

男は冷ややかにいった。

「失礼します」

男は鷹巣にだけ頭を下げて、部屋を出て行った。

「汚ねえよな、あいつら。なあ花ちゃん、絶対盗んだんだよな」

雅人がいったが花田は無言だった。

しばらくすると、ノックがあって最初の女が部屋をのぞき込んだ。

「お茶のお代わりをお持ちしますか」

けっこうですといって鷹巣が立ち上がった。花田も立ち上がり雅人も続いた。ここにいても仕方ないのだ。

2

「ちょっと戦略会議をやらないか」

鷹巣に誘われ、花田と雅人は高層ビルの最上階のレストランに行った。雅人の頭も心もまだうまく働いていなかった。行き交う人々も商店のウィンドウも目に入らなかった。

鷹巣が窓際にテーブル席を取った。生ビールもオードブルもみな鷹巣が決めた。

「残念だったな」

鷹巣がジョッキの縁をぶつけていった。

ふっと湧いて出た思いを雅人が口から垂れ流した。抑える気力がなかった。

「鷹巣さん、知っていたんでしょう」

鷹巣の目がきらっと光った。

「どういう意味だよ」

「あいつがうちのフィッティング・ルームを盗んでいたこと。それであいつになだめ役を頼まれたんでしょう」

なにをいってんだ、花田がたしなめるより先に、鷹巣がジョッキの中身を雅人にぶちまけた。久しぶりに着たスーツがビールまみれになり、すぐ肌にまで浸透してきた。冷たさが体を震わせた。近くの客がぎょっとした目で雅人たちの席を見た。

「いつまでも情けない奴だな」鷹巣の声に力が籠もっていた。

「アイデアを少しは盗んだかもしれない、盗んでいないかもしれない、おれは盗んでいないと思うけど、アイデアを盗んだとしたって、加倉井さんのいったとおりだろう。データの入ったCDでも盗まない限り、道義的な責任だってない」

「まさと」花田がいった。

「鷹巣さんに謝れ」

雅人は体中をびしょ濡れにさせたまま鷹巣に頭を下げた。

「まったくガキだな」

鷹巣が手を高く挙げて店員を呼び、乾いたタオルをたくさん持ってきてくれといった。

「悔しがりなのは悪いことじゃないが、いつまでも引きずるな。悔しさを前向きのエネルギーにしろよ」

雅人は届けられたタオルで体を拭きながら、鷹巣の言葉を頭の片隅で聞いていた。「フィッティング・ルーム」がこんな風になったのに、どうやったら前向きになれるというのだ。

「いいか」と鷹巣は座りなおした雅人と花田を交互に見ながらいった。

「経営をやっていれば、乗り越えられっこない、と思うピンチはいつだってやってくる。そんな時、誰でももう絶体絶命だと思う。しかしいつだってピンチはチャンスなんだ。おれは何度もそのことを思い知らされてきた」

花田がひと言ずつかみ締めるようにたずねた。

「今日のことが、どう、チャンスなんですか」

「それはおれにもわからない。おれが確信していることは、いつもピンチからチャンスが生まれてくるってことだけだ」

雅人もその言葉をどこかで聞いたことがある。しかしリアリティを感じたことはない。昭和の根性経営の名残りにすぎないと思っていた。ネットでの「試着サービス機能」は、事実上、業界のガリバー、Jウェアに独占されてしまう。セブンシーズンの付け入る隙がなくなってしまったいま、どうやってチャンスが生まれるんだ。しかし鷹巣はもう一度くり返した。

「とことんピンチにまみれるしかない。チャンスが生まれるならそこからしかない。愚痴っていても何も生まれない」

短い酒席はあっという間に終わり、鷹巣と二人は別れた。

二人はひと言も言葉を交わさないまま、まっすぐドリーム・オフィスに戻った。

雅人はデスクに座り、パソコンも開かずにぼうっとしていた。ときどき花田が雅人を励ますようなことをつぶやいた。日付が変わる時間になって、「とにかく帰ろう」と花田がいった。雅人が言葉の意味を理解する前に、花田はかばんを抱えてオフィスから出て行った。

一時間後、雅人はパソコンを立ち上げて、人差し指だけを使って「akane」にダイレクトメッセージを打った。パソコンを使い始めたばかりのときのように指が覚束なかった。

――おおしょうぶ、討ち死にしました。闘わずして討ち死に、サイアクデス――

父に報告しなければならない。そういう思いがチラッと頭をよぎったが、行動に移すことはできなかった。

3

暖かい色のLED灯に照らされたアプローチ。耐火煉瓦(れんが)を踏んでエントランスに入ると、エレベータから女が降りてきた。これほどファッションセンスとスタイルのいい女は、ここらではめったに見かけない。小倉早苗だった。

田中はかすかに緊張を覚えた。どう向き合ったらいいか、まだ心が決まっていないのだ。お客さん扱いするのも水臭いだろうし、馴(な)れ馴(な)れしくしてもまずい。

こんばんはといって通り過ぎようとすると、小倉早苗から話しかけてきた。

「あれ、いいじゃないの」

「………」

「三銃士よ。プロに頼んでいるの」

「制作はプロダクションを頼んでいますが、あのブログは私が書いています」

「あなたにあんな才能があるとは知らなかった」

にやりと笑った。凄みを感じるほどきれいに見えた。しかし「美奈」をやっていたときとは違い、男を誘うところはない。はねつけているわけでもない。

「恐縮です」

「ぶっちゃけていて、いいのよね。不動産屋は胡散臭いっていう世間のイメージを、かーるく吹き飛ばしているわ。でも三銃士のプロフィールは、中年のお見合いの釣書きみたい」

「…………」

「あたし、三人ともホンモノを見ているけど、みな三割はマシに撮れているもの」

「いけないですか？」

「いいんじゃない。自分の写真をネットにさらしている人には悪いことはできないもの」

「悪いことなんて、しっこないですよ」

「あれで営業にプラスになるの？」

「資料請求とご質問は、おかげさまで着実にふえています」

「あたしもね、ブログを始めたところなんだけど、おたくは一日のアクセスどのくらいあるの」

「三百くらいかな」

「すごおい。あたしのところなんて百くらいよ」

「小倉さんなら、すぐにふえますよ」

「美奈ネタやればね」

「おお怖い」

やっと冗談がいえた。

「やらないってば」

小倉早苗はもう一度、艶然と笑った。

買い物に行くという小倉早苗を玄関まで見送って、田中は104号室に向かった。

玄関を開けると大きな声が聞こえた。営業部と廊下を隔てた向かいの「スタッフルーム」だ。ここは下見客の接客用に使う。大きな声をなだめる声は弱々しい。こちらは清国のものだが、大きな声は聞いたことがない。あわててドアを開けた。

「あ、社長」

清国が救われたようにいい、初老の男女が田中を振り返った。最上階、小倉早苗の隣室に住む夫婦だった。

「いらっしゃいませ」

「きみかね、社長は」男がソファから腰を浮かして田中にいった。

「きみね、インターネットなんかで、レインボースカイ神楽坂の洗いざらいを公にして、どうしようっていうんだね」

「恐れ入りますが、洗いざらいを公にするというのは、どういう意味でしょうか」

「きみらがだね、よたよたと売り回っている姿を天下に知らせておるだろう。このマンションはちっとも売れません、助けてください、っていっているようなものじゃないか、ひいてはこのマンションは価値の低いマンションだということを宣伝して回っている」

「そうですよ、みっともないったらありゃしない」

ようやくこの夫婦の苗字を思い出した。

「水谷様。お言葉ですが、あのホームページは、このマンションの価値が低いと宣伝しているのではありません、その逆でございます。こんなに価値が高いマンションですから、どうぞお買い求めくださいとお伝えしているのです」

今度は妻のほうがいった。

「でたらめをいわないでください。価値が高いのだったら、なんでみっともないことをインターネットで触れ回るのですか。うちの息子だって、こんなこと他人にはいえないって怒っていますよ」

「レインボースカイ神楽坂のロケーションがどれほど優れているか、バスやセキュリティの仕様はこんなに最先端を行っているとか、デザインが素敵だとか、そういうことをお知らせすることは、どこのマンションでもやっていることかと存じますが」

「そんなに優れているのなら、何もインターネットでおたおたしなくても、もうとっくに売り切れていていいでしょう」

妻の言葉の勢いが弱くなっている。田中は早口にならないように心がけながらいった。

「まことに残念ですが、ご承知のように、日本は不動産不況に突入してしまいました。お客様が非常に慎重になってしまいました。当マンションだけじゃなく、よそ様も同様の事情にあります」

「…………」

「こういう状況の中で、もう一度レインボースカイ神楽坂の価値をよく知っていただき、少しでも早く全戸のご入居を果たし、水谷様やご子息様のようなご懸念を晴らすことがわれわれの責務であると、当社は固く誓っているのです」

夫婦はソファに座り直したが、テーブルの上には何も出ていない。

「清国くん、お茶を差し上げてください」

清国があわててキッチンに立った。

「来週から女子社員も一人加わります。トラスト不動産は全力を上げて当マンションの完売をはかり、皆様のご心配を吹き飛ばしたいと存じます」

「きみ、それを約束するかい」

夫の声は弱くなっていたが、田中は曇り(くも)のない微笑を浮かべ深くうなずいた。頭髪ひと筋ほどの弱気も感じさせるわけにはいかない。

「大幅な値引きをするなんてことはないよね」

清国が戻ってきた。

「水谷様とのお話でもそうだったかと思いますが、われわれとお客様の双方にとってハッピーでリーズナブルな交渉をいたします。非合理なことはいたしません」

水谷にも二百万円ほどの値引きをしたことを田中は頭に刻んである。夫人が上目遣(うわめづか)いにいった。

「どのくらいお値引きをするつもりなの？」

「水谷様の条件を他の方に申し上げませんように、それはご遠慮させていただきますが、常識を外れるようなことは決してございません」

「大幅だったら、私どもも同じようにしていただきますからね」

そうだよ、夫が勢いを取り戻していった。

「常識はずれのことはいたしません」

新たな客とは守秘義務契約を結ぶのだから問題はない、言い訳のような思いが頭をよぎった。

「あの二人に小一時間も責め立てられましたよ」

水谷夫妻が部屋を出て行くと、清国が肩で息をするようにいった。

「おれたちは何一つ責め立てられるようなことはしていないんだ」

「うまいもんだと感心しました」

「うまいことをいったわけじゃない。おれのいったことは全部、本音だぞ」

「よくわかりました。私が軟弱だったのです。社長がいまいわれたことをもう一度、腹に叩き込みます」

「そうだよ。おれたちのホームページに高らかに謳った『お客様のニーズにベストフィット』に、恥じるものは何もないんだ」

清国はチラシの入ったショッピングバッグを持って部屋を出て行った。駅までの帰路、回り道をして少し撒くという。

田中はパソコンを立ち上げてホームページをのぞいた。

外出していた数時間のアクセス数を確認する。七十二。増加速度が毎日、着実にあがっている。

最初にブログのコメント欄を見た。コメントが書き込まれても、田中が公にしてもいいと判断するまでは掲載しない〈承認制〉にしてある。営業妨害のコメントが書き込まれることは避けなくてはならないのだ。

五つしかなかった。マンションの広告用のホームページにコメントをする変わり者もそういないのだろう。やはり攻撃的なものが混じっていた。

――こんな馬鹿げたことをやられては、業界が困る。業界の内側をばらして、おれたちに何の得があるというんだ。すぐにやめてくれ。お前らの二枚目ぶった修整写真は確かに見せてもらったよ。月夜の晩ばかりじゃないんだからな――

「修整写真」というのは、現在のわれわれの顔を知っているということだろう。一体誰だろう。ハンドルネームもアドレスもいい加減で、正体を追及できる方法はなさそうだ。

この中傷コメントを掲載すれば、われわれが、業界の常識を超えたお客様寄りの営業をしている、と読者は納得するだろうが、削除するしかない。いたずらに業界に波風を立ててはまずいし、そもそも業界の内側など何一つばらしてはいない。

二件目から四件目までは田中の予測していた内容のコメントだ。

——まだ、すぐというわけじゃありませんが、そのうちマンションを買いたいと思っているのですが、ここは色々と教えてくれるので有難いです。知りたいことを質問フォーマットのほうに書いて送りましたので、よろしくお願いします——

この方は遠からずトラスト不動産からマンションを買うだろう。買ってもらえるようなネット営業をしなくてはいけない。

五件目を見て驚いた。

——美奈で〜す。さっきはどうも。承認制というから、安心して書き込みます。もういっぺんこのサイト全体をざっと眺めてみましたが、やっぱりとてもいいような気がしています。わたしも最初から「ニーズにベストフィット」で対応してくれていたらもっと安心でした。まあ、たっちゃんならいつでも安心だけどね。よき住民を増やしてください。変なの連れてこないでよ（あ、このコメントはもちろん掲載しないでくださいねw）——

もう買い物から帰ってきたのだ。腹の底がひやりとした。おれと親しくして望月のほうはまずくないのか。

続いて資料請求と質問を見た。資料請求が二十一、質問が二ある。

資料は、テーマごとに行き届いた説明のファイルを用意しているし、定番のQ＆Aも作成してある。

質問の片方は定番で間に合うが、もうひとつは少し込み入ったローンの計算をしなくてはならない。田中がやるとえらく時間を食う。明日、椎名に頼もう。こうしたことができる女性スタッフをようやく見つけた。間もなく来ることになっている。

最後に今日のブログを書くことにした。

――……われわれの〝お客様のニーズにベストフィット〟という姿勢を、お客様に支持していただいているようで、まことにありがとうございます。お客様からのアクセスは急増して、今日はこの時間までに百九十五となっています。資料のご請求とご質問は同じく二十三です。そうした反応がたちまち販売につながりそうな実感をひしひしと抱いております。

清国はたったいま【レインボースカイ神楽坂】のチラシを撒きにご近所に出陣しました。インターネット回線を通してのお客様との出会い、また生のチラシを通し、あるいは電話やお客様のお住まいを訪問させていただいての出会い、〝お客様のニーズにベストフィット〟はあくまでこの二つの回路から可能になると信じております……

――

キャッチフレーズを多用するようにしている。こっちが飽きても、客は初めて見る人が多いはずだ。どんな物件にもベストフィットする客がいる。こちらも、客も、いつもそれを頭の中に置いておくことは悪いことではない。

携帯が鳴った。登録している相手ではない。

「はい、トラスト不動産の田中です」

相手が笑い出した。その笑い方に覚えがあった。

「ベタな社名をつけたな」

「もう一度、原点に戻りたいと思いましてね」

「とうとうおれのいうことは聞いてくれなかった」

「あなたの噂は色々聞きましたよ」

「あなた、か」

「もう専務でもないでしょう。しかしあなたがそんなことをやるとは想像もしていなかった」

「これはまだ誰にもいっていないことだが、おれは近いうちにもう少し大きな力を振るえるようになる。きみの新会社の応援をしてやろうかと思ったんだが、その必要はないようだな」

　思わせぶりな台詞を理解する前に、次の言葉を口にしていた。

「そのうち私のほうからご挨拶に行きますよ」

「仕事がほしいのなら、おれのところじゃなくていい。うちには出入り業者の担当がいるのを知っているだろう。しかしトラスト不動産などと名乗っていても、あんな危なっかしいネット商売をやっている会社には、仕事は出せないんじゃないか」

「あんたに仕事なんかもらいにいきませんよ」

「不動産には業界が積み重ねてきた商売のやり方がある。あんなストリップみたいなことをやって、どうするんだ」

「あんたは、昔からはったりと詐欺が得意だった。それを知っていながら、騙されたおれは不覚だった」

「別に騙してなんかいないさ。きみは、おだてられればなんだってやる男だ。いまだっておだてられてストリップをやっているんだろう、悪いことはいわん、まだ引き返せるぞ」

「ふざけるな、このままじゃすまさないぞ」

　そういい捨てて通話を切った。体に震えがきた。恥じるのはあいつのほうなのに、こっちが屈辱を覚えた。

あいつの言葉の断片がよみがえった。もう少し大きな力が振るえるようになる。社長になるということだろうか？　五菱不動産はあんな奴を社長にするつもりだろうか？

十五章　営業妨害

1

「こうなったらあっち側に回るか。それなら少しは儲かりそうな気がする」

デスクに座って雅人がいった。久しぶりに笑ったつもりが、うまく笑えなかった。

駅の近くのマクドナルドでビッグマックを食べ、もたもたとオフィスに戻ってきたばかりだった。入口ですれ違った清水に「どうしたの、二人とも」と問われた。「別に」と花田が取り繕ったが、傍目にもいつもと違うように見えるのだろうか。二人とも毎日オフィスには来ていた。他に行くところもない、何をしたらいいかもわからない。

かなりの空白の時間を置いてから花田がいった。

「どういうこと？」

雅人はすぐに返した。

「おれたちで悪徳ホームページ制作会社を経営して、馬鹿なやつらを搾取すれば、金持ちになれる。おれたちが搾取された分を回収するんだ」

また時間を置いてから花田がいった。

「それじゃ、ピンチをチャンスにすることにはならないだろう」

「むなしい苦労をするより報われるかもしれない」

「鷹巣さんはピンチにまみれろといったんだ。ピンチから逃げ出せといったわけじゃない」

「花ちゃん、まじめすぎ。世の中、そんな、ちゃんとしたやつなんて、どこにもいない」

平板な口調で花田がいった。

「清水さんがいるだろう」

花田が右手の親指を折った。人差し指を折って続けた。

「まさとンところの親父さん」

意表をつかれた。

「どこが？」

「息子に、まともな条件でお金を貸してくれた。ただ貸すんじゃなくて、断るんでもなくて、まともな条件をつけて貸してくれた、ちゃんとしているじゃない」

その言葉の当否を考えるより先に、親父に金を返さなくてはいけないという思いが胸にあふれた。百万円借りて三ヵ月がんばれば道が開かれるはずだったのが、一ヵ月で弾けてしまった。父と母を落胆させると思うと切ない気がした。手っ取り早く稼いで金を返さなきゃならない。悪徳制作会社だって、犯罪じゃなければかまわないだろう。

「まみれろ、まみれろ、まみれろ、まみれろ」

花田が髪の短い頭を両のこぶしで叩いた。鷹巣のアドバイスを体に叩き込んでいるようだ。花田は課題をまっすぐに順を追って考えるしかやり方を知らない。途中がつながらない雅人とは対極だが、ときどきとんでもないパワーを発揮することがある。

「まさと」花田がいった。

「いまおれたちは何でピンチなんだ?」

花田の真意がわからない。

「いまおれたち何でピンチなんだ?」

同じ質問をぶつけられ仕方なく答えた。

「Ｊウェアにフィッティング・ルームを盗まれたからだろう」

「盗まれたとして、何がピンチなんだ？」

「ＥＣにすげえ革命を起こすソフトをＪウェアに独占されて、おれたちのものだったはずの金が入ってこない。加倉井のやつ、おれたちのアイデアと汗でとんでもない大儲けをする」

「Ｊウェアはそんなに大儲けをするか？」

「そうに決まっている。おれはそう確信して、いままでやってきた。お前だってそうだろう。Ｊウェアが、あれをオンラインショップに導入したら、いままでの十倍は売れるようになる」

「十倍売れるようになるか……」

質問ではなく独り言となった。Ｊウェアに「フィッティング・ルーム」、最強の組み合わせとなるに違いない。

花田が立ち上がった。営業用の資料セットが入っているかばんを持ってドアに手をかけた。

「どこへ行くんだ」

「あとで教える」

花田は表情も変えずドアを押し開け、その向こうに消えた。

Ｊウェアに何か交渉をしにいくつもりだろうか？　今のやり取りの中で交渉の材料を見つけたのだろうか。

廊下で花田の声が聞こえた。

ピンチなんだ、ノックアウトされそう。

それ、なに？

あかねの問いかけに花田が答えたらしいが聞こえなかった。それだけで花田の足音が遠ざかっていった。

あかねの声が耳の奥でリフレインしたとき、突然、頭の中に確信が降りてきた。花田とあかねは好き合っているのだ、だからいつもこんなに親しげに言葉を交わしているのだ。

体中の血が抜けていくような脱力感を覚えた。必死で自分に言い聞かせた。

花ちゃんが悪いわけじゃない。おれはあいつにあかねのことを話してはいないのだから。

さらに言い聞かせた。花ちゃんならあかねにふさわしい、おれよりずっと人間が大きくて優しい。

考えるより先に雅人の手が「英楽園」を開いていた。朝、花田の目を盗んで開いたときは、まだ昨日のままだったブログが更新されていた。

――今日は暖かいですね。春がもうそこまで来ているという感じでうれしいです。

某駅のプラットホームで、スーツ姿の男性が旅行客らしい白人男性に話しかけられ、あわてているのを見ました。いかにもできそうなビジネスマンだったから、英語がしゃべれると思われたのでしょう。

そのビジネスマンが困っているとき、通りかかった白髪のおばあさんが、一言二言何かいうと、彼は「サンキュー」と大きな声でいって去っていきました。何か教えてあげたのですね。

英語ができるって自由ですよね――

いつもだったら、つい顔をほころばせてしまう書き込みを見ても、体中を占めている失血感は治まらない。

すぐにここから去る気にもなれない。コメント欄をクリックした。今日の分はまだ一通しかない。常連の面白くもない書き込みだ。

ツイッターを見ることにした。いつの間にかふえているつぶやきを見て、胸がチクリとした。ＩＤに「akane」とあった。指がどんどんタッチパッドを叩いている。

——さくらさん、闘う前に討ち死になんてヘンですよ。討ち死にする前に、死ぬまで闘う相手がいるんじゃないですか。生意気いってごめんなさい——

本当に「どこかに闘う相手がいるはず」なのか。おれと花田は加倉井と闘ってきた、他に闘う相手がいるということなのか、それともまだ加倉井は闘う相手なのか、闘う余地があるのか？

しかしすぐにはメッセージを送らない。三、四日に一往復のメッセージ。いつの間にかそれが暗黙のルールになっている。雅人が侵せば、あかねからの返事が余計に遅れる。

2

「はい、トラスト不動産でございます」

「社長室」のドアに近いデスクで森澄子が電話を取った。信頼感と軟らかさを絶妙にブレンドした話し方である。田中の記憶にあるものより感じのよさがましていた。

短いやり取りの後、電話を切って森澄子がいった。

「田中さん、阿川様、神楽坂駅に着いたそうです。わたしお迎えに行ってきます」

田中さんではなく社長と呼んでくれとはまだいいそびれている。

「車じゃないのか」

「駅から歩いて商店街も見てみたいということでした」

特別応接室に使っていたリビングルームと社長室に使っていた部屋をつなげて大きなオフィスとした。そこを営業部に使い、営業部にしていた部屋を、社長室として田中のデスクを置いた。

ここに三日前から森澄子が来ている。かつて田中が転々とした不動産会社のひとつで、彼女はスタッフながら男の営業マンたちを手玉にとっていた。アラサーからアラフォーになったはずだが、その半分しか年をとっていないように見えた。

出て行って一分もしないうちに、森澄子があわただしい足音を立てて戻ってきた。

「田中さん、大変です」

異様な声に、田中は玄関に飛び出した。

「こんなものがありました」

新聞紙の半分ほどのビラを示した。

〈レインボースカイ神楽坂、なりふり構わぬダンピング販売〉

新聞の大見出しのような文字が黒々と刷り込まれている。その下に少し小さな文字が続く。

――レインボースカイ神楽坂は、不動産業界のはみ出し者たちが手がけているいわくつきの物件です。こんなものを買っては後々まで後悔します……――

「どこにあったんだ」

「表門に貼ってありました」

「これだけか」

「わかりません」

田中は顧客用のスリッパをはいてドアを出た。エントランスを抜け、玄関から飛び出し、耐火煉瓦を蹴飛ばすように走り抜けた。

渋く表面加工した青銅（せいどう）の門標には、ビラが貼られていた痕跡も残っていなかった。辺りを見渡したが、大谷石（おおやいし）の塀（へい）にも、角の植え込みにもビラらしきものは見当たらない。

「森くん、あとはおれが見ておく。きみは阿川様を迎えに行ってくれ」

うなずいて森澄子は駅のほうへと向かった。その後ろ姿にいった。

「なるべくゆっくりとご案内してくれ」

田中は周囲の電信柱や塀をチェックし、駅へとつながる道路へも少しだけ入って見てみた。店舗の周囲、しもた屋の壁、電信柱。しかしビラは見当たらない。

「おい、どうしたい」

突然、背後から声をかけられた。望月だった。小倉早苗も一緒にいる。二人で買い物にでもいった帰りだろうか。交互にからかうようにいった。

「神楽坂じゃ、スリッパがはやっているのか」「おしゃれね」

「こんなものが表門に張ってあったんです。ほかにもないかと思って」

田中は紙切れを差し出した。斜めに読んでから望月がいった。

「ひでえ営業妨害だな」

「ええ、これからお客様が下見に来るというのに、こんなものが目に入ったらたまりません」

「おれたちも手伝ってやるか、なあ、早苗」

ええ。二人は辺りを見回し始めた。

「もうひと通り見たつもりですから、どうぞお構いなく。私、お客様がいらっしゃるので、オフィスに戻ります」

さっきから田中の頭の中に犯人と思しき人物が二人浮かんでいた。

一人はコメント欄に「月夜の晩ばかりじゃない」と書いたやつである。人間を傷つけるのではなく、マンションそのものを傷つけようと考えたのかもしれない。同業者に違いないが、それ以上の見当はつかない。

もう一人は五十嵐である。先日の電話でこちらから宣戦布告をした。どんな戦争を仕掛けるかこちらはまだ考えていないが、向こうは攻撃は最大の防御と思い、手を打ってきたのかもしれない。

早く犯人を見つけて何とかしないと営業に差支えが出る。

チャイムが鳴った。田中が玄関に出て行くと、森澄子がドアの外にいるらしい客に声をかけていた。

「どうぞ、お入りください」

声にゆとりがない。いやな予感がした。森澄子が田中に紙切れを差し出した。

「社長、駅前の電信柱にこんなものがあったそうです。お二人で心配そうにこれをごらんになっているところに、わたしがお迎えにあがったのです」

「まったく、このいんちきビラには困ったものだ」田中は思い切り快活そうな声を上げた。

「どうぞ、お入りください」

五十前後の夫婦が姿を現した。スーツ姿の夫はビジネスの最前線にいるらしい、きりっとした表情と所作を持っていた。妻は入念に化粧をし、整った目鼻立ちでおとなしそうに見えた。二人とも望月と小倉早苗にも負けない裕福な身なりをしている。

二人は一週間ほど前、まず匿名で資料を請求し、何度か質問と回答を交わした後、実名を名乗り、希望の部屋を指定して、見学をしたいといってきた。新しいホームページ経由の最初のお客だった。

スタッフルームに案内してから田中がいった。

「びっくりされましたでしょう。私どもの目の届かないところで起きたことではございますが、まずその点をお詫び申し上げます」

ええ、とか、まあ、としか中年夫婦は言葉を発しない。

キッチンに立った森澄子が、手早くお茶を持ってきた。

「阿川様はいくつものマンションをご研究になって、先刻ご承知かと思いますが、レインボースカイ神楽坂のホームページの運営方法、ひいては営業のやり方は、他社様とは違いまして、とことんお客様の側に立ったやり方をとっています」

夫がかすかにうなずいた。

「そのため業界の慣行に従っていないところもございまして、ご同業でわれわれのことを面白くないと思う者もいるようでして、こんな意地悪をされたのです」

「なるほど」

夫がいって茶に手を伸ばした。

「こういう意地悪をされるということは、われわれが業界の側ではなく、本当にお客様の側に立った情報を提供し、当社のモットーであります〝お客様のニーズにベストフィット〟に徹していることを、逆に証明してもらっていることになると思います」

「なるほど、そうもいえますな」

「現に、ブログには、業界の内情をばらすなというコメントもいくつかとどいております。内情をばらしているのではなく、ありのままにやっているのですが」

なるほどともう一度夫が相槌を打ったとき、妻が夫にいった。

「でもこんなトラブルが起きるようなところに暮らすのはいやだわ」

「ごもっともです。早急に解決いたします。二度とこんなことが起きないようにいたします」

妻が夫を見た。夫はさりげなく視線をそらしたように見えた。

「それではご希望のお部屋にご案内します」

「トラブルがすっかり解決してから、改めて見させていただきましょうよ、あなた」

困惑の表情が夫の顔をよぎった。

「せっかくおいでになったのですから、ご覧になるだけご覧になってはいかがですか。ご覧になったからといって、けっして無理にお勧めするようなことはございません。当社のモットー、お客様のニーズにベストフィットに反するようなことはいたしません」

妻は黙ったが表情は変わらない。見ていく気はないといっているのだ。

「わかりました。残念ですがこのことがすっかり片付いてから、またご案内を差し上げるということにいたしましょう」

妻がソファから立ち上がった。

「奥様、この中傷ビラは駅前のどの電信柱でご覧になりましたか」

妻は怪訝な顔をした。

「解決するには、できるだけ詳細な状況がわかっておりませんと」

夫が代わりにいった。

「階段を上がり切って、すぐの右手の電信柱です」

「それだけですね」

「そこであの方と会いましたから」

夫と田中の視線を受け止めて、森澄子はうなずいた。

二人がいなくなると、田中が大きな声でいった。

「奥さんが関所なんだ」

マンションを客が複数で見に来たとき、誰に決定権があるかを見抜くのは、営業マンにとって重要である。その人の気に入るような説明をしなくてはならない。時には金を払う大人ではなく、高校生の一人娘が関所だったりする。

田中は自分のデスクに戻るとすぐ受話器を握った。空で覚えている番号をプッシュする。目指す相手が出た。

「ああ、いましたか」

「誰だい？」

「あんたが、あんな汚いことをやるとは思っていなかった、いやあんたはずっと汚いやり方でここまできたんだ。警察に届けますからね。うちのマンションは門の外側にも監視カメラがついていますから、犯人はすぐにわかる。五菱不動産の専務がこんな破廉恥（はれんち）なことをやったと知れれば、世間は大騒ぎでしょうな。一発で社長の目はなくなる」

「何のことをいっているんだ」

五十嵐がとぼけているのか、本当に知らないのか、一瞬の言葉の響きの解読に全精力を傾けた。

「あんたがうちに手を出すなら、こちらは倍にして返しますよ」

どちらか判断がつかなかったが、それだけいって受話器を置いた。もし誰かを使ってやらせたのなら、歯止めにはなるだろう。

電話を切ったとたん森澄子が問うた。

「誰なんですか」

「五菱の専務だよ」

「あんなことをしたのは、五十嵐さんなんですか？」

この業界にいれば五十嵐の名前くらい耳にしたことがあるだろう。

「可能性はある」

「可能性だけなんですか」

呆れているニュアンスがある。

「もしあいつが誰かにやらせたのなら、これで牽制（けんせい）になる。応急手当てをしておかなくてはならないだろう」

もう一度、受話器をとった。今度は住所録を見ながらかけたがこれもすぐに出た。

「五菱不動産におりました田中辰夫ですが、その節は大変にお世話になりました」

「ああ」

相手は警視庁にいる知り合いの刑事だ。ベイエリアで大きなマンションを作ったとき、一部の住民の過激な反対運動にあって、何度か相談に行った。その後付き合いを切らさないようにしていた。近況を簡単に伝えてから用件を切り出した。

「実はいま申し上げたレインボースカイ神楽坂の周辺に営業妨害のビラを貼られまして、この犯人を見つけて被害を根絶したいのですが、どうしたらいいでしょう」

「営業妨害ですか。どんな内容ですか」

田中はビラを開き大きな見出しから順番に読み始めた。途中で相手が止めた。

「わかりました。そこですと牛込(うしごめ)警察署が管轄(かんかつ)ですので、私が電話を一本入れておきます。田中さんは被害届けを書面にしてそこへいってください」

「被害届け？」

「なんでもいいんです。便箋(びんせん)でもただの紙でも、状況を詳しく書いたものを持っていって、捜査を依頼してください」

「私としては今後こういうことが起きないように、お力添えをお願いしたいのですが」

「私からその旨、連絡しておきますが、今の話ですと、巡回を増やすくらいしか手の打ちようがありませんね」

「よろしくお願いします。順番が逆になりましたが、近いうちにご挨拶に伺いますので、一度お付き合いください」

電話を切るとまた森澄子が話しかけてきた。

「警察の方ですか」

「ああ、こんなことが広まったら命取りだからな」

いいながらまだ打つ手がありそうな気がしていた。五十嵐が犯人ならあれで歯止めになったろうが、脅しのコメントを書き込んできた人間が犯人なら、まだ何の対策もしていないことになる。

この周囲を巡回するガードマンでも雇うか？　しかし全部の部屋が売れるまで雇い続けたら、経費が膨大になるだろう。ホームページの上で何か牽制できるだろうか？　逆効果になって相手を挑発するだけじゃなく、マンションのイメージを下げるような気もする。判断がつきかねている脳裏に、９０４号室にいかなくてはという思いが浮かんだ。あの夫妻が来なかったら、田中はそこにいたのだ。いま清国が一人で接客をしている。

3

部屋に入ると、システムキッチンの前で清国が四十前後の夫婦と話していた。

清国のチラシを見て訪ねてきた、いまどき珍しい客である。この近くの築十五年ほどのマンションに住んでいる税理士だという。

清国の表情が田中を見て少し固くなった。同席されるのがいやなのだろう。しかしトラスト流の営業を確立するためには仕方ない、清国にもあらかじめそう話してある。

「この度は当マンションをお訪ねいただきありがとうございます。どうぞどこでもご納得いただけるまでご覧いただき、ご納得いただけるまで当社の優秀なスタッフにご質問ください」

それだけいって田中は三人から離れて立った。清国が話を続けた。

「そっちの収納ボックスなどもデッドスペースをとことん利用しつくすように作られているわけです」

妻は腰を曲げ手を伸ばして収納ボックスの開き具合を確かめている。

「もう何度もやってみたろう」

　夫がいうと、妻が不満そうに答えた。

「だってお高いお買い物なんだからね」

「いくらチェックしたって安くならんよ。安くしてもらうには清国さんに泣きつかんとね。きみの泣き方しだいでは驚くほど安くなるぞ」

　清国があわてていった。

「ご冗談ばかり」

「私が調べたところ、よそさんでは三割四割は当たり前のようですよ」

「ほんなもん、むちゃくちゃですがな」

　清国がイントネーションのおかしな関西弁を使った。

「まさか、いま設定してある値段や、おまへんやろうな」

　夫も関西弁風に返した。

「私どもも、この辺りの実勢価格を調べさせていただいております。それをしっかりと踏まえて、資金計画に入らせていただいてよろしいでしょうか」

　レインボースカイ神楽坂の近辺で、グレードが似通っている新築マンションの実売値段を調べたデータファイルを作りつつある。確かな数字は守秘義務に覆われているが、業界の隙間から自然とおよその数字が漏れてくる。

　三人はリビングルームに移動した。ここにテーブルと椅子を置いただけの接客コーナーを設けてある。三人は向き合って座り、田中は壁際に立った。

「これだけのデータを集めるのに、苦労しましたですわ」

　清国はもう何弁をしゃべっているかわからない。

　清国は一枚紙の資料を客に渡した。データの一部をプリントしたものだ。夫が手にしたそれを、妻が横からのぞきこむ。

　いくつかの類似物件を取り上げ、最初に掲げられていた値段、想定される実際の売買金額、値引き率、特記事項などが一覧表になっている。値引き率の平均はほぼ一二パーセントである。かなり大きく引いたと想定されるものもあったが、この資料には加えていない。叩き売りにかかっているマンションと勝負するつもりはないのだ。

「これじゃ、話にならへん」

　しばらくのぞいていた夫が横柄な口調でいった。

「それは客観的なデータなんでございますよ」

「おたくに都合のいい客観でしょう。売れ残りマンションの二〇パーセント引き三〇パーセント引きは、私の知り合いにもいくらでも実例があります」

「なにをおっしゃいますか、うちは売れ残りやおまへん。お客様かて、売れ残りをお求めになる方やないでしょう。もともと強気で値付けした物件の場合は、こんなとき急落することもありますが、うちはそんなことはしていませんから」

夫の顔に笑みが浮かんだ。

「つまり一二しか引かないということですか」

「お話し上手なので、かないませんわ」

「うちだって予算がありますから」

「私としても、靴の底をすり減らしてチラシを撒きまして、おいでいただいたお客様ですから、何とか話をまとめたいと思っています」

「この半年で十枚はもらったわ」妻が話に割り込んだ。

「でもこの間郵便受けに入っていたのに、『とことんQ＆Aでお客様のニーズにベストフィット』なんて書いてあったから、ホームページを見てみたら、本当に何度も質問に答えてくれたから、その気になったのよ」

「それはうれしいですな。私どもも、ぜひお客様にお買い求めいただきたいのですが、あまり大きなお値引きをすると、当社が破綻してしまいますし、あそこでにらんでいる社長に怒られてしまいます」

清国が精一杯の冗談をいった。額が汗で光っている。

「一二じゃ話になりませんよ。平均が一二でしょう。これなんか二〇になっているじゃない」

夫が資料の中ほどを指で示した。

「それは売るのが大変な物件でして、元々の値決めがおかしかったんですよ」

夫は唇を引き結んで黙り込んだ。妻も夫の険悪な気分を感じて沈黙した。

それじゃ縁がなかったということで、と夫が腰を浮かしかけた。

「かないませんな、ご主人には、ゆっくり座ってください」

清国が唇をかんでから、電卓に数字を入れて夫の前に差し出した。

「これでいかがですか」

夫はちらりと見てもう一度座り込んだ。清国が声を潜めた。

「しかしこれはぜったいに他の人にいうてもろうては困りますよ。守秘義務を結んでもらいますから」

「守秘義務はわかってますよ。それは守りますから、もうひと声」

「殺生やな、私、くびになってしまいます」

清国が田中を見た。

「お客様、少々お待ちいただけますか。お客様のご要望にどこまでお応えできるか、いま清国と検討させていただきますので」

田中は清国とともに玄関脇の洋室に入った。

「さすが清国くんだ。よくやっている」

それから清国の電卓を見せてもらった。

５８００という数字があった。売り出し価格は六千五百万円である。

電卓を手に取り５８００を６５００で割った。０・８９２……という数字が出た。

一一パーセント引いたことになる。

田中の持っていたアンケート用紙を取って、「資金計画」を見た。「年収千万円」「現住マンション販売予定価格三千五百万円（内残ローン千二百万円）」、「自己資金」は空欄になっている。

「けっこう持っているじゃないか」

わずかな自動車ローンが残っているが、これなら物件価格の八〇パーセント以上の住宅ローンがつくから、清国が出した数字でもお釣りがくる。

田中は電卓に５５００という数字を置いた。それを６５００で割った。０・８４６……。

「これでどうかな」

清国がうなずいた。

「おれはお客様にご挨拶してすぐに引き上げる。もうこれ以上の交渉の余地がないと思わせる。これでだめだったら、今回はいったん打ち切ろう。それでもきっとまた戻ってくる」


オフィスに戻った田中は大泉に電話を入れた。営業が順調に回りだしたことを、少し大げさに伝えてから切り出した。

「えげつない営業妨害をされましてね」

「どういうことですか」

概略を説明してからたずねた。

「そちらでやっていたときに、何か思い当たることはありませんでしたか」

少し間があって大泉が答えた。

「そのビラはトラスト不動産をというか、田中さんをターゲットにしているんでしょう」

「あの大専務の周辺から何かありませんか」

「聞いていません」

「あいつ、社長になるんですか」

「聞いてませんが、ありえます。先日も『月刊経済人』の（交遊録）の中に、三輪さんのゴルフ仲間として五十嵐さんが登場してきていましたからね」

「知り合いの刑事経由で、所轄の警察署に捜査と警備をお願いしましたが、当面はうちでも警備をしようと思うんです。どこかいいところを知りませんか」

「ガードマンにうろうろされては、入居した人は喜ばんでしょう」

「ヘンなビラを撒かれるほうが、もっと喜ばないと思いましてね。警備員には私服でさりげなく見守ってもらいますよ」

「ちょっと当たってみます」

電話を切ってから思った。どうやら大泉は犯人に何の心当たりもないようだ。警備員なら田中にもルートがある。大泉の反応を知りたかったのだ。

ドアが開いて清国が入ってきた。一目見ただけで首尾がわかった。

「税理士は見送りだろう？」

のどかな声で聞いた。

清国は疲れ切った黒い顔でうなずいてからいった。

「あんなにデータをさらけ出しちゃっていいんですかね」

「あれがトラストのやり方なんだ、売り物をきちっと見せる。お客はすっかり納得して買う。ネット時代はそれしかないんだ」

清国の頬が膨らんだが、言葉は出てこなかった。清国の分厚い肩に手を置いていった。

「あの方は必ず買うよ。このあたりで、この値段で、こんないいマンションは出ていないんだ」

肩は手を受け入れていなかった。


清国は部屋に戻り、田中はパソコンの前に座った。

――本日の「トラスト不動産」

田中は、オフィスにて、午前と午後、ご来場いただいたお客様をお部屋にご案内いたしました。

椎名は、以前からお話が継続しているお客様をお訪ねしておりました。

清国は、ご来場いただいたお客様のご案内と、近隣のお客様への訪問をいたしました――

いったんキーボードから手を離して腕を組んだ。書くべきかどうか迷う。しかしこれまでメールで寄せられたその質問には答えていない。それなりの理屈があるが、うまく書ける自信がなかった。しかし「お客様のニーズにベストフィット」を謳う以上避けては通れない。

田中はキーを叩き始めた。何度も書き直しているうちに自分の考えが整理されてきた。

――本日の清国がご案内したお客様とは、お値段の話がポイントとなりました。ご質問フォーマットでも、お値段についてのお問い合わせがよくあります。マスコミで値引きのことが色々もっともらしく報道されているので、それを見てのご質問が多いのです。

皆様、よくご承知のことと存じますが、不動産には同じ商品は一つとしてありません。同じ間取りでも駅からの時間、途中の商店街・家並み、あるいは窓からの眺め、絶対に同じではありません。ですから、近隣の同種物件はもちろん比較対象にはなりますが、あくまで参考でしかありません。

また時々刻々、値段が動いております。今日、一人しか購入希望者がいないお部屋も翌日、もう一人希望者が現われて、二人で競り合えば自然と値段が上がってしまいます。

お客様と契約書を挟んで向き合い、「この値段でお売りします」「それで買いましょう」となったとき、その時点で値段が決まるのです。そういう事情がありますので、ご質問フォーマットでは、売り出し価格以外のご相談には応じられないのです――

清国を呼んで文案を見せた。

「これをブログにあげようと思うのだが、どうだい？」

清国は巨体をパソコンの前に屈めた。しばらく見入っていたが、体を起こし田中を見て不器用そうにいった。

「いいと思います」

「きみの営業に邪魔にならないかな」

「私もこういう風に考えています。こんなうまくはいえませんけど」

「安心したよ。あの馬鹿には何をストリップやっているんだ、といわれたからな」

清国が怪訝そうな顔をした。

「あいつ、社長になるらしいぞ」

「本当ですか！」

「本人がそういったんだ」

「五菱不動産も終わりですね」

清国が忌々しそうに唇をゆがめた。

4

デスクの前に座ったままの雅人には、時間はよどんでいるようにも、飛ぶように過ぎていくようにも感じられた。

パソコンの画面は、雅人が無意味にキーに触れたとき以外、3D仕様のラインアートが踊り狂うスクリーンセーバーになっていた。壁のメモに目をやることもあったが、中身は頭に入ってこなかった。他に何をしていたろう。

花田が昼過ぎに姿を見せたが、一言二言雅人に声をかけて、またあわただしく外出した。何をしているのか花田は語ろうとせず、雅人も聞く意思が湧かなかった。

ふいに窓の外が赤くなった。夕方の短い時間だけ、向かいの雑居ビルの間から、沈みかける太陽の光が差し込む。

それに背を叩かれたようにキーパッドに触れると、スクリーンセーバーから画面に変わった。昼過ぎからずっとツイッターを開いたままになっている。

最新の行にゴチックの「akane」があった。ひとつ下にはさっき見た「akane」がある。

——さっきはごめんなさい。さくらさんの辛（つら）い気持ちなんて、何もわからずに、生意気なことをいいました。いまわたしのオフィスから真っ赤なおひさまが見えます。わたし、おひさまが大好きです。わたしの元気の源です。さくらさんも、おひさまを見てください。きっと元気になりますよ——

こんなときでもあかねの言葉はまっすぐに雅人の心に染み込んでくる。

椅子から立ち上がって窓際に行った。もう太陽はビルの隙間から移動して、見えなくなっている。その代わり雑居ビルの上に広がっている空が茜色（あかねいろ）に染まり始めていた。その色が地上のさまざまなものを息を呑むほどきれいな色に染めあげている。

雅人は窓を開けた。首を外へ出して空を見上げた。青色と茜色の混じり合う空と夕日が染めた雲とが絶妙なコントラストで、空に芸術作品を生み出している。首をひねるとその中に吸い込まれそうな気がした。上下の感覚がわからない。宙に放り出されそうだ。

どこかで窓が開けられる音がした、閉じられたのかもしれない。

雅人は辺りを見回した。ドリーム・オフィスの左右も、向かいの幾つかのビルも。しかしどこにもそれらしき窓がない。

パソコンの前に戻りながら思った。「akane」は三、四日に一回という間隔を自ら破った。なぜだろう。

パソコンの前に座りもう一度メッセージを見た。

――さっきはごめんなさい。さくらさんの辛い気持ちなんて、何もわからずに、生意気なことをいいました――

ドアにノックがあった。その前から予感があった。いやノックを聞いたとたんそう思ったのかもしれない。

「はい」

ドアを押し開けて予感どおりの姿が入ってきた。

「田中さん、大丈夫ですか」

心配そうな表情でいったのは柿沢あかねだった。

「え？」

「ずっと部屋に閉じこもっているから、すごいショックだったんだと」

「え？」

雅人は柿沢あかねの言葉をまだ理解できていない。

「さくらさんて、田中さんでしょう」

「ええ」

思わず素直に答えてしまった。

「最初からわかっていたわ」

「どうして？」

「だってどのつぶやきもみんな田中さんだったもの」

十六章　顧客交流ファイル

1

電話で話していた森澄子が、ちょっとお待ちくださいませ、と送話口を押さえ田中に声をかけた。

「十四時の伊崎さんですが、二時間遅らせてくれないかということなんですが」

「あちゃー」

田中は顔をしかめたが、口許には笑みもある。十六時には二件の訪問予定が入っていて、田中と清国がそれに当たる。椎名は、昼過ぎから自分の顧客のところに出かけている。

田中がその電話に自分で出た。

「本日はレインボースカイ神楽坂を見に来ていただけることになりまして、誠にありがとうございます。ところでご連絡いただいた十四時には、もちろんご案内させていただこうと準備していたのですが、十六時は、ありがたいことに別のご見学がございまして、十八時以降でしたら、よろしいのですが」

「いまどきマンションの下見で予約が詰まっているなんて聞いたことがない。あなたしかいないのか」

迫力のある男の声だった。都心にオフィスのあるビジネスマンだが、仕事の合間にちょっと見たいと昨日、予約を入れてきた。

「恐れ入ります。今日はそんな状況になっておりまして、うれしい悲鳴を上げております」

「そりゃ、けっこうなことですな。こっちはいまの女の子だっていいけど」

「彼女は事務スタッフでして」

そうか、とそのまま電話を切る気配を感じて、あわてていった。

「十八時以降なら、いつまでもお待ち申し上げますが」

「本当にいつまででも？」

「ええ」

「それじゃ十時でもいいかな」

意地悪をしているような口調だったが、そう答えざるをえなかった。

「もちろんです」

ネットを介して資料提供を求め、その後何度かQ&Aを交わした客の中から「ちょっと部屋を見せてもらいたい」といいだすケースがじわじわと増えてきている。平日にもほとんど訪問予約が入るようになり、次の週末は今の陣容では間に合わなくなった。大泉に頼んで急遽、木内を応援に派遣してもらうことにした。

三日ほど前その話を家でしたら、由美子が「あたし、手伝いに行ってあげましょうか」などといった。

「馬鹿をいうな。男の戦場に女がきても邪魔になるだけだ」

「お家って女の城でしょう。女を馬鹿にする人に、女の城を売れるのかしら」

「馬鹿にはしていない。この家でもきみが一番大きな顔をしているだろう。家が女の城だとしても、それを売るのは男の戦場だ」

由美子としゃべればしゃべるほど、どつぼにはまる。自分の言葉にどこか無理な力が入るのだ。

「あなたがそんなに女を嫌がるなら、雅人に手伝わせたらどう?」

意味が飲み込めない。

「かわいそうに、あの子、Jウェアにふられたらしいわ」

「本当か」

「昨日お洋服を取りに来たとき、お金を返せなくなったから、バイトをやらなきゃっていってた」

「あいつ、大株主に報告をよこさなかった」

「できるわけないわよ」

次の言葉が出なかった。由美子のように「かわいそうに」でもなければ「だからいったろう」でもない。それがビジネスだ。板子一枚下にはリスクの大波が白い牙を剝いている。それでも一丁前の大人になれば、みなリスクの海に乗り出すしかない。

「森さん。××様の交流ファイルくれるかい」

森澄子はすぐプリントアウトした用紙を田中に渡した。

実名の客も、匿名の客も、すでに入居した客も、すべて「顧客交流ファイル」というのを作って、営業活動の経緯を記録しパソコンの中に保存してある。

最初は「顧客管理ファイル」と名付けたが、森澄子が「社長のポリシーと違うんじやないですか」といいだした。

「どう違うんだ」

「社長はお客様を管理するつもりじゃなくて、長期にわたって付き合って、一生の住宅ニーズを全部面倒見たいんでしょう」

「よくわかっているじゃないか」

「百遍も聞きました。それって管理じゃなくてお付き合いするってことでしょう、交流するってことでしょう」

二人のやり取りを聞いていた椎名が「それがいい」と割り込んで、「顧客交流ファイル」と名付けることにした。

先日、田中のブログでの営業活動レポートに注文をつけてきた入居者も、望月と小倉早苗も、中傷ビラを見て途中で帰ってしまった客も交流ファイルの中に記録されている。

椎名も清国もパソコンは得意ではないが、その日の活動を森澄子にメモで渡し、そのあと彼女のいくつかの質問に答える。森澄子はそれにネット上のやり取りも加えて、ファイルをどんどん豊かにしていく。

森澄子はほとんどの資料をモニターの上で見る。他の三人はプリントアウトしてもらわないと使いこなせない。それでも、三人ともこのファイルが、営業活動に強い力を発揮することに気がつき始めていた。

これまでは客が自分で書き込んだ「アンケート」に、営業マンがメモ書きを加えたものを基に、客の事情やニーズを把握し、営業活動を進めていた。それでは客の像がなかなか立体的には見えてこない。

しかしこのファイルをじっくり眺めると、客の姿がくっきりと浮かんでくる。一見、客の矛盾した要求も、一人の人間のよくある迷いの姿として見えてくる。営業マンにあまりしつこくされないためにいった出まかせも見抜けるようになる。そしてどの角度からアプローチをしたらいいかが、おのずと浮かび上がってくる。

十六時の客のファイルに見入っていた田中は、時間の経つのを忘れていた。

ふいに部屋の中にチャイム音が響いて、ファイルから目を上げた。

森澄子がドアホンのモニターをのぞいて「あ、××様、いらっしゃいませ」と愛想よくいい、廊下に出ていった。田中はファイルを袋に入れて立ち上がった。

「闘わずして討ち死に、サイアクデス、っていうのを見たときは、もうホームメイトさんの事務所を飛び越えて、田中さんの心臓の音が聞こえるような気がしたわ」

テーブルの上の酎ハイのグラスを両手で挟むようにしながら、柿沢あかねがいった。

2

「うそっ」

隣に座っているあかねと肩が触れ、雅人はどぎまぎしながら答える。

「最初に勉強会で見たときからそうだったかもしれない」

「うそ、ぼくがそうだったんだよ」

駅に近いチェーン店の酒場は混みあっていたが、あかねの言葉しか耳に入らない。

「ぜったいに、あたしのほうが先」

あかねの長い髪から、花の香りのようないい匂いがした。

「うそ、ぼくのほうが先さ」

「今日が大勝負、と書かれていたときだって、気になって一日中、ずっと何もできなかったもの」

「花田のことが好きだとばっかり思っていた」

「好きよ。でも、なんていうか、花田さんは親戚のお兄さん」

気付かれないように、たぶん安堵のため息をついてからいった。

「いい奴だよ。ぼくから見てもお兄さんみたいだ」

「お兄さんは毎日、せっせとでかけているみたい」

大勝負の悲劇的な顚末については、突然オフィスに現れたあの日に話した。

「じっとしていられない気持ちは、ぼくだって同じだよ。でも相手があそこじゃ、手も足も出ない」

「そう」

「そう納得するのに、花ちゃんは花ちゃん流にやる、ぼくはぼく流にやるしかないんだ」

　雅人はふいに胸が焦げ付くような感覚を覚えた。

　あの日とてつもない理不尽を、無理やり飲み込まされ、世界中が敵に見えた。無差別殺人を犯す奴と変わらない心の状態になっていたかもしれない。その瞬間、柿沢あかねとの思いがけない展開が始まった。敵だらけの世界に自分をやわらかく受け容れてくれる強い味方が登場した。ふいに世界中の敵がどこかへ消えてしまった。だから服を取りに家に帰って、母親にJウェアの裏切りを話すことができたのだ。

花田は展望のない営業活動をとことんやって心身を擦り切れさせ、まだわずかに残っている希望を葬(ほうむ)り去ろうと思っているのだろう。

あかねはぽつりぽつりと雅人のことをたずねながら、あかね自身のことも話した。お父さんの仕事の関係で、小学三年生から五年生まではサンフランシスコにいたこと。その後、日本に戻って暮らしたが、大学を卒業するとき英語力を買われて日本の大手メーカーに就職したこと。

「いいよな。英語が読めてしゃべれてなら怖いもの知らずだ」

「ソフト作れるほうがぜんぜんすごい」

しかし日本の組織にうまくなじめなくて会社を辞め、そのときの取引先関係者を相手に個人で仕事をし始めたこと。当初は自宅を事務所にしていたけど、それでは私生活との区別ができないので、「ドリーム・オフィス」に応募したこと。

「それで会えたんだ」

「それで会えたのよ」

　雅人はしだいにあかねと会話をすることになれて、自分の言葉がつい「うそ」から始まることに気づいて直すようにした。あかねもちょっと息を吸ってからしゃべり始める口調がスムーズになっていた。

　グラスの酎ハイが減っていくスピードは、ほとんど一緒だった。あかねは家でときどき缶ビールを飲むという。雅人は家を出てからの二ヵ月、ほとんど飲んでいなかったから、少し弱くなったような気がした。指の先がしびれるような酔いが回りだしていた。

　会社の悪口ではすっかり盛り上がった。

「うちの上司、最悪だった」

「うちもそう」

「あたしが英語をネイティブ風にしゃべると、すっごい、いやな顔をするの」

「女の子は男よりダメであってほしいっていうんだろう。ぼくのところは、部下は上司よりもダメであってほしがっていた」

「それなら自分がダメでなくなればいいのに」

「いえてる」

　いくらでも話すことがあった。

会社を辞めてからは開発とアルバイトで追いまくられたこと。いろんな詐欺にあったこと。会社を辞めて「セブンシーズン」を始めたことを知られたとき、父親に怒られて家を出たこと。

「ちゃんと注意してくれるお父さんのほうがいいよ」

「でも急にお金貸してくれることになっちゃって」

Ｊウェアに採用されそうになって、「フィッティング・ルーム」に全力投球したくなって、経費を父に借りたこと。それがだめになったので、何とかしてお金を稼いで返済しなきゃいけないこと。

「どうするの？」

「フィッティング・ルームがダメになっても、いくらでも次のアイデアがあったんだけど、本当にダメになったら、何もかも頭から蒸発したみたい」

「そんなの、だめだよ。雅人さんには才能があるんだから、きっと成功する」

「そう思っているギークは日本に一万人はいるな、もっとかも」

「ギーク？」

「パソコン馬鹿、かな」

「え、そんなことないよ。ドリーム・オフィスでもあの部屋だけから、なんていうか、眩しいオーラみたいなのが出ている。あとは、うちもそうだけど、どの部屋からものどかな白熱電球みたいな明かりが出ているだけ」

店を出て、雑居ビルの階段を下りるときは腕を組んでいた。あかねが自分に体を寄せている。胸のふくらみがかすかに当たる肘の感覚ばかりが鋭くなっている。あかねが階段に足を取られ、雅人のほうによろめいた。抱きとめると、正面から抱き合う形になった。唇が目の前にあり、酔いに潤んだ瞳が見つめていた。雅人は自分の唇を重ねた。

どこをどう歩いたのか、自分でもよくわからない。二人とも口に出すそばから消えていくとりとめのない話をし、人通りが途切れたところでキスをした。

二度目のキスの最中、名もない花には名前を付けましょう、という歌詞がふいに浮かんだ。「フィッティング・ルーム」が煙と消えても、この世に一つしかない名前をもてるんだ、形にならないそんな思いが、すばやく頭をよぎった。

いつの間にか見覚えのある風景の中にいた。借りてからまだ二ヵ月ほどしかたたないアパートへ続く道だった。あかねの腕を抱え直し、アパートに向かった。歩くのが少し速くなり鼓動も早くなった。

どこかで小さな音がした。水を被(かぶ)ったように体を震わせ、あかねが雅人からわずかに離れた。

雅人のデニムの後ろのポケットで携帯の着メロが鳴っている。鳴り始めたときにもう誰からのものか、わかった。携帯をとらず、切ることもせずに、あかねの腕を抱えたまま歩き続けた。あかねも何もいわない。……十秒で留守電になるように設定してある。胸をかきむしるこの音を、あと十秒やり過ごせばいい。あの角を曲がればアパートの前の梅の木が見えてくる。あと五秒。梅はもう花の盛りだ。あと二秒。雅人は携帯を取り出し、切らずに受信を押した。

「はい」

「ああ、悪(わ)りい。オフィスに来れる？　おれも今から行く」

「冗談」

「さっきまで赤城オンラインのマーケティング部長に会ってたんだ」

頭が仕事の話を受け付けない。

「すごい乗り気になってくれてさ」

「もう、アパートなんだ」

「じゃあ、いまから行くわ」

「明日にしてくれよ」

やり取りのテンポが一瞬乱れてから花田がいった。

「わかった。じゃあ、明日ね」

あかねは腕を離して、傍らにたたずんでいた。自分が離したのかもしれない。

「花田さん？」

「ああ」

「こんな時間に飛び回っているんだ」

あかねが時計を見たので、雅人も携帯を見た。22:45がこんな時間かどうかわからない。花田がいっていたことはひとつも思い出せない。腕を組まずにアパートに向かった。

鉄骨製の外階段を上るとき、二人の足音が夜の街に響いた。大きな音ではなかったが、雅人の体の奥まで響かせた。

さっきまで赤城オンラインのマーケティング部長に会ってたんだ。

頭が受け付けなかったはずの言葉が、その鉄の音の合間に蘇った。

階段の中ほどに立ち止まった。

「あいつ、本当に仕事をしていたんだ」

「え？」

雅人はもう一度ポケットから携帯を取り出して、いま来た番号にかけた。

3

田中はレインボースカイ神楽坂の通りをゆっくりと駅のほうに向かう。視線はあちこちに向けながら顔は動かさない。

駅につながる商店街から仕事帰りにどこかで一杯飲んできたようなサラリーマンの姿がポツリポツリと現れる。

その中の一人が反射的に田中に頭を下げようとしたが、田中は目で制した。向こうも同時に思い出したようだ。レインボースカイ神楽坂を警備していると気づかれないようにしてくれ、と申し渡してある。そのために制服ではなく私服を着てもらっているのだ。

あの日以来、チラシによる妨害は起きていない。しかし二度と起きないよう、警備会社を頼んだ。午後九時から翌朝の九時まで、一日当り三万円を払っている。

警備していることを犯人に知らせたほうがいいのか、少し迷った。それだと完売するまで警備しなくてはならない。私服で犯人を捕まえればそこでおしまいだ。一晩中、マンションの周辺と駅までの間を巡回させている。

もう飲み屋しか開いていない商店街を神楽坂駅に向かって歩いていく。電信柱と街灯の柱は一本残らずチェックする。

夜の十時に指定変えをした下見客は、本当に現れ、しっかりと手応えがあった。次の週末に妻と一緒に来る予約を入れられた。前から予約のあった四時のほうが冷やかしだったから、マンション販売は水物だ。つまりはどんな相手でもしっかり対応しなくてはならない。

後ろから肩を叩かれた。心臓が破裂するほど驚いた。あの日以来こんなことに敏感になっている。望月だった。

「おい、のんきに歩いているんだな。そこで見かけて追いかけて来た」

望月は背後の通りをあごでしゃくった。

「相変わらず遊び歩いているんですね」

「一杯呑まないか」

「うれしいですな」

疲労が微熱のように体中にまとわりついていたが、そういわざるを得ない。

望月が停めていたタクシーに乗り込んだ。

「トラスト不動産はどうかね」

「おかげさまでじりじり上向いています。そろそろ人が足りなくなるので大江戸に応援を頼みます」

「早苗にいわれてインターネットを見たんだがね、マンションの営業で、ああいうやり方が通用するのか」

「まあ試行錯誤の連続ですがね」

タクシーは見たことのある風景の前で停まった。

「荒木町なんかがテリトリーなんですか」

「これも早苗に教えられた」

小さな店が立ち並ぶ路地に入っていった。ほとんどがもう暖簾を取り込んでいたが、望月はその一つに顔を突っ込んだ。

「三十分だけな」

初老の女将が奥のテーブル席を用意してくれた。女将が酒と肴をテーブルに置きひと言冗談をいって調理場の中に戻っていくと、望月が低い声でいった。

「田中くん、その会社を誰かに任せて、うちへ来てくれないか」

「はい？」

「会長補佐ということで、わが社に来てくれないか。とりあえず一千万、いや千五百出そう」

田中は笑いに紛らせ杯をあおった。考えるまでもない。

杯に唇を触れただけで望月が口を開いた。

「おれな、ガンなんだよ」

「え？」

「余命半年といわれてしまった」

望月の血色のいい顔に笑みがあった。

「からかわないでくださいよ」

「膵臓ガン。おれも最初はなじみの医者にからかわれたと思ったよ」

笑みは浮かんだままだ。

「早苗にはまだいっていない、会社は息子にできるだけ早く全部やらせようとしている」

「信じられません」

「早苗はしっかりしている女だ。経済的にも心配ないようにしてある。しかし会社のほうは厳しくてな、息子がやっていたらつぶしてしまいそうだ」

田中はまだ望月の話の流れに乗れないでいる。

「いついわれたんですか」

「……ひと月前」

レインボースカイ神楽坂の売買契約を結んだ頃だ。

「セカンドオピニオンをとらなきゃダメですよ」

「医者はあとで文句をいわれないように、もっと短いことをいいやがった」

「皆そういうが、とにかくそう長くは生きられないってことだ。よくて二年だろう、十年にはならない」

杯に口をつけた。相手のほうが状況を先読みしているのだから慰めようがない。

「きみんところは始めたばかりなんだ。まだいくらでも再編成の余地があるだろう」

また杯を口に運んだ。

「もうひと部屋くらい買ってやってもいいぞ」

「無理ですよ。みんな人生を賭けてトラスト不動産に参加してきているんですから」

「まだひと月分しか、賭けてないじゃないか」

「残りの人生すべてですよ」

「そんなに長いこと、賭けられるかどうかわかるまい」

「だから賭けなんです」

望月が唇を結んで視線をうつむけた。急にふけて見えた。酒で口を湿すようにしてから望月がいった。

「きみの返事はわかっていたんだ」

「すいません」

「謝ることはない」

「すいません」

「あのインターネットは効き目あるのか」

「うちのホームページのことですか」

「あのQ＆Aとか日記のことだ」

「いまのマンションのお客は、ほとんどインターネット経由なんですよ。だからそれに全力投球するしかないと思ったんです。それが思っていた以上に力を発揮しています」

田中は「顧客交流ファイル」の話をした。

「ファイルの客を長期的な営業対象として、商品情報や周辺情報を流していこうと思っています」

「おれや早苗もファイルに入っているのか」

「ええ」

「買ったばかりだぞ」

「いつ買い換えるかわかりませんし、もう一つ欲しくなるかもしれません」

「ずいぶん長期戦略だな」

「何しろメールのコストは、ほとんどタダですから」

「タダで宣伝ができるのか」

「宣伝だけじゃありません。不動産に関する疑問にはどんなことでも答えてあげるのです。うちのアドバイスなしでは住宅のことを考えられないほど信頼感を高めてやるのです」

「おい、それ、うちでもできるかな」

望月の会社は主にヨーロッパの食料品を扱っていたことを思い出した。

「商品が違いますから、いろいろ違ってくるでしょうが、ネットで顧客の知りたいことを何でもタダで教えてあげて、信頼感をつないでコミュニケーションを太くして商売につなげる、という基本は一緒だと思います」
「今度息子に会って、そういう話をしてくれないかな」
「望月さんのお頼みとあれば断れませんよ」
「馬鹿やろう、いま断ったばかりじゃねえか」

十七章　転戦

1

いつもと同じパソコンの前に、いつもと同じように雅人と花田が並んで座っていた。

しかしローボードや本棚は部屋からなくなり、空いたスペースに長テーブルが置かれていた。長テーブルには三人の男が座り、その前に一台ずつノートパソコンがあった。男は二人が二十代、一人は三十代に見える。三十代はスーツを着ているが、二十代はジャケットとタートルネックのセーターだった。

キーの音しかしなかった部屋に声が上がった。

「これ、どうするんですか？」

奥にいた小柄なタートルネックの男がモニターから顔を離し、雅人に語りかけた。

雅人は椅子を回して席を立ち、男のモニターをのぞき込む。すぐにキーを叩き始め、一つ二つ短い言葉を発した。男も短く応じて表情を緩めた。

「なるほど」

雅人は席に戻り、また自分のパソコンのキーを叩き始めた。花田はそんなことがあったことも知らぬげに、キーボードから手を離さない。

ローボードにあった幸福の木が、雅人の足元に置かれている。ますます成長して雅人の膝くらいまである。柿沢あかねが、それも預かってあげるといったが、「これは置いておきたいんだ」と断った。今の幸運はこの木がもたらしてくれたんだ、部屋から外へ出すと、幸運が逃げていくかもしれない。

ローボードと本棚は、遠慮なく「英楽園」のオフィスに置いてもらってある。

「うちで必要なのはあたしだけだから」

「英楽園」は足の踏み場もなくなったが、あかねはそういってのどかに笑った。

一昨日の花田の電話は雅人の幻聴でも、花田の先走りでもなかった。

この数日、花田が必死に食いついているうちに「赤城オンライン」が「フィッティング・ルーム」を採用したいと言い出したのだ。

「Ｊウェアが、近々これと同じ機能のソフトを導入しますよ」

最初、花田の言葉を営業トークだと思って聞き流していたマーケティング部長は、どこかのルートを通じて、それが事実だということをつかんだ。ひと月後には稼動させる予定になっていると聞き慌てふためいて、向こうから花田に連絡を取ってきた。

花田に会うなり、マーケティング部長は、こっちは三週間後から始めたいといいだした。

「一日でも早いほうが顧客へのインパクトも強いし、マスコミも優先的に扱ってくれる。オーナーの厳命なんだよ」

マーケティング部長が強引にいった。オーナーが赤城ナントカということは知っていたが、加倉井のようにマスコミで見かけたことはない。

第一陣はデニムやＴシャツ、ジャケット、ブラウスなど基本十アイテムの基本八サイズを登録することになった。これだけで売り上げの一割以上を占めるという。

マーケティング部長は「うちのオフィスに来て、うちのスタッフとともにやってくれないか」といったが、雅人も花田もセブンシーズンのオフィスでやりたかった。

「赤城オンライン」でやったりしたら、たちまち飲み込まれてしまいそうな気がした。

そういうとそれならそっちへ人員を送り込もうとなった。雅人ら二人プラス赤城の三人、十アイテムの八サイズ、三週間ならこれで間にあう。サイズやデザインのデータをすべて開示してくれるし、素材や動きもいままで開発したものがかなり流用できる。半分くらいは、少し高度な人海戦術、体力勝負なのだ。


昼も夜も食事時間は三十分だけとることにした。

「三週間だからな、デスク飯では持たないでしょう」

最初の昼飯のとき三十代に声をかけられて、雅人と花田も三人と駅近くの定食チェーンに同行した。三十代の名刺には、長たらしい部署名のあと「チーフディレクター・三崎（みさき）」とあった。

「すごいですね、二十四で経営者ですからね」

六人用テーブルに五人で座るとすぐ、細く整（ととの）えたあごひげをなでながら三崎がいった。花田がうれしさのこぼれそうな顔で打ち消した。

「そんなことないっすよ、うちなんていつ潰れるかわからない、ぎりぎりですよ」

「きみら、できるかい」

三崎に問われ二十代が顔を見合わせた。タートルネックがいった。

「無理ですよ。ぼくなんか絶対に、そこまでリスクは取れない」

「リスクなら、うちだって、いつ潰れるか、わからんぞ」

三崎が冗談めかしていうと、二十代は顔を見合わせて笑った。少しも本気にしていなかった。

雅人には三崎がいい上司に見えた。こんな人が上司にいたら、あの会社を飛び出さなかったかもしれない。会社を飛び出さなければ、連日、眠る時間を削ってソフトを開発することも、むちゃくちゃな日銭稼ぎも、親父から金を借りることも、「フィッティング・ルーム」が「赤城オンライン」に採用されるようになることも、そしてあかねに会うこともなかった。

どこかでかすかな振動音が聞こえた。三崎のジャケットの胸が震えている。三崎は携帯を取り出した。

「はい」

ちらっと花田を見た。はい。応じる声は冷静だが、話をしている間じゅう、黒目がきょろきょろと左右に動いている。

「いらっしゃいます」

三崎が花田に携帯を差し出していった。

「部長です、出てくれますか」

花田の顔から笑みが消えている。マーケティング部長からの急な電話が花田にかかってきた。いい話であるはずがない。

何度かうなずいていた花田が急に声を高くした。

「本当ですか」

穏やかな目で雅人を見た。やがて花田は「わかりました」といって電話を三崎に返した。

三崎が背を丸めてテーブルの真ん中に顔を突き出した。花田と二人が三崎に顔を近づけた。

「Ｊが開設を一週間早めるらしい」

ささやくような声だった。

「こっちも、一日でもＪの先を行くために人数を増やす」

雅人以外のメンバーがいっせいにうなずいた。

「セブンシーズンのオフィスじゃ、もう人を増やせないから、うちで場所と追加の人を用意する」

「別のところへ行くんですか」

雅人がいった。

「ええ、うちで用意します」

雅人がむきになっていった。

「それじゃ、こっちが雇われバイトになってしまう」

「そんなことはないですよ。フィッティング・ルームは、間違いなくセブンシーズンの作品です。うちはあくまで開発の短縮化をお手伝いするだけです」

「ドリーム・オフィスに会議室があります。あそこを二週間だけ借りましょう」

「そんなことできますか」

「ぼくら、おたくの社員ってわけじゃない」

「よくわかっていますよ、社長」

三崎がいったとき、花田が雅人の耳元に顔を寄せてきた。

「まさと、鷹巣さんにいったろう」

すぐには意味がわからなかったが、次の瞬間、体中の血の気が引くのがわかった。

「鷹巣さんが、Jに教えたらしい」

「本当か」

ありうることだ。

鷹巣は加倉井に世話になっている。「フィッティング・ルーム」を加倉井に売り込んでくれたのも、雅人たちのためだけではなく、加倉井によかれと思ったのだろう。ところが同じようなものを加倉井の部下が手がけていた。鷹巣は二人をなぐさめはしたが、二人の側に立っていたわけではなかったのだ。そこに急遽、「フィッティング・ルーム」が、加倉井のライバル企業に採用されることになった、Jウェアより先にこっちで運用を始めますよ、と雅人がうれしそうに報告してきた。

それだけの流れが脳裏に急展開して思わず大きな声が出た。

「まずった」

「急いで準備するぞ、早く食ってしまえ」

三崎が二十代にいったが、雅人にいわれたも同然だった。雅人は和風ハンバーグの残りをあわててかきこんだ。

2

顧客から来た質問でも、一般性があると判断したものは、少し中身を変えて「よくある質問へのお答」として掲載した。そのページがどんどん充実していき、アクセス数もうなぎ登りになっている。

――(Q)そちらへの下見ですが、予約をしないで行ってもいいですか？

――(A)スタッフの手がある限り、いつおいでいただいても、ご案内させていただきます。お客様が重なるとき、お待ちいただく場合があることもご理解ください。

基本的にはお客様の貴重なお時間を無駄にされないよう、ご予約いただくほうがよろしいと思いますが、お近くで不意にお時間が空いたときなど、あるいは散歩のついでなどにお立ち寄りいただくことは大変ありがたく思います。

――(Q)八階より上を希望しているのですが、今どのくらい残っていますか？

――(A)「レインボースカイ神楽坂」のように新築間もない物件の場合、いま交渉の真っ最中という部屋が多いので、どのくらい残っているかということを正確にお伝えすることができません。

たとえばいま三室が売買契約にいたっていなくても、今度の週末には、全部決まってしまうということもあります。いま申し上げられるのは、今週末おいでいただければ必ずご案内できる、ということでございます。ご訪問を楽しみにお待ちしております。

「なんだか、すごいことになっていますね」

田中が渡した下見予定表を見ながら、大泉が高揚した声を上げた。

「この間まで閑古鳥が鳴いていたなんて考えられませんよ」

「というわけで、ちょっと早いですが、来週末から木内くんを応援に欲しいんです。それと裏方の女の子を一人」

木内は長いこと五十嵐の下にいたが、若いころは営業マンをやっていた。

「それで足りますか」

「他にも頼んであります」

大泉は立ち上がり、応接室のドアの脇のテーブルに置かれた電話を手にした。

「ちょっと応接室まで来てくれないか」

三分後にドアがノックされ、入ってきたのは木内だった。「部長」と驚きの声を上げ、頭を下げた木内は「喜美」で会ったときより、疲れてくすんでいるように見えた。

「これ、見てくれよ」

大泉が木内に下見予定表を渡した。メガネを外し用紙に鼻をこするようにして確認した後、木内は二人を交互に見た。まだ事態をよく理解していない表情だ。

「信じられないだろう。あのレインボースカイ神楽坂だぞ」

「はあ」

「次の次の土日には予約が十五組も入っている。まだふえるだろうし、予約してない奴だってくるかもしれん」

木内はこっくりうなずいた。

「きみらが馬鹿にしていたネット商法が、ひょうたんからこまになった。田中社長が宝の山を掘り当てたんだ」

「まだわかりませんよ」

木内はあのやり方を馬鹿にしていたのだと思いながら田中はいった。大泉だってその一人だったかもしれない。

「いやあ、田中社長はそういう人なんですよ。私はそう確信していました」

大泉は芝居がかったいいかたをした。

「それできみ応援に行ってくれないか」

「私が、ですか？」

木内は自分の鼻を差した。

「一ヵ月後にきみが移籍する会社がこんなに景気がいいんだ。心強いだろう」

ええ、と心のこもらない相槌を打った。

「なんなら、いますぐに移籍するか」

「は、いえ」

木内は慌てたようにいった。木内はこれからどうなるかわからない「トラスト不動産」に移るのではなく、準大手不動産の大江戸土地建物に居続けたいのだ。

大泉は木内が応援に行くことを了解したものと決め込んでいった。

「私は御社のやり方にずっと注目していたんですよ。あんなに事細かなQ＆Aを扱ったり、ブログでぎりぎり営業の手の内をさらして、やっていけるものかどうか、と」

「まあ、トライ・アンド・エラーですよ。お客の望むものはすべて提供していこうと思ってやってきたんです」

「それが営業の基本だと私も思いますがね、費用対効果というか、手間ヒマ対営業成績というか、とても合わないような気がしていました」

「ネットというのはびっくりするほど費用がかかりません」

「しかし、毎日のようにブログを書いたり、クエスチョンにアンサーをつける人がいるでしょう」

「あれは私が書いています」

「田中社長、そんなことができるんだ」

「このあいだまでは暇でしたから、時間もかけられた。これからは書く人を雇う必要も出てくるかもしれない」

「私らも考え方を変えなきゃいかんですね」

木内が居心地悪そうにしていることに気がついて、からかいたくなった。

「部長、さっきの移籍の件は、本気にしていいんですか。いますぐって件ですが」

「木内くんさえよければ、うちは結構ですよ。どうなんだ」

木内は口を開きかけたが言葉を発せられない。田中の木内をからかいたい気分はまだ消えない。

「気が進まないのなら、無理にうちへ来なくてもいいんだよ」

「いえ、そんなことはありません。突然なことで驚いたのです」

大泉が話に割り込んだ。

「どうしたんだ、木内くん、うちはそのつもりで考えているんだぞ」

「ええ、わかっております。田中社長、よろしくお願いいたします」

木内が出て行ってからも田中は部屋に残っていた。大泉がそれを求めた。

大泉は内線でお茶を頼んでから座りなおした。田中が大泉に問うた。

「あいつ、何かありましたか」

「御社の快進撃に驚いたんじゃないですか」

「どうなるかわからないうちより大江戸さんに残りたいでしょうよ」

「どっちにしたって、あいつには残る目はないんですよ」

それから大泉は業界の噂話をいくつか披露した。無駄話をするために残らせたわけではあるまいと思ったとき、部屋の電話が鳴った。大泉がすぐに出た。

「あ、お帰りになりましたか」

大泉が田中に話しかけた。

「戸高専務がお見えになります」

驚きが顔に出ただろう。

「すいません。予定がはっきりするまでは申し上げないようにといい渡されておりまして」

「やあ、やあ、神楽坂は好調らしいですな」

部屋に入ってきた戸高は、三つ揃いのチョッキのポケットに親指を入れたまま田中の機嫌をとるようにいった。あそこが売れると自分の手柄になるのだろう。わかりやすい男だ。

「いままで冬眠していたものが、ちょっとだけ目を覚ましたってところですよ」

「きみはたいしたものだ。業界で伝説が語られるだけのことはある。なあ」

戸高は大泉に相槌を求めた。大泉もあいまいにうなずいたが、何のことだろうか。

ソファで少し胸をそらして戸高がいった。

「もう一件、やってくれませんか？」

「はあ？」

「この調子なら、神楽坂は遠からず完売するでしょう。荻窪にもレインボースカイ・シリーズがありましてね、よそにやらせているんだが、苦戦しているんですよ。これもトラスト不動産さんにお願いできませんか」

「それは気が早いですな。まだ神楽坂だって、どうなるかわかったものではありません。そういっぺんにはできませんよ」

「今の人数では無理だろう、うちから応援部隊を送り込んでやるよ、なあ」

また大泉に相槌を求め、大泉は「はっ」とうなずいたが、田中があわてていった。

「人員を拡充するときは、五菱で私と運命を共にした奴らを引っ張ってこようと思っているんです」

「みんな、もう落ち着くところへ落ち着いたろう」

「そうじゃない奴がいっぱいいます」

戸高の顔から笑みが消え、ポケットから親指を出した。

「義理堅いってのは悪いことではない。しかしうちが全面的にバックアップしていることを忘れてもらっては困る」

「その点はまことにありがたく思っております。ぜひそのご厚意には報いたく思っております」

そうだろう、と戸高がいいかけるのをさえぎって田中は続けた。

「御社のご厚意に報いる最大の方法は、できるだけ早くレインボースカイ神楽坂を完売に持っていくことだと考えています。そのためにも当社社員たちのやる気が最大限に高まるようなやり方をとりたいのです。互いに気心の知れたもの同士のチームプレーと会社への信頼感が重要だと思います。そのためにも仲間を大事にしたいと思っているのです」

「そりゃそうだが……」

戸高が言葉に詰まって頬(ほお)を赤くした。田中は口からでまかせが、こんなにうまくいくとは思っていなかった。

「そうだ、木内くんは、専務さえよろしければ、早めにうちに来ていただきたいと思っております。いま御社の社員でありますが、私と運命を共にした男でもあります」

「あんな奴、いつでも引き取っていってくれていい」戸高は顔をしかめていった。

「大泉くん、あいつ、呼んでくれるかい」

あとでけっこうですよ、と田中のいうのを無視して、戸高が大泉をせかせた。

専務がお呼びだと伝えたので木内はあっという間に姿を現した。おどおどしている。田中にいい返せなかった腹いせのように戸高はいった。

「きみ、いま何かうちで引っかかっていることがあるかい」

「専務、ちょっと性急すぎませんか」

田中が止めたが無駄だった。木内は口の中で何かいった。

「それが終わったらすぐに田中くんのところに移ってくれるか。田中くんのところは人手が足りなくなって、気心の知れた仲間がほしいっていうからな。人事的なことは、あとでつじつまが合うようにしてやる」

木内が上目遣いに田中を見た。瞳の奥に怨念（おんねん）のような光が見えた気がした。

3

オフィスに戻ると、森澄子が帰り支度をしているところだった。

「メールで二件の、下見の打診があったんですが、社長がお帰りになってからご連絡する、とお伝えだけして、受信トレイに残してあります」

ホームページにまだ定型の下見予約スケジュール表は入れていない。こんなに混み合うと思っていなかった。ブログやQ＆Aが効いたというには増えすぎている。

「これかも知れないと思っているんですが」

森澄子が自分のパソコンに田中を誘った。田中を椅子に座らせ、背後からキーボードに触った。すぐに画面が変わり、シンプルなブログが出てきた。

「ここを読んでください」

——日に日にこの部屋が体になじんでくる。新築のマンションというより、子どものころから棲んでいた実家みたい、ああ、ちょっと違うか。まっさらのお部屋が、そんなはずはない、いけない、いけない、うそをいっちゃった。

壁も床も素材が柔らかいの。新しいお部屋の持つ冷たい感じとか、ちょっと鼻を突く塗料の匂いとか、ああいうのが全然ないの。自分でもなんだか不思議、お部屋だけでこう感じるのかしら、それとも窓から見える眺めとか、神楽坂のど真ん中にあるっていう意識も影響しているのかしら。

いま五時二十一分、あ、二分になったところ、窓から皇居の森が見えます、森の上のお空は、赤く染まっています、お空だけではなくて、皇居の森も染まっているみたい。

赤だけじゃなくていろんな色があるの、七色かどうかわからないけど、レインボースカイっていっても看板に偽りはありません、て宣伝しすぎか……——

「なんだい、これは」

「『レインボースカイ神楽坂』と『評判』というキーワードで検索すると、最初のページに『……どうですか』というのがあって、そこにこれが出てくるんです」

森澄子がキーボードに触れながらいった。

「うちを探しているときに、このブログを見つけたお客様が、中身を読んで、うちを信頼してくれたんじゃないでしょうか」

森澄子の説明に、田中の頭がかろうじて追いついていっている。森澄子はまたその先へといった。

「あの方だと思います、あの１００４号室のきれいな方」

　ブログの名称は「海風に吹かれて」。ハンドルネームは「MINA」とある。小倉早苗だと閃いたとき、思わず口にしてしまった。

「アクセス数は多くないといっていたけどな」

　森澄子が一瞬、田中の胸のうちをのぞくような視線を向けた。失言だった。自分と「きれいな方」が個人的に親しいと思われないほうがいい。

「そうでもないですよ。一日に三百はあります」

　森澄子が指したカウンターに昨日３０３と今日２４８というアクセス数が出ている。

　急に増えたのは、小倉早苗のブログのおかげなのだろうか？

　森澄子が帰ってから、ホームページを開けた。彼女が処理し切れなかった質問やブログへのコメントが残っている。いくつのも質問、下見を終えて以降のやり取りや、しつこくローンの条件設定を変えてくるのもある。

　おやっと思った。これまで一日一回、定期便のように来ていた嫌がらせメールがない。時計を見た。六時半になろうとしている。これから来るのだろうか？

　下見を希望しているメールも見た。希望時間帯は二組とも土曜日の午後二時からである。この時間、椎名と清国は接客予約が入っている。田中はオフィスでアドバイザーを務めたい。

田中は大部屋に行き、デスクでパソコンをのぞいていた椎名に声をかけた。

「寺門（てらかど）になるべく早めに打ち合わせに来てもらってくれるか」

あらかじめ物件を勉強させ、トラスト不動産の営業方針を頭に叩き込んでもらわなくてはならない。

「社長からお願いします」

「きみを信頼しているんだろう」

「あいつは、社長の直接の言葉がほしいんですよ」

二枚目俳優の笑みを浮かべて椎名がいった。田中はデスクの受話器を取った。

「寺門さんですか」

妻が出て、驚いた声を上げ夫に替わった。

「寺門です」くぐもった声だった。

「田中です。お久しぶりです。元気そうな声で安心したよ」五菱不動産でのことには触れないことにした。

「椎名くんから聞いてくれたと思うんだけど、大江戸さんのご協力をいただいて、不動産販売受託の会社を始めたんだ。どういうわけか大賑（おおにぎ）わいでね。次の次の週末、人手が足りなくなっている。きみの力を借りたいんだ」

「はい」

「それまでに一度レインボースカイ神楽坂のオフィスまで来てくれないかな」

「いつうかがったらよろしいでしょうか」

「月か、それがダメなら休み明けの木にするか」

たいていの不動産会社は土日が書き入れ時で、月曜日に事務的な処理をし、火水が休日となっている。トラスト不動産はいまのところ水曜日しか休みにしていない。

「月曜日にお願いします」

電話を切って椎名にいった。

「やる気あるじゃないか。あいつ月曜日に来るっていったぞ」

「あいつ半信半疑だったんですよ。自分のやり方とトラスト不動産の方針がまるで違うので、本当に声をかけてくれるかってね」

「そんなに違うか」

「社長だって昔のやり方とぜんぜん違うじゃないですか」

「馬鹿いえ、おれはいつだってお客様のニーズにベストフィットだ」

「社長のニーズにベストフィットでしょう」

「ネットで客とコミュニケートするんだから、一生客の住宅ニーズと関わることになる。本当のニーズと向き合わなきゃ、悪評も公開されるし、長続きしっこない。長い目で見ればこのやり方が、ぐんと効率的な営業になるんだ、おれはそう思うしかない」

「わたしもそう思うようになってきました。女はそのとき騙せばいいですが、女房は一生騙すしかないですからね」

「やっぱり女房も騙すのか」

「いえ、一生騙すってことは、騙さないと同じことですよ」

「馬鹿やろう」

デスクに座り直しパソコンに向かった。

いくつかのクエスチョンへの答を書き終えてから、以前のコメントを画面に呼び出した。たしかにまだあった。「返信」をクリックし、文章を書き始めた。

――レインボースカイ生活を快適にお過ごしの由、嬉(うれ)しく存じます。

あなた様のブログが、レインボースカイに関心をお持ちのお客様の目にふれ、当マンションの信頼感を高めていただいているご様子だと、当社スタッフから報告がありました。

たしかに、ここのところ下見に見えるお客様が急に増えております。しばらくは週末ごとに下見客で少し騒々しくなるかもしれませんが、ご容赦ください。

まことにありがたく嬉しく、略儀ながらメールをもって、御礼申し上げます――

一度読み直し、望月の目に触れてまずい部分はないことを確かめてから「送信」を押した。

十分後にメールが届いた。パソコンばかりのぞいているのだろうか？

――「略儀ながらメールをもって」って変なの。ネットが命のトラスト不動産なんでしょう。それならメールは略儀じゃなくて本儀なんじゃない。あ、本儀なんて言葉はないんだ。

「あなた様」なんてしゃっちょこばっちゃって、そんな仲じゃなかったでしょう！

とにかく千客万来おめでとうございます。そっちの影響なんでしょうね。どういうわけか美奈のアクセスもどんどんふえています。

素敵なお隣さんを連れてきてください――

余命を伝えた望月の顔が浮かんだ。早苗はまだ知らないから、こんな気楽なことが書けるのだろう。

4

雅人に与えられたデスクの正面の窓からいくつかの高い建物が見える。雑居ビルとマンションだ。夜の闇の中に、窓の明かりや袖看板のネオンが浮かび出ている。遠くには工事中のスカイツリーがくっきり突き出し、窓に鼻をつけて下を見ると、まだ眠りにつく前の市街の明かりが広がっている。

ここがどこに位置するかよくわからない。「企業支援ファーム」の真ん前からバンに乗りこみ、たちまち眠ってしまった後、目を覚ますと早稲田通りを走っていることがわかった。間もなく大きなマンションの地下駐車場に入り、そのままこの部屋までやってきた。

「どう」

三崎が聞いてきた。くっきりと整えていたひげの輪郭がぼやけている。

「こんなすごいマンション、初めてですよ。お宅の施設なのですか」

「さあ、ぼくもわからないんだ。うちの秘密基地だなんていってましたがね」

三崎が冗談めかしていい、広大なリビングルームを見回した。

十畳間を二つつなぎ合わせたほどのリビングルームに、長いテーブルが三本、回転椅子が十ほど持ち込まれた。テーブルにはそれぞれ三台ずつパソコンが置かれ、パソコンの前に雅人とそう年の違わない男たちがいた。

彼らは、周囲に不審に思われないよう、三々五々この部屋に集まってきたという。「赤城グループ」えり抜きの優秀なオペレーターらしい。

「フィッティング・ルーム」の基本ソフトが、それぞれのパソコンに送られ、三崎から渡された「赤城オンライン」のアイテムのデータを搭載する作業にかかり始めている。

若者たちは黙々と作業に集中し、雅人はひとつでも新しいアイテムのフォーマットを増やそうと、画像の基本形の素材を描き出し、デザインに沿った動きの開発を進めた。

最初しばらく作業を見ただけで、雅人にも彼らの優秀さはわかった。それでも自分のほうがかなり先を行っていると思った。

彼らは何か疑問が浮かぶと、雅人の後ろに来てそっと肩を叩く。雅人は彼らのパソコンをのぞき込み質問に答えていく。ときどき彼らの間から「すげえ」とか「うっそ」という言葉が飛び出した。画像の精緻さに、いやその精緻さを実現したプログラムに驚いているのだ。

花田の姿はここにない。三崎が来てはいけないといったのだ。三崎の提案に花田は抵抗した。

「私も行きますよ」

「花田さんがここにいなくなったら、Jウェアにわれわれの突貫工事を気付かれるかもしれない。花田さんはここにいて、作業がここでゆっくりと進んでいると思わせていてください」

「気付かれっこないでしょう」

「万一、鷹巣氏が探りを入れてこないとも限らない。もし気付かれて総力戦になったら、あっちのほうが金も人もかけられるんです」

「鷹巣さんはそんなことはしません」

「まだ信じているのですか」

花田は黙るしかなかった。清水や別の入居者にも知られないよう注意を払いながら、雅人とパソコンの中の膨大なデータ群は、ドリーム・オフィスを引き払った。

静かな部屋に携帯のマナーモードの振動音がかすかに響いた。三崎のものだった。やり取りの中身はわからないが、三崎は姿勢を正し最大級の敬語を使っていた。

三十分後、玄関のチャイムが鳴って、三崎が吹っ飛んでいった。電話の主だろうと雅人は思った。リビングルームのドアが開き、三崎に案内されて二人の中年男が入ってきた。

中年男はゆっくりと部屋の奥にいた雅人のところへやってきた。雅人は自然とデスクから立ち上がっていた。

「きみが天才田中くんか。赤城です。いいものを作ってくれたね」

部屋中の若者が手を止めて赤城を見た。「紳士服の赤城」の創業者なのだろう。成功のドラマを雑誌で読んだことはあるが、顔に覚えはなかった。加倉井のようにしばしばマスコミに登場してはいない。

赤城が手を伸ばしてきた。雅人もその手を握っていた。肉厚だがやわらかい暖かな手だった。

「一週間後にフィッティング・ルームの稼動を開始することにしたよ」

「はあ」

「天才田中くんのアプリケーションをＪに盗まれたとあれば、一刻の猶予もならない。今日からちょうど一週間後、来週の日曜日から赤城オンラインで使えるようにする。なあ、……くん」

赤城は傍らの四十男に語りかけた。

「はい」

男はあごを深く引いてうなずいた。

「十アイテム八サイズにこだわらないことにしたよ。とにかくうちがオンライン試着室のパイオニアになることが大事だ」

赤城は部屋中を見回しながらいった。

「既存アイテムの優先順位と、サイズの優先順位を決めたから、稼動時点までにできているものをまず公開する。メディア対策も並行してやる。ＷＢＳの親しいプロデューサーといくつかの全国紙の部長クラスにはいま打診しているから、近々、取材が入る。きみらも心の準備をしておいてくれよ」

赤城が高笑いをしたが、雅人は話が意味するもののスピードについていけない。

「これから世界的に売り出すグロカジ・シリーズ、これは少なくとも一点はオープンに間に合わせたいんだ。田中くん、頼みますよ」

赤城の話の間じゅう気になっていることがあった。

「メディア対策はありがたいのですが、うちは、セブンシーズンはどうなるんですか？」

「どうなる？」

赤城が顔をしかめて四十男を見た。雅人は二人に名刺を差し出した。

「フィッティング・ルームを開発したセブンシーズンの田中雅人です」

「わかっているよ」といいながら赤城も自分の名刺をよこした。やはり「赤城」の代表取締役社長だった。もう一人の男も名刺を渡したが、「赤城オンライン」のCEOという肩書きがあった。

「なるほど天才田中くんだけじゃない、株式会社セブンシーズン代表取締役の田中くんなんだ。もちろんそういうことも業界の常識に沿った形でやらせてもらうよ。なあ」

赤城がCEOにいい、男はうなずいた。

「常識といいますと」

「ちゃんとした契約を交わせばいいじゃないか、なあ」

四十男がしっかりうなずいたが、雅人は不安を覚えた。「ウェブ制作オークション」で受注するときと同じ種類の不安だった。

赤城に促されてCEOが話し出した。

「きみら、稼動が開始されるまではここに泊り込んでもらうぞ。簡易ベッドも着替えや食事も全部、こちらで用意するから、外出も外との連絡もすべて、三崎くんの許可を得てからやってくれ」

おれはあんたらの部下じゃない、という言葉が喉まで出かけたが外へは出さなかった。花田はこいつらとどんな話をしたんだろう。採用されることだけで舞い上がり、詳細な条件については何も聞いていない。

「いいな、三崎」

三崎も無言でうなずいた。

「それじゃよろしく」

そういって二人は部屋から出て行った。出る前に赤城がもう一度雅人の手を握りしめた。

「頼みますよ、天才かつ若き起業家の田中社長」

若手スタッフはパソコンに戻ったが、雅人は三崎の肩に手をかけ、隣の部屋に行くようにあごをしゃくった。

ソファとテーブルが置かれた応接室のような部屋だった。

「驚いたでしょう。私も社長にはほとんど会ったことがないんだけど、本当にせっかちな人だな。あんなところまで一気に決めてしまった」

三崎は豪快な社長を自慢しているような口調でいった。

「外出や連絡は三崎さんの許可を得るって、そちらの社員のことですよね」

「できたら田中社長にもお願いしたいのですが」

「私は社員ではありませんし、秘密保持は信頼してくれてけっこうです」

「しかし鷹巣氏のようなこともある」

「まさか鷹巣さんがＪウェアにもらすとは思いもしなかったんです」

「そういうまさかが、どこにあるかわかりませんので、お願いします」

「お断りします」

三崎の顔から笑みが消えた。

「当社は、社長が先頭に立って、大きな予算もかけて全社的な体制を組んで、このプロジェクトの成功を追求しているのに、田中社長のご協力をいただけないと困ります」

「それはよくわかっていますが、小さな会社といっても私も社長です。このソフトの開発者でもあります。私に何の相談もなく体制を組まれても困ります」

「花田さんと相談済みです」

「この部屋から出ないということもですか」

三崎が言葉に詰まった。

「とにかく一本電話をかけさせてもらいますよ」

「どちらにおかけですか」

田中は問いかけを無視して携帯を手にしたが、三崎はとめなかった。相手はすぐに出た。

「あのさ、赤城さんとの契約だけど、どういう話になっているわけ?」

「なんだよ、いきなり」

花田は笑い混じりの声を上げた。

「おれ、大きなマンションの一室に拉致監禁されちゃってさ、フィッティング・ルームの稼動を開始する日まで、部屋を出ても、携帯を使ってもいけないっていわれてるんだ。花ちゃん、こんな契約をしたの」

「いったろう、こっちはソフトを提供する、赤城さんはソフトを採用して運営を管理する」

「拉致監禁は運営の管理に入るのか」

「そんな細かいことまで一々決めていないけど、一週間の泊り込みくらい、いいじゃないか」

「日にちの問題じゃないよ」

花田は軽く咳き込み、雅人はいいつのった。

「セブンシーズンは赤城の子会社じゃないんだから、もっと対等の関係じゃないとおかしいじゃない」

花田が雅人の言葉を受け止めかねている間があった。雅人が次の言葉をいいかけたとき花田がいった。

「まさと、どうしたいの？」

「どうって、対等にやるってことさ」

「赤城さんが降りてもいいってこと？」

「…………」

「…………」

「対等ってのは、こっちが突っ張りきって、向こうが降りてもいいってことだぜ」

「おれは降りられたくない。おれたちのフィッティング・ルームが日の目を見て、きちんとお金も入るんだ。赤城が降りたら、もう他にはそんな可能性はほとんどない。赤城はフィッティング・ルームを採用しなくても、四ヵ月もあれば自前のものを開発するだろう。フィッティング・ルームの機能を見たんだ。あれを見てAirvision3Dをベースにすればできるってわかりゃ、あとは時間と金の問題なんだ」

「…………」

「社長なんだからまさとが決めればいいけど、一週間の泊り込みくらいなんだっていうんだ。おれたちはあのオフィスに半年以上も閉じ込められていたようなもんじゃないか」

花田は雅人の答えを待たずに電話を切った。雅人は応接室に取り残された。

「拉致監禁なんかじゃないですよ」

雅人をなだめるように三崎がいった。肩に手を触れながら続けた。

「花田さんとの電話だったら、いつでもＯＫです。時々は外へ食事にも行きましょう」

「トイレに行きます」

雅人がいった。

「トイレくらい報告はいりませんよ」

洗面所を通ってトイレに入った。洗面所の大きな鏡をちらっと見たときもう気付いていた。トイレに入りドアを閉めると、それは止め処もなくなった。両方の目から涙があふれている。手の甲でいくらぬぐっても押さえることはできなかった。音を立てないようにトイレットペーパーを引きちぎり目を押さえた。

自分は必死で「フィッティング・ルーム」を作ってきた。それが完成すれば、理不尽なビジネス世界で、理不尽さに歪められることのない自分を保つことができると思っていた。たった一人しかいない田中雅人らしく生きていけると思ってきた。しかしそうではないのだ。「フィッティング・ルーム」を完成させても、自分を歪めるしかないのだ。

ズボンをはいたまま雅人は便器のふたの上に座った。涙だけじゃなく、しゃっくりがこみ上げるときのように上半身が揺れた。自分で自分の体がコントロールできなかった。仕方ないから内側からの律動に身をゆだねた。遠い日を思い出させる感覚だった。子どものころ、たくさん泣いた後にこんな風になることがあった。父に叱られたんだったろうか？　昨日、父から電話があったことをふいに思い出した。

「お前、うちのホームページを手伝わないか。料金は弾むぞ」

「忙しくて手が離せないっていったろう」

「いいんだよ、隠さなくても。ひどい目にあったと母さんから聞いた」

「その続きがあるんだ。某大手メーカーがフィッティング・ルームを採用してくれることになった」

「本当か！」

ようやく律動が収まった。雅人は深呼吸をしてから携帯を取り出した。相手はすぐに応えた。

「セブンシーズンです」

雅人の声はうまく出なかった。

「セブンシーズンですが」もう一度いって花田が電話を切ろうとしたとき、あわてて声を出した。

「悪かったよ。きみのいうとおりだ」

「まさとか？」

「たしかに一週間の泊り込みくらいなんだっていうことだ」

「どうした？」

「おれが腑抜けている間、きみは赤城オンラインにずっと営業かけていたんだものな」

「そんなことはいっていないだろう」

「おれ、ここに泊り込むから、そっちはよろしく、きみには電話してもいいらしいから、また電話するよ」

「どうしたんだ」

「馬鹿だから、いまになって、きみのいうとおりだとわかったんだ」

切ろうとした気配を感じたのだろう、花田が早口でいった。

「ちょっと待ってくれ。話してくれないか」

何のことかわからなかった。今のことをもう一度、次の瞬間、携帯から花田のものではない声が飛び出してきた。「雅人さん」胸の辺りを柔らかなバットで殴られたような衝撃だった。何があってセブンシーズンの電話にあかねが出るのだろう?

「やっぱりすごいことになったのね。それで、何」

「何って」

「何かあたしに伝えなきゃいけないことができたって、花田さんが」

「花ちゃんに、いったのか」

「ごめんなさい」

意味が飲み込めた。あかねがいまセブンシーズンのオフィスに来ていて、ぼくらのことを花田にしゃべってしまったのだ。ぼくがこれから一週間、花田以外には連絡が取れないといったものだから、それをあかねに伝えたほうがいいと思ったのだろう。

「ぼくはこれからの一週間、都心の仮オフィスにこもって、フィッティング・ルームにある会社のアイテムをあげなきゃなんないんだ」

「赤城オンラインでしょう」

「誰にもいっちゃだめだよ」

「花田さんにもそういわれている。絶対に大丈夫」

「で、オフィスに泊り込むから、それまでは柿沢さんとも連絡が取れないってわけだ」

「陣中見舞いに行ってあげるわよ」

「だめだよ」

「なんか美味しいものを作ってもっていくから」

「ぼくは今日も明日もドリーム・オフィスで仕事をしていることになっているんだ。誰とも会ってはいけないんだ」

「わかった。でもすごいね。なんだかスパイ映画みたい」

「いつ花ちゃんに話したの」

「前から知っているのよ」

「話さなきゃ、わかるはずがない」

「花田さん、話したもおんなじだって……、あたしもここに貼ってあるメモを見たらそう思った」

メモの詩を思い浮かべた。叫びだしたいほど恥ずかしくなった。

十八章　ニアミス

1

雅人はハンバーグ定食、三崎はマグロ丼、若いスタッフはカツカレーを頼み、三人とも物もいわずに箸とスプーンを口に運んでいた。初めての食堂でも、ハンバーグなら間違いないと思っているがやはり間違いなかった。

ふっと入口に目をやった雅人は、反射的に体を縮めた。それでは足りず、向かいにいた三崎の陰に入った。

「どうしました?」

三崎がマグロ丼を口に頬張(ほおば)ったまま聞いた。カツカレーのスタッフも、不審な顔で雅人を見た。

「ちょっと知り合いが」

雅人は視線を逸らせたまま、小声でいって二人に危機を知らせた。

入ってきた男は雅人に気付き、あっと口を開け放ってから近寄ってきた。

「どうしたんだ、こんなところで」

父だった。ダークスーツをきちんと身に着け、連れらしい男が一緒だった。

「ちょっと仕事の関係で近くまで来たから、食事をしているんだ」

雅人は三崎たちと知り合いではない顔でいった。

「この近くに父さんの会社があるのを知っているか」

「いや」

父に、Ｊウェアに代わる某大手メーカーの話をしたことを思い出した。そのことをここで口にしないかと、頭に血が上り耳が熱くなった。

「こちらは会社でお世話になっている私の右腕の木内さんだ」

「父がお世話になっています」

小声でいって頭を下げた。小柄な男も会釈を返した。三崎とスタッフは知らないふりをしている。

「レインボースカイ神楽坂の一階だ、寄っていくか」

「いや、もう次のところに行かなくちゃいけない」

雅人は四分の一ほどのハンバーグを残して立ち上がった。

「あれは、うまくいっているのか」

耳が赤くなっているのが自分でわかる。

「ああ、ちゃんとするから」

あわてて伝票を手にしてレジに向かった。三人分の勘定が書かれている。雅人の背中を父の声が追ってきた。

「無理をしなくてもいいぞ」

千円札を三枚渡し「お釣りはいらない」といって店を出た。まだ心臓がどきどきしていたが、早足でマンションの仮オフィスに向かった。

歩いているといま会った父の姿が頭に浮かんだ。父は全身から赤城の社長とそう変わらない、覇気のようなものを発散していた。そして自分に優しい目を向け柔らかい言葉をかけてきた。それも赤城の社長と共通していた。ビジネスの前線では父にも赤城にも自分はまだまったく警戒する必要のない若造なのだ。そんな思いがぼんやりと頭をよぎった。

「レインボー何とか」といった父の言葉を思い出した。どこかで目にした名前だった。

マンションに続く通りに入ったところで、それを見た。一メートル四方ほどの青銅の門標にその文字が浮かんでいた。

――レインボースカイ神楽坂――

足を緩めて建物を見上げた。「M区企業支援ファーム」とは比較にならない、贅沢(ぜいたく)なマンションだった。このマンションの中に親父の会社は入っていて、このマンションの部屋を売っているのだ。

忍び足になってエントランスをのぞこうとしたら、門の間から人影が出てきた。和服を着た女だった。女はすれ違いかけて足を止め、雅人に視線を向けてきた。その場を離れようとしたとき女が声をかけた。

「田中さんの息子さん？」

「え、ええ？」

肯定(こうてい)したつもりではなかったが、女はそう受け取ったようだ。

「やっぱりそうなの、だってそっくりだったから」

行こうとすると、またいった。

「お父さんの会社にいらしたの？」

「いえ」

慌てて通り過ぎた。ゆるくカーブした道をしばらくいってわずかに振り返った。もう女の姿は見えず、マンションだけが視界を覆いつくすほど大きく見えた。

2

雅人が仮オフィスのデスクの前に座って十分後、三崎と若いスタッフが帰ってきた。

「あんなことがあるんですね」

スタッフが愉快そうにいった。

「だから、ここに籠(こも)ることにしたんだ。うっかり何か口走ったりしたら大変だからな」

それから三崎は雅人に語りかけた。

「その点、田中社長はさすがだな、お父さんもわれわれのことは何も疑っていないようでした」

「何があったんですか」

別の若手が聞いてきた。聞かれた若手が笑いながら説明した。説明の途中で「あ、飯代、返します」と小銭で六百八十円を渡した。三崎は千円札を取り出して「釣りはいいですよ」といった。断れない自然さがあった。

それだけの会話が終わると、リビングルームはパソコンしか置かれていないかのように静かになった。それぞれやるべきことが決まっていて、その作業にすっかり慣れていた。いま優先順位の高い五アイテム分は八種類のサイズの登録が完了している。六番目と七番目のアイテムに移っていた。

作業を始めてからの数時間がまたたく間に過ぎ去った。リビングルームの窓が真っ赤に染まりかけていた。ここに来て初めての見事な夕焼けだった。ふとそちらに顔を向けた雅人の眼に、あのマンションの最上階が飛び込んできた。立ち上がってベランダに出て、そのマンションを見た。クリーム色の瀟洒な建物が茜色の西空を切り取っていた。他の建物を圧して荘厳に見えた。あそこに父がいるのだ、またそう思った。

「どうしました」

部屋の中から三崎に声をかけられ、雅人はデスクに戻った。

椅子に座ったとき、ドアが勢いよく開けられ男が入ってきた。赤城とＣＥＯだった。赤城が大きな声を上げて作業を止めた。

「ちょっと聞いてくれ」

いわれる前からみな手を止めて赤城を見ていた。

「先日、赤城フィッティング・ルームの稼動開始を日曜日にするといったが、一日早めて明日にすることにした」

赤城の声は部屋によく響いた。スタッフは息を殺して黙っていた。

「あっちが日曜日にするという情報が入ったんだ。うちはそれより一日先にする」

赤城の短い言葉に喚起(かんき)されたいくつもの思いが、雅人の脳裏を流れた。

新聞と雑誌の取材が一昨日、昨日と入り、記者とカメラマンがここに来た。彼らからJウェアに情報が入ったのだろうか？　稼動を早めても記事は間に合うのだろうか？　そして一番大きな問題は「赤城フィッティング・ルーム」だった。思わず声を上げていた。

「いま赤城フィッティング・ルームといいましたか」

「いったか？」

CEOを見たが、CEOは首を傾けただけだった。

「それは困ります」

「別にネット上ではそうは謳(うた)わないよ。ただのフィッティング・ルームだ」

「セブンシーズンのフィッティング・ルームでしょう？」

「何を馬鹿いっているんだ。どんなアプリだって、開発者の名前をつけたりせんだろう。ユーチューブはユーチューブだ、チャド・ハーリーなんて名前はどこにも出てこない」

赤城は雅人を弾き飛ばすようにそういい、雅人は言葉を呑んだ。ユーチューブの開発者がそういう名前かどうかさえ知らなかった。赤城はすぐに表情を和らげた。雅人の問いかけなどまったく気に止めていないようだ。

「それで田中社長、グロカジ・シリーズ、一押しのシルキータッチのプリーツブラウス一点でいいから、今夜中に、いや正確な時間はいつまでかね」

傍らのＣＥＯに尋ねた。

「稼動開始を明朝六時ということにしますから、四時までに完全なデータベースができれば、間に合います。スタッフをひと揃い待たせておきますから」

「明朝四時か、あと十時間ちょっとあるな。それまでに必ず着られるようにしてくださいよ、頼んまっせ」

「グローバル・カジュアル・シリーズ」のプリーツブラウスは、まだ素材部分の開発に手こずっている。デザインも寸法も基本データはすべて赤城から提供されているが、これに使える素材ファイルはどこにもない。リアルな画像にするには膨大な時間とハイスキルが必要となる。十時間にどれだけの作業が必要になるのか、頭の中で手順を追ったが、すぐに返事ができなかった。

「難しいかね」

それにも曖昧（あいまい）にしか返事ができなかった。

「三崎くん」と赤城は体をくるりと回した。

「きみら、もう開発の手順はすっかり身につけたのだろう」

「まあ」

三崎が不安げに応じた。

「基本アイテムはどれくらいできているんだ？」

三崎は自分のパソコンを叩いてからいった。

「六番目のアイテムのサイズⅡまでです」

「そっちはそれでストップしていいから、シルブラに全精力を傾けてくれ。赤城フィッティング・ルームを開設するのに、グロカジ・シリーズが入らなきゃ、画竜点睛（がりょうてんせい）を欠く」

「わかりました。全力投球します」

「全力投球しました、できませんでした、では困るんだぞ」

「やってみます」

「それもダメだ」

「やります」

「無理ですよ」雅人がいった。

「三崎さんたちはオペレーターをやっただけなんだから、シルブラをフィッティング・ルームに搭載することはできません」

「もうプログラムの構造はわかっている」

「三崎さんには、木綿のYシャツだって作れませんよ」

「そういう会社の方針が出たんだ。とにかくやるよ」

「三崎、腹を切ってもすまないんだぞ」

ＣＥＯが念を押した。ええ、と体のどこかの痛みをこらえているような表情で三崎がうなずいた。雅人がそれを撥ね除けるようにいった。

「わかりました、私がやってみます、いや、やります」

3

昼飯から戻った田中は、下見予約客の「顧客交流ファイル」をチェックしていた。紙に打ち出したものではなく、モニターで見ている。もうモニターで確認するだけで、ほとんど把握できるようになった。

週末の予約は満杯で、急遽(きゅうきょ)、増員した五人態勢で、かろうじて応じられるスケジュールになっている。数組は次の週末に延ばしてもらった。そのことをブログに書いたら、次の週末もほぼ埋まってしまった。

「顧客交流ファイル」が二ページしかない客が三分の一もある。一ページ目に基本ファイルがあり、二ページ以降が「交流ファイル」となっているが、Q&Aやメールのやり取りを二、三回やっただけで、下見に来る客が多くなっている。これまでブログやQ&Aがすでに多くの情報を提供していて、それだけの信頼感を勝ち取っているのだ。

三人目の顧客の名前に「雅」の字があって、雅人が頭に浮かんだ。

(なんだって、あいつはあんなところにいたんだ。フィッティング・ルームの仕上げ

にかかっているのではなかったのか）
「息子さん、社長にそっくりですね」
食事の帰りに木内が愉快そうにいった。そんなに似ているのだろうか？　木内は休み明けからここに通ってきている。間もなく正式に移籍となる。
「父がお世話になっています」といった声が耳の奥に残っていた。あんな生意気をいうようになったのだ。

自分の席に戻っていた木内が姿を現わし、田中のデスクに一枚の用紙と写真を置いた。ホームページに載せる自己紹介の資料と写真を食事のときに催促していた。

「作文は子どものころから苦手でしてね、往生しました」

百字ほどのそれを読んで田中がいった。

「きみらしさがよく出ているよ、これなら信頼感をもたれるだろう」

「そうでしょうか」

木内が鼻の穴を膨らませた。誰でもほめれば相好を崩して無防備になる。田中は写真を手にした。

「こっちはいやに若いな」

「だいぶ前のものですが、いけませんか」

森澄子も横からのぞきこんで笑った。まだ頭に黒い毛がたっぷりある。

「いけなかないよ、清国くんなんて十年も前のものだ」

「そうでしょう、あれを見るたびに私もインチキだな、と」

「物件のインチキはいかんけど、顔写真なら笑いの種になる。森さん、これホームページに載せてくれる」

写真を見直し、あら本当に若い、と森澄子が笑ったとき田中の携帯が鳴った。

「はい」

——警備のものですが、××屋の前の羽目板に不審な張り紙を見つけたので、写メを送ります。チェックをお願いします。

「了解」

すぐに画像が届いた。木内が寄ってきて隣からのぞき込む。

「これは、なんですか？」

「話したろう。営業妨害よけに警備を雇っているんだ。何か変な張り紙を見つけたというから写メで送ってもらった」

「もう前の話なんでしょう」

「二週間ほどになる」

田中は目を近づけた。すでに引きちぎられた跡があり、残った部分の文字がかろうじて読める。何か商品の宣伝文のようだ。営業妨害とは関係ない。警備員が熱心に仕事をしているとアピールするために送ってきたのだろう。

「警備なんて、もったいないじゃないですか」

田中は警備員の携帯に折り返しの電話をかけながら木内に答えた。

「金には代えられない」

「二週間も何もないなら大丈夫じゃないですか」

——はい。

「これは関係ないな。通常警備に戻ってください」

——了解です。

「もったいないじゃないですか」

小声で捨てぜりふのようにいい木内が部屋を出て行った。森澄子が首を傾けていった。

「田中さんの教えが身についたのですかね」

「なんのことだ」

「集中講義で、節約のこともいったんじゃないですか」

椎名、清国、木内、寺門の四人のデスクは、営業部と名付けた大部屋に設けた。

田中は、「ちょっと講義だ」と森澄子にいいおいてはしばしば大部屋へ行き、二人の新メンバーにこれまでブログに書いたことと Q＆A を古い順に読ませた。

「もう全部、読んできましたよ」

木内も寺門もいったが、もう一度、最初からゆっくり読むことを求めた。

「この順番にトラスト不動産は進んできたんだ。それでいまがある」

田中にだって始めるときからいまのやり方が全部頭にあったわけではない。実際にブログを書き、顧客とのやり取りを繰り返していくうちに、彼らが何を求めているかが少しずつ見えてきたのだ。

「これが、きみらがトラスト不動産にいる間は、つまり一生ずっと付き合っていくお客様たちだ」

「顧客交流ファイル」を開いてそういっても、二人は返事を返さなかった。

「ずっと付き合っていくから『お客様のニーズにベストフィット』が実現できる」

「売ってしまえば勝ちと思ってきました」

「物件を強力に勧めなければ、彼らは永遠に迷っていますよ」

二人はかわるがわるいった。

「そんなことはない、客は家が必要なんだから、遅かれ早かれ買うんだ」

「こっちがお行儀よくしている隙に、よそに取られてしまうでしょう」

「ただお行儀よくしているだけじゃない。必死で探している客に、こんな物件がありますよと、魅力的な物件情報を送って、気の済むまでとことん説明するんだ」

木内と寺門は顔を見合わせ、寺門がいった。

「とにかくここはそれでやっているということはわかりました」


森澄子が帰った後、ホームページの更新に取りかかった。

Q＆Aを書いているとき軽やかな電子音が響いた。受信トレイに新しいメールがあった。送信者の中に「美奈」の名前を見つけた。

――さっきマンションの前で田中さんの息子さんに会いました。あんまりそっくりなんで驚いて、声をかけちゃいました。声とか仕草までそっくり。トラスト不動産を一緒にやっているんですか？　父と息子なら本当のトラストでしょうね。

明日は一日中、下見客があふれかえる日なんですよね。いいご近所さんができるよう祈っています。そのこと、ブログに書いておきました――

すぐにブログのほうへ行った。

——……マンション暮らしって、ドアの内側だけのものって思っていて、それはいまでもそうなんだけど、必ず外出もするし、帰っても来るでしょう、そうすると住人さんとすれ違うことがあるわけ、そのとき、なんというか身にまとっている空気が悪くないのよね、和める空気なの、目が合うような、合わないようなそれでもすれ違うとき、そっと会釈をしているような……

なんかこのごろ急に住人さんが増えているようなんだけど、みなさん、いい人でありますように……——

早苗が本気で応援してくれている、と思った。

4

雅人は半導体製造マシーンのようなスピードでキーボードを叩いている。

モニターに長い記号の列を作り出しては映像画面に切り替える。キーとタッチパッドに触れながら映像をいろいろな角度と大きさに変えていく。それを何度も繰り返す。

「シルキータッチ・プリーツブラウス」の素材を再現しようとしているのだ。「Airvision3D」の操作にはすっかりなじんでいるが、シルブラのような素材はこれまで画像にしたことはない。

デザインのいくつかのパートは、これまでのものが流用できるし、寸法などは赤城からデータを入手した。しかし素材を再現し、それらを形にし、自然な動きを映像化することが明朝四時に間に合うだろうか。百メートルを潜水泳法で泳ぎ切れといわれたようなものだ。何度試みても、シルブラの真珠の光沢を放つエアリーな素材感を作り出せない。

三崎は「やってみます」と赤城にいったができるはずがない。できなかったとき、どうするつもりだったのだろう。赤城は、「全力投球しましたがダメでした」で通る会社とは思えない。辞表を出して退職金を返上してさえも許さないものを漂わせている。

チャイムの音が部屋に響いた。雅人は一瞬、遅れてそれに気付き、赤城がまた様子を見に来たのだろうと思った。

三崎が立っていってドアを開けたとき、若いオペレーターたちの間に微妙な気配が立ち上ったのがわかった。雅人はゆっくりモニターから顔を起こし訪問者を見た。

花田とあかねだった。二人が笑みを浮かべて雅人を見ている。

「どうしたの？」

三崎が説明した。

「明朝、稼動開始だから、もう今夜はオフィスにいるふりをしてもらう必要はないでしょう。花田さんに田中社長を助けてくれるように頼んだんです。そちらのお嬢さんは、私にはわからない」

あかねがにこりとした。雅人は自分のおかれている立場とは不似合いな喜びの笑みをつい浮かべそうになった。

花田がいった。

「シルキータッチだって？」

「そうなんだよ、それがぜんぜん作れない。三崎さんがぼくの代わりにやってくれるっていってたんだけど、そんなことありえないし」

三崎は苦笑いをもらした。

「素材は、私だってデニムとかやってたじゃないか」

花田が雅人の隣に座り込んで三崎にいった。

「三崎さん、ぼくにどれかパソコンを使わせてくれない」

5

由美子はきっともう寝ていると思っていたが、一階のあちこちの窓に明かりが見えた。

田中は時間を確かめてチャイムのボタンを押した。01:25。こんな時間に何をしているのだろう？

エプロンと顔のあちこちを白い粉まみれにした由美子が、あわただしく出てきた。

「今日は泊り込むっていってなかった」

そのつもりだったが、急に「今夜、泊らせてください」といいだした椎名が、ソファを使うことにしたから寝る場所がない。時間が短くても自分の家のほうがよく眠れるとも思った。

「お食事は？」

「すんでる。今日な、会社の近くの食堂で雅人に会ったぞ」

「どうして？」

「わからん、おれと話したがらなかった」

「そりゃ、そうね」

由美子はすぐに家の中に引っ込んでしまった。キッチンまであとを追って聞いた。

「どうしたんだ、こんな遅くまで」

「明日、お店に出すチーズケーキを失敗しちゃったの。いま急いで作り直しているの」

「パートのおばさんが夜中までがんばることもないだろう」

「そのおばさんのチーズケーキがじわじわと人気が出ていて、できませんでしたじゃ、済まなくなっているの。悪いけどちょっとここ離れられないから、なんでも自分でやってくれる」

何もいわず寝室に向かった。機嫌よくいいよ、という気分にもなれないが、怒ることもできない。パジャマに着替え、携帯の目覚ましを06:30に合わせ、布団を引っ張り出してその中に潜り込んだ。

いろんな想念が頭をよぎり、眠りはなかなかやってこなかった。

木内の奇妙な言動が最後に頭に残った。奇妙さの意味を考えているうちに眠ってしまった。いや本当の眠りに入ったのか妄想にまみれていたのか、よくわからない。

6

　雅人は不意に大学入試の数学を思い出した。まだ問題が二問残っているのに、残り時間がわずかしかないことを確認したとき、頭にカッと血が上った。それから試験官が「終わり」を告げるまで、正気を失ったまま問題と格闘することになった。

　いま残り時間を気にするまいと思っても、モニターの隅に刻々映し出される時刻に目がいく。じわじわと頭に血が上ってきている。間もなく正気を失うだろう。正気を失ったまま取り組んだあの問題は正解にたどり着いたのだろうか？

「まさと」隣に座っていた花田が声を上げた。「これはどうだ」

　花田のモニターに動画像があった。ディズニー映画に出てくるようなお姫様が森を散歩している。「Airvision3D」特有の描画になっている。お姫様はシルキータッチのファンタスティックな服を着ている。

　雅人は無言で花田のモニターの前に座り込んだ。花田はするりと身を引いた。いくつかのキーを叩くと、画像が投稿されたのは三日前だとわかった。投稿者名を確認し、その名前で検索をかけた。アメリカ人のようだ。案の定ブログをやっていた。そのページを開けた。目がくらむほど圧倒的な英語の文字列が飛び込んできた。熱心に更新をしている。前後のページをスクロールしてみた。お姫様の画像の前後に「Airvision3D」の機能をどう利用したかに関する記述がある。

「柿沢さん」あかねに声をかけた。「このブログちょっと見てくれないか。このお姫様を作ったプログラムについて書いてあるんだけど、彼の工夫のプロセスがいまひとつわからないんだ」

あかねはうなずいて雅人と代わった。ここにきたばかりのときよりあかねの顔は白くなっている。肌が透明になって血管が透けて見えるような気がする。画像の中のお姫様のような雰囲気がある。

あかねがブログを読み始めた。やがてタッチパッドを触ってページを大きく繰り始めた。どんどん過去の記述に戻って、やがて手が止まった。しばらく読んでは首をひねり、単語をコピーしてはヤフーの辞書で調べた。それを何度も繰り返した。テーブルの上の水性ペンを取り、用紙に文章を書き始めた。雅人は息を呑んでペン先を見詰めていた。そこに現われたのはきれいな文字の日本語だった。

雅人は自分のパソコンの前に戻りあかねの書いた文章を見ながら、凄いスピードでキーを叩きタッチパッドを撫でた。もう自分の脳細胞と手と目が正常に働いているのか、正気を失っているのか、わからなかった。

何度目かのトライ・アンド・エラーの末の映像がモニターに出てきた。白い布切れが画面に広がっている。視線で嘗め回すようにしてからいった。

「どう、花ちゃん」

うむ、とうめいて花田がモニターに顔を寄せた。その表情に緊張が揺れている。揺れが大きくなり緊張から笑みに変わった。

「いいんじゃない」

花田が振り向いていった。

「どう柿沢さん」

「いいと思います」

三崎とスタッフもいつの間にか三人の後ろを取り囲んでいた。

「三崎さん、ちょっとお願いします」

雅人は三崎に席を譲って隣から見守る。

「どうでしょう」

三崎があごひげを撫でながら、モニターに顔を近づけた。キーを触って大きさを変え角度を変えた。やがて雅人に向けた顔は輝いていた。

「いいんじゃないですか、これで」

「よかった」

雅人は肩で大きく息を吐き椅子から床にずり落ちた。ノックアウトされたボクサーのように、両手を前に伸ばし床に体を放り出した。

「雅人さん」

あかねが駆け寄ってしゃがみこんだが、花田は横からただ顔を見守っている。全力を搾り出したのだ、回復するまでに少しは時間がかかるだろう。

花田に促され、三崎がオペレーターたちに指示を出した。デザインや動きのパターンはもうできている。そこへ素材をはめ込んで最終調整をすれば、プリーツブラウスは「フィッティング・ルーム」で試着できるようになる。

十九章　決戦

1

雅人は画面から眼を離すことができなかった。雅人の背後に花田とあかねが覆いかぶさるように立ち、同じ画面を見ている。自分が短い間、半ば意識を失っていたことはよく覚えていない。

モニターには「赤城オンライン」の「レディースファッション」の「グローバル・カジュアル・シリーズ」のトップページが開かれている。

もう「赤城オンライン」のサイトの冒頭の「ニュース」に「本日からファッションの一部と、特別お勧め商品ではフィッティング・ルームが利用できるようになりました。これを使えば、あなたがお気に入りのファッションをモニター上で試着できます。いろんなポーズを試してください」と紹介されている。

画面の右下の時刻表示が05:58となってから、タッチパッドに指を置き、雅人は息を詰めている。同じ部屋の他のスタッフたちもみな、それぞれのモニターに雅人と同じ画面を呼び出していた。

06:00になったとき、雅人は指先をぽんとはじいた。プリーツブラウスの紹介画面が現れた。モデルがそれを着ている写真と、商品単品の写真、説明がある。そのあとに置かれた「フィッティング・ルーム」ウィンドウの「利用する」を押した。

現れたページの冒頭にデモ画像がある。アバターとわかる女がプリーツブラウスを着て、いくつものポーズをとっている。

簡潔な説明に沿って進み「あなたのサイズを入力」の欄に、メモをしておいた柿沢あかねの個人サイズを打ち込んでいく。恥ずかしがりながら教えてくれた数字には、たぶん少し粉飾があるだろう。写真はまだ用意ができていないから標準仕様のアバターを使う。

これですべての用意が整った。後ろを振り返って花田とあかねの顔を見た。向き直って「試着」をクリックした。

プリーツブラウスを着た女のアバターが現れた。顔はデモ画像の女と一緒だが、体型はあかねのものとなった。顔を近づけた。自分の両側からあかねと花田の顔が近づいてくるのがわかった。

「いいじゃない」

雅人より先に花田が力のこもった声でいった。あかねは息を殺したまま無言である。あかねのスタイルを持つアバターをゆっくり手前に歩かせた。床に倒れるまで試行画面で見ていたものと同じ画像だった。どこにも狂いがない。あかねがやっと言葉を発した。

「これ、あたしよね」

「ああ」

「すごおい」

雅人があかねの手を取りパッドの上に置いた。あかねが細い指を滑らせる。アバターがくるりと一回転した。プリーツブラウスの裾が軽やかに翻(ひるがえ)った。

「おれにもやらせてくれないか」

花田がいった。

「あっちでもできるだろう」

他のスタッフは、それぞれのパソコンで試みている。

「これでやらせてくれよ」

「ごめん」

雅人が立ち上がり花田が座った。

雅人とあかねが花田の後ろで肩を抱きあった。何のためらいもなかった。細く暖かで愛しい肩だった。

花田はジーンズを開き、自分の体のサイズを登録して「試着」をクリックした。

たちまちジーンズを穿いた大柄なアバターが画面に現れた。

「おれって、かっこいいじゃない」

花田が雅人を振り返っていった。

「こっちのほうが本物より少しよく見えるように作ってある」

「うそ！」

「うそだよ」

二人はしばらく子どものようにはしゃぎあった。

ひとつ置いたテーブルから三崎が声をかけてきた。

「田中社長、花田さん、やりましたね、大成功ですね」

若いスタッフたちも、みな自分のパソコンにしがみついて画面を凝視していた。誰かが突然、ケタケタと笑い出した。

「すげえ、おれのアバターだ」

彼は持っていた自分の写真を取り込んだのだ。

部屋にゆっくりと大きな拍手が響いた。三崎だった。若手たちがその後に続き拍手は部屋中を揺らした。誰かが気勢を上げ、誰かが口笛を吹いた。誰かがばんざーいといった。そういいながら両手を挙げるものも現れた。ばんざーい、ばんざーい。雅人も花田もあかねも渦（うず）に巻き込まれるように手を挙げ声を張り上げた。

三崎の携帯電話が鳴ったのに気付いたのは三崎だけだったろう。

「はい」

そのひと声で部屋は静まり、皆、三崎に視線を集中させた。はい、はい。しばらくうなずいていた三崎がいった。

「そうですか。替わります」

赤城からです、と雅人に携帯を渡した。

「はい、田中です」

――すごいぞ、こんな朝っぱらから、「フィッティング・ルーム」経由で売れ始めている。

「そうですか」

――まず天才社長にご報告と思ってね。

「ありがとうございます。ほっとしました」

――「セブンシーズン・フィッティング・ルーム」とせんでよかったろう。

「そうですね」

――笑われちまうよ。

「はあ」

売れている、と聞いてから雅人の体が震え始めていた。

――次のアイテムもどんどん登録してもらいますよ。

「え、ええ」

――まあ、少しは休んでもらおうか。そのスマートな体が壊れちゃうと困るからね。

電話を切って雅人は花田に抱きついた。

「花ちゃん、もう売れ始めているそうだ」

「本当か」

花田が抱き返してきた。あばら骨が音を立てそうなほど力が強かった。それでも震えは止まらなかった。

花田の腕から出て「柿沢さんのおかげだよ」とあかねに手を差し出した。手を受け取らずあかねは雅人に抱きついてきた。柔らかで華奢(きゃしゃ)だった。この華奢なあかねがあの「Airvision3D」の最後の関門を押し開けてくれたのだ。

2

田中辰夫はいつもより一時間も早くオフィスに着いた。泊り込んでいた椎名が玄関まで迎えに出てくれた。椎名はきれいにひげをそり、昨日とは違うダークスーツをきっちりと着込んでいた。

「どうしたんだ」

「昨日のうちから持ってきてたんですよ」

「そうじゃないよ。いやに用意万端じゃないか」

「寝てられませんよ。今日は決戦の日になるんですから」

「いつも冷静なきみでもそんなことをいうんだ」

「今日勝てば、戦線をどんどん広げられそうな気がしているんです。社長の話をいただくまでは、私はもうこれからの人生は負け犬をやっていくしかないと覚悟していたんですが、そうでもないという気がしてきました」

軟派な男前だった椎名の顔に、いままで見たことのない硬派の線が浮き出ている。

田中はデスクに座りパソコンを立ち上げた。すぐに顧客からアクセスしてくる可能性のあるすべてのページをのぞいた。ドタキャンでもあれば接客のラインナップを変えなくてはならない。

しかしドタキャンも今日の接客に影響する書き込みもなかった。

今日やってくる予定の顧客の「顧客交流ファイル」をもう一度確認しているとき、清国と寺門が連れ立ってやってきた。二人もいつもより三十分は早い。

「そこで会いましてね」

「せっかちな奴だ」

「人のことはいえないだろう」

「今日は一日じゅう、愛しいレインボースカイの中を駆け回らなきゃならんと思うと、落ち着いてられなくてね」

「今日は決戦の日になる」

椎名の言葉を清国がまぜっかえした。

「今日で戦いは終わるのか？　全員が討ち死にするってのか」

清国はときどき風貌に不似合いな冗談を口にするようになった。

「今日から始まる世界大戦だよ」

十分あとに森澄子が、五分あとに木内が姿を現わした。大江戸土地建物から派遣してもらった女性は定時の五分前に来た。

「頼みますよ」

「はい」

この女性には顧客への飲み物の用意や、部屋とオフィスの連絡などをやってもらうことになっている。

田中の部屋で短い打ち合わせをした後、四人は出陣の準備のために大部屋へと戻っていった。これから次々と下見客が現れる。「顧客交流ファイル」の中身をどれほど頭に入れておくかが勝負の第一歩となる。


森澄子はスタッフルームに、派遣女性はエントランスへと向かったあと、田中はデスクに座ってホームページを開いた。

公にできない未承認のコメント欄は相変わらず賑わっている。トラスト不動産のやり方を罵倒するコメントも後を絶たない。しかしあれ以来あのＩＰアドレスのコメントはふっつりと来ていない。

田中は立ち上がり廊下に出た。椎名がスタッフルームに入るところだった。

「出陣です」

部屋の中で森澄子が誰かと話している声がする。今日、最初の客が来たのだろう。

田中が大部屋のドアを開けると、清国の姿はなく、寺門と木内がデスクにいた。

木内が眉間にしわを寄せてモニター画面を見ている。

「どうした」

「お客は何でも知りたがりますね」

画面には「よくあるご質問」があった。

「まあ、大金を出すんだからな」

木内は半信半疑の顔でうなずいた。

「きみ、十時半だったな」

「ええ」

「その前にちょっとおれについてきてくれないか」

「はあ」

弱気な表情になった。部屋を出ると派遣女性が初老の男を案内してくるところだった。これは寺門が相手をすることになっている。

「いらっしゃいませ」

丁重に頭を下げてから、エントランスを通り抜け、表へ出て前の通りに立った。

「この間話したろう、チラシのこと。今日みたいな日にあんなことがあったら大変だからな。いますばやく見回っておきたいんだ」

門標の前に立ち止まった。

「ここにべたっと貼ってあったんだ」

田中は文字の上を手でさすった。はがし残した紙の断片に見えないこともない白いものを爪ではがそうとしたとき、木内が皮肉っぽくいった。

「それは紙じゃないでしょう」

「紙かもしれないよ」いったとたんでまかせが浮かんだ。「この紙をはがして紙質の分析の専門家に任せれば、犯人像を絞り込めるかもしれない」

「紙じゃないですよ」

木内が手を伸ばし、田中の手を押しのけるように白いものに触れた。その一瞬の動作で白い痕跡は消えてなくなっていた。

それからマンションの周りを一回りし、私服の警備員に目だけで合図をしてからオフィスに戻った。

「とにかく木内くんにきてもらって助かったよ」

自分の部屋の前で田中がいった。木内は自嘲の笑みを浮かべた。

「接客なんて、もうすっかり忘れてしまいました」

「五菱流の接客なんて忘れたほうがいいんだ。うちで駆け引きが必要なのは値引きだけだ。面倒なことが起きたら、ご縁がなかったようですな、残念でしたといってくれてもいいし、私に電話をくれてもいい」

木内は信じられないという表情を浮かべたが何もいわなかった。五菱でも大江戸でも他の不動産屋でも、こんな大らかな接客はしないのだ。

3

社長室のドアを開けて走りこむように入ってきたのは清国だった。足音の大きさでそうだろうと思っていた。

「社長、私、本一でしょう」

「何が？」

「203号室、申し込みが入りました。今日のトップでしょう」

「申し込みか？　やったな！　本一だ」

高らかにいったが、「購入申し込み書」を得ても、優先的交渉権を申し入れられたということでしかない。ほとんど買うことを決めている奴もいるが、唾をつけたつもりだけの奴もいる。

「物件のことはもう隅から隅まで知っているといってました。私と同じくらい詳しいですよ」

清国が担当した客とは、田中がメールで十回ほどやり取りをしている。

「それで」

「値段交渉をじっくりしたいということのようでした」

値引きに関してはメールでは答えていない。「守秘契約」を結ぶ数字の交渉を、どこへ飛んでいくかわからないメールでやるわけにはいかない。

「網に入ったのか」

「間違いないですよ」

「このあとの日程は」

「八パー引きから始まって一〇パーまで出してありますから、あと一、二回交渉して一二までには何とかなると思います。木曜日の夜、奥さんと一緒にまた来るそうです」

「それは入っているな」

思わず笑みが湧いてきた。清国の手を握り締めると、ぶ厚い手にぶっとい指が生えていた。これで殺されそうになったのだ。

清国が部屋を出て行って間もなく携帯の電話が鳴った。表示に木内の番号があった。部屋で接客の最中のはずだ。

「はい、田中です」

落ち着かせる口調でいった。

「ちょっと９０１号室に来ていただけませんか」

「なんだい？」

「お客様は入居者のお身内の方だったんです」

一瞬、意味がわからなかったが理解した。すでに入居した人の身内が、これからどれくらい値引きするかを探りに来たのだろう。

「きみ、数字をいったのか」

「…………」

「いくらといったんだ」

「はっきりとはいっていないのですが、誤解されていまして」

やっと聞き取れるような小声となった。

「よし、いますぐにいくから、それまでは世間話でもしていてくれ」

電話を切り、９０１号室の客のファイルをプリントアウトした。三日ほど前に突然、申し込みをしてきている。


ドアはストッパーで開け放たれていた。部屋の中には奇妙な静けさがある。リビングルームに設置してある簡易な応接用の椅子に初老の男が座り、木内は傍らの窓際に立っていた。客はいつぞやクレームをつけに来た水谷ではなかった。きちんとスーツを着ていたが、もう現役をとうに離れているだろう。

「社長、すいません」

木内は心細げな声を上げた。田中は表情を和らげてうなずいた。

田中は初老の男に深く頭を下げていった。

「お客様は下見にいらしたのではなくて、ご入居されたお客様のお身内だそうですね。お身内様にご購入いただき誠にありがとうございました」

「せっかく大金を出して購入したものを二束三文で売られるのを心配しましてね」

男の声に意地悪い響きがあった。

「どなたのお身内でいらっしゃいますか」

「それを明かすつもりはありませんが、おたくはまだ新築間もないこのマンションを、大幅に値引き販売しようとしているようですね。定価通りに買った顧客を馬鹿にしているじゃないですか」

田中は、木内くんお茶を頼んでくれませんか、といって男の前に座った。

「お客様のお気持ちはよくわかりますが、大幅というようなことはありません」

「じゃあ、いくらなんだ」

「お客様のような人生の大先輩に生意気を申し上げますが、不動産というものは時価でございます。さらに生意気を申し上げますが、買主様と売主様の阿吽の呼吸が合ったときに、価格が決まるものなのです」

「馬鹿をいっちゃいけませんよ。三ヵ月前に七千万円だったものが、いま買えば六千万円じゃ、先に買ったものは大損だ。うちのほうも同じだけ値引きをしてもらいたい」

男は強い口調でいった。命令することに慣れている声だった。

「お客様、お気持ちはよくわかりますが、同じものでも価格が時々刻々に変わるケースはあちこちにございます。株でも為替でもスーパーの商品だって、それはお客様もよくご承知かと思います」

「とにかくこれまですでに買った人にも、みな同じ値引率を適用してもらいますよ。差額を返してもらいます」

男はスーツのポケットから携帯のようなものを取り出した。どこかへ電話をかけるのかと思ったら、そこから音が出てきた。ＩＣレコーダーだった。

──いくら、値引きしてくれるのですか。

──まだ、入居が始まったばかりですから、お客様のお考えになるほどではありませんよ。

木内が丁重にいった。

──だからいくらだね。

──まあ、こんなところですか。

──五百万円も引いてくれるのか。

そこで男は音を切った。

「こんなにちゃんとした証拠があるんだ」

「ぼくは何もいっていないですよ」

木内が叫ぶようにいうのを男がさえぎった。

「きみが電卓で示した数字を、私が復唱したんだ」

「うそですよ。お客様が勝手にいったんです。私もヘンだなと……」

「もし差額を返さないんだったら、住民組合を作って出るところへ出て、白黒をつけますよ」

「お客様」田中が切り出した。「私はせっかくご購入いただいたお客様にもそのお身内の方にも、ここにお住まいになられたことを、喜んでいただきたいと思っております。そのために、でたらめなことはしない業者でありたいと思っております」

「それなら差額を返してくれ」

「お客様は、マンションが時価であるということにご納得されていないようですが、それについては、きちんと司法で結論が出ているのです」

田中はスーツのポケットに入れてきた封筒を取り出し、テーブルの上に置いた。

「ここに二〇〇八年に東京地裁で出された値引き販売に対する判決文があります。どうぞ、ご覧になってください。今ここで読まれるのは大変ですから、一度ゆっくり読まれてもう一度お話しにいらしてください。そのときは下見の予約のふりなどされずに、私に直接ご連絡ください。いくらでも、ご納得いただけるまでご説明申し上げます」

男は言葉を失い封筒に手を伸ばした。それを逆さにして数枚の書類をテーブルの上に落とした。しかしなかなか手に取ろうとはしなかった。

「どうぞ」

男は不愉快そうな顔になって書類を広げた。しばらく睨みつけるように読んでいたが、ひとこともいわずに立ち上がり、二人を振り返りもせず帰っていった。

判決文は難解なものだが、「売主には販売価格を決定する自由があり、値下げをしないとの約束は、この自由を奪うものではない」という部分に赤線を引いておいたから、そこは目に入ったろう。

「すいませんでした」

精気を奪われたような顔で木内がいった。

「いや、きみは接客は久しぶりなんだから、あわてるのは当然だよ。今のは接客とも違うしな」

まだ顔に表情が戻ってこない。

「おれはこの間、一度入居者からクレームをつけられているんだ。そのときネット中を探し回ってあの判例を見つけたんだ。いざというときはあれが水戸黄門の印籠になると思っていたけど、思っていた以上のパワーがあるな」

二人で部屋を出てエレベータに乗った。

これまで木内の体から漂っていた自分への敵意のようなものがすっかり消えている。いまがそのときだと思った。

「ビラの件はどういうことだったんだ」

電気に触れたような奇妙な動きが、木内の体を貫いた。

「あいつだろう」

木内は言葉を発しない。もう一言いう前にエレベータが一階についてドアが開いた。目の前を椎名が通り過ぎていくところだった。

「ああ、社長、契約取れました」

満面の笑みで椎名の男前が崩れていた。

「申し込みだろう」

「いいえ、契約です」

三人で社長室に入った。ドアを閉めたとたん、椎名が雄たけびのような声を上げた。

「契約が取れたぞ」

「６０４号室だったな」

「ええ、前に一度来ているらしいんです」

「交流ファイルにそんな記録はなかったぞ」

今日の客のすべてのデータが田中の頭に入っている。

「大江戸でやっていたときに来たらしいんです」

「資金計算もやったのか」

「大江戸のときにそこまでやっていたから準備は整っていました」

「そこまでいってなぜやめたんだ」

「何か見送りたくなるようなことがあったんでしょうね。うちのホームページを見て考え直したといっていました」

「…………」

「私も考え直しましたよ。確かにベストフィットがありうるんだって」

「今頃かよ」と茶化してから、田中の口調が生真面目なものになった。

「ホームページを媒介にしたベストフィットという考えに確信が持てなかったら、おれだってきみたちをこんなぼろ舟に招待しなかったよ」

4

夕方になって田中の携帯に電話が入った。雅人だった。

「どうした？」

「赤城オンラインにセブンシーズンのフィッティング・ルームが入ったよ」

「そりゃよかった。いつから使えるんだ」

「もう稼動している」

「ほんとか？」ふいに高揚感が湧き水のように体を満たすのを感じた。

「体を担保に使わなくてよくなったな」

「いま、ここから父さんのレインボースカイ神楽坂が見えるよ」

「なに？」

「そこから北東の方向になる。高さも同じくらいだ」

田中は話しながら北側の窓にいった。一階からでは隣の住宅しか見えない。記憶をたどって名前をいった。

「……マンションか」

「ああ、この間会ったときにね、ここで最後の仕上げをやっていたんだ」

「たまたま寄ったようなことをいってたじゃないか」

「Jウェアにばれないように秘密にしていたんだ。フィッティング・ルーム、ちらっとでもいいから見てくれよ」

「ああ」

それだけで電話が切れた。

田中はすぐに「赤城オンライン」を検索した。トップページに「フィッティング・ルームが入りました」というコピーが大きく載っている。それをクリックし、ファッションのページに飛んでいった。

画像の精巧さに舌を巻いた。これをあの雅人が作ったのだ。

「なあ、森くん」傍らでパソコンと取り組んでいた森澄子に呼びかけた。「これ見てよ」

「ファッション・ショーか何かですか」

「うちの息子が作ったんだ」

それから「フィッティング・ルーム」の機能を説明した。

「すごい息子さんですね」

「きみ試着してみないか」

「わたしのスリーサイズを社長に知られるんでしょう、いやだ、家に帰ってこっそりやります」

田中は森澄子にも女っぽいところがあるのだと笑いをもらした。

「でもモニター上で試着できるなんてすごいですね。そういうのがあればいいと思っていたけど、できるはずがないと……」

そのとき頭にひらめくものがあった。

(この機能をマンション営業にも取り入れられないだろうか)

ファッションを試着するようにマンションもネット上で試住できないだろうか?

一度雅人に相談してみようと思った。

下見客の合間を縫うようにして、予定外の客が二組もあった。

雅人の電話のすぐ後に望月と小倉早苗と見知らぬ中年男が一緒に顔を出した。

「田中さん」望月が初めて〝さん〟をつけて田中を呼んだ。

「これがうちの社長ですよ」

そういわれて望月と顔の輪郭（りんかく）が似ていることに気付いた。

「父がいつもお世話になっております」

望月ジュニアは丁寧に頭を下げ、つい昨日、雅人の口から出た台詞をはいた。

「こちらこそ、お父上にお世話になっているんです」

「すごい賑わいだったそうだね。いやまだその真っ最中か」

望月が小倉早苗に視線をやりながらいった。早苗はレインボースカイ神楽坂への客の出入りを見て、望月に報告したのだろうか。

「おかげさまで」

「トラスト不動産のベストフィット商法をうちにも伝授してほしいんだ」

「そんなえらそうなものではありませんが、お役に立てるならいつでも」

「私の目の黒いうちに、きちんとわが社が再生軌道に乗るのを見たいんだ」

オヤッと思った。ただの言葉のあやの「目の黒いうち」ではない響きがあった。

望月ジュニアも小倉早苗も表情を変えない。変えたのは田中だけだったろう。望月は田中の顔を見て一瞬、軽く目を閉じた。いいんだ、もうみんな知っているんだ、といっているように思えた。

日が落ちて間もなく戸高と大泉がやってきた。

「忙しいところ、すまんね」

威張っているのか、謙虚なつもりなのかわからない口調で戸高がいった。

「申し訳ありません。専務がぜひ今夜中にとおっしゃって」

大泉は体中から申し訳なさそうな気分を漂わせていた。

「今夜中に、何を？」

「荻窪のレインボースカイ・シリーズのことですよ。先日はまだどうなるかわからんといわれていたが、もうわかったでしょう。引き受けてくださいよ、この通りだ」

戸高は上半身を四十五度の角度に折り、しばらく頭を上げなかった。大泉もそれに倣って頭を下げた。

「こちらこそ、専務に御礼申し上げます」田中も深く頭を下げた。「大江戸さんには本当に感謝しております」

田中も、もう戦線を広げてもいいという気になっていた。しかし確かな返事はまだしてはいけない。

「おかげさまで今日は順調のようです。早急に社員たちと相談してご返事をさせていただきます」

「いい返事を頼むよ」

「しかしわが同志は手ごわいですよ」

ちょうど大部屋にいた椎名と森澄子をあごでしゃくると、戸高は彼らにまで頭を下げた。

「よろしく頼みますよ」

二人はあわてて椅子から立ち上がった。


大部屋に、派遣された女性以外の六人がいた。森澄子にもう帰っていいといったのだが、帰ろうとしなかった。一日の始まりに「今日は決戦の日になる」と椎名がいった感覚を一日の終わりには皆が共有していた。

すごい成果が上がった。成約までいったのが四件、申し込みが五件、残りは継続となった。とても今日では終わりそうのない勢いがあった。誰もがそのことを感じていた。

「疲れたな」

田中が声を上げた。

「ええ、疲れました」

清国がいった。

「でもいい気分だ」

椎名がいった。

「そう、いい気分」

寺門が椎名に同調した。

それぞれのデスクとテーブルの上に飲み物がある。清国と森澄子は客用に用意したコーヒー、他のメンバーはジョニ青のグラスである。

「さっき、大江戸の戸高専務が見えた」

同席していた椎名がうなずいた。

「荻窪に半分売れ残ったレインボースカイがもう一棟あるんだが、それもやってくれないか、といってきている」

「いいじゃないですか」

清国と寺門が飛びつくようにいった。椎名はもう先ほど同意したも同然だし、森澄子はニコニコしながら田中を見ている。

田中は黙って木内の反応を待った。木内のエレベータでの態度は田中の疑いを完全に裏書きしていた。木内も田中にそう思われていることを知っている。あとは言葉にするだけなのだ。

「どうだい、木内くんは」

木内は、ああ、ええ、といい大きくうなずいた。その後うろたえて手にしていたグラスを口に運んだ。

「全員賛成か、じゃあ、大江戸のほうにそう答えるぞ」

田中はその場で携帯を取り出した。大泉がすぐに出た。

「荻窪の件を皆と相談したんですけれど、お願いすることにしました」

「そりゃありがたいです」

声の後ろにオフィスのものではない騒音が聞こえた。

「いま、『喜美』にいるんですよ」

「われわれは今日の成果を祝って、オフィスで軽く祝杯をあげているところだ」

「ママに替わりましょうか」

返答をする前にママが出た。

「社長のところ、すごいんですって？　これからも、うちの大泉をよろしくお願いします」

「お願いするのはこっちのほうだ」

電話を切ってから皆に語りかけた。

「そうなると人をもう少し増やさないとな」

すかさず清国がいった。

「私んところにおれも入れてくれって、やいのやいのいってくる奴がいるんですが、候補にしてくれませんかね」

「誰だい」

田中が聞いたとき椎名がいった。

「きみね、社長のこと襲撃しておきながらずうずうしいよ。おれだっていろんな奴から頼まれているんだ」

清国は顔を赤くして怒った。

「社長が納得されたのに、きみがそんな風にいうこと、ないじゃないか。おれたちだってお返しに社長に殴られたんだぞ。なあ、木内くん」

問いかけとは嚙み合わないテンポで木内がうなずいた。木内の胸の中でこの場のやり取りが生み出す感情とは、別のものが動き回っているのだろう。田中はそれを無理やり吐き出させようという気持ちを捨てていた。隠し持っていたとしても、もう害になるものではなくなっている。

グラスが空になっていた。立ち上がって田中がいった。

「さあ、決戦は明日も続く、早く帰ってよく寝て、英気を養おう」

声を合図にみな席を立った。

田中も自分の席に戻った。スクリーンセーバーになっていたパソコンのタッチパッドを触った。今日、最後の仕事が残っている。

「お先に」といって森澄子が部屋を出て行った。それを追うような足音が聞こえた。皆も帰っていくのだ。

田中はブログを書き始めた。

――今日はありがたいことに盆と正月が一度に来たような賑わいとなりました。下見客15組、成約4件、申し込み5件、継続5件となっています。もうご提供できるお部屋はごくわずかとなってしまいました……――

荻窪の件はまだここには書かない。ここはまた神楽坂とは違う新たな売り方があるかもしれない。近いうちにみんなで見てこよう。

部屋にノックがあった。その音を聞いたとき、前からノックがあるだろうと思っていたことに気付いた。

「はい」

ドアの向こうに息を呑む気配があった。ドアが開き木内がうつむいて立っていた。

「どうぞ」

木内が自分の意思ではないような足取りで入ってきた。

部屋の中ほどで立ち尽くしている。田中も立った。それから木内の前に進み出て、垂らしていた手を握った。暴力でも振るわれるかのように手を縮め、おびえた目で田中を見た。田中はうなずいた。

ボトルとグラスを手にして、ソファに座り木内を促した。そのまま三分の一ほど注いだ。一口含んでからいった。

「なんていわれたんだ」

木内の胸の中からこぼれるように言葉が出てきた。

「あんな会社はうまくいきっこないって」

「なるほど」

「おれたち不動産屋があいつに馬鹿にされているんだ、そのことを思い知らせてやれ、客だって、みな眉につばをつけている。ちょっと脅したら誰も寄り付きやしない。あんな会社、消えてなくなるって」

木内は記憶の中の五十嵐の言葉をなぞるようにいった。

「そしたらまたうちへ戻ってこいって」

「きみ、五菱は自分から辞めたんだろう」

「まさか」

木内は体を震わせた。

「そうだと思っていた」

「尻拭いをさせられて、ぼくがいつの間にかそれを被(かぶ)らされて、いられないようにされたんですよ」

もう一口、含んだ。一口が多すぎて熱いものが胃をカッとさせるのがわかった。

「おれも、きみも、清国も、椎名も、寺門も、あいつにひどい目にあわされた」

木内は一瞬だけ、目を合わせた。

「そしてあいつは社長になるという」

顔をしかめ、言葉を吐き出した。

「ちきしょう」

別人のような悪相が浮かんだ。

「おれは黙ってみているつもりはない。きみがひどい目にあわされた分だけあいつに返してやる」

え、と木内は目を丸め、田中が嚙み締めた奥歯がぎりっと鳴った。

エピローグ

1

「かんぱーい」

長たらしい前口上をようやく終えた「企業支援ファーム」事務局長の清水が、上ずった声で乾杯の音頭を取った。

みながいっせいに「かんぱーい」といって、グラスを高く突き出した。

ひと呼吸おいて部屋を揺るがすような拍手が起き、清水の傍らにいた雅人と花田は、出席者に向かって神妙に頭を下げた。

清水は二人の間に入って両者の肩を抱きながらいった。

「きみらには期待していたんだよ」

「うそでしょう」

花田が笑った。

「本当だよ。こんな立派なオフィスをM区の中に持ってもらってほっとしている」

「ぼくら、誰かさんみたいに恩知らずじゃないから」

花田と雅人が顔を見合わせた。

「それで、Jウェアがスタートしてからはどうなの？」

学校時代に「ゲーム同好会」でとくに仲のよかった友人が、眩しそうな視線を花田に向けていった。

「むしろ試着サービスの存在が広く知られるようになって、こっちも利用者が増えているね」

花田が答えると雅人が得意げに付け加えた。

「こっちのほうが使い勝手はぜんぜんいいんだよ」

「盗まれていなかったろう」

「ああ、盗まれていなかった」

二人にしかわからない会話をして笑い合うと、友人が詳しい事情を知りたがった。

2DKのマンションのリビングルームに二十人を超える出席者がいて、部屋からあふれた人は廊下にはみだしている。

雅人の母親由美子、恋人柿沢あかね、M区企業支援ファームの清水に年配の女性スタッフ、ドリーム・オフィスでの何人かの仲間たち、学校時代の友人、赤城オンラインの三崎とスタッフ。

セブンシーズンは赤城オンラインとの契約金で、新しいオフィスを借りたのだ。今後も「フィッティング・ルーム」経由で商品が売れる度にコミッションが入る。一点当りはごくわずかだが、数が膨大なので金額も大きくなる。三田も「学び舎ランド」もまだ見つからないが、二人とも思い出すことがほとんどなくなっていた。

Jウェアも「試着サービス」を始めたが、やはり初めてのアプリケーションとして取り上げられたメディア効果が大きく、まだかなり水をあけている。使い勝手もセブンシーズンのものの方が上だという評価が優勢だった。

由美子は出席者たちにケータリングで取り寄せた料理や、自分の作ってきたケーキを取り分けている。あかねもそれを手伝っている。雅人が言葉少なに互いを紹介しただけだが、二人はスムーズに協力し合っている。

清水があかねに近づいて声をかけた。

「柿沢さんもすごい貢献をしたんだってね」

「いいえ」

あかねが白い頬を赤く染めた。

「花田くんから聞いたよ」

「いいえ」

あかねが困惑しているのを見て、由美子はこっそりと笑みを浮かべた。

由美子のその笑みは急に怪訝そうな表情に変わった。視線はドアのほうを向いている。新たな訪問客が入ってきたのだ。

2

ドアを開ける前から賑やかな声が漏れてきていた。

田中辰夫は一瞬ためらいを覚えた。二階の雅人の部屋に入るときとは別の種類のためらいだった。隣にいる木内にそれを見破られないようすぐにノブをひねった。

ドアの前の廊下に人があふれていた。田中を振り返った顔も不審がることはなかった。

田中は木内の先に立って、出席者の間を縫いながら部屋の前のほうに出て行った。

由美子が声をかけてきた。

「あなた、どうしたの」

「ああ、ちょっとね」

田中は雅人のところにたどり着いて、後ろから肩を叩いた。

「おい、おめでとう」

あっと雅人はのどの奥で叫んだ。

「どうしたの？」

「株主だからな。こういう席には出ておかなきゃならんだろう」

田中は雅人に「もう、あの金返せるんだ」といわれたが、返してもらおうとはしていない。貸し金ではなく出資なのだ。

木内を振り返った。

「ほら、あのときのおれの右腕だよ」

「ああ」

雅人が小さく頭を下げると、木内が改まった口調でいった。

「この度は、すばらしい起業をされておめでとうございます」

キギョウだなんて、と雅人は照れ笑いを浮かべた。

「あの話、彼が担当することになった」

「試着サービス」に続いて「試住サービス」を作ってくれないかと、雅人に依頼してある。それは難しいよ、といいながら、雅人は断ってはいない。できなくてもいい、できたら御の字だ。

「よろしくおねがいします」

　木内が雅人にしっかりと頭を下げた。木内はその提案を担当させられて一ヵ月、猛然とネットの勉強をしている。田中よりも乗り気になっている。

　田中は、木内から五十嵐の悪事を詳細に聞きだして、レポートを作った。それを五菱興産の三輪太郎に送るつもりだった。しかしレインボースカイ荻窪のホームページを作っているうちに、憑き物が落ちたように、五十嵐への憎悪が消えてしまった。憎悪が消えてみれば、自分がやろうとしていることは醜悪だ、トラスト不動産がうまくいくことが五十嵐への一番の復讐になる。そういう確信が急速に体中に根を張った。そのことを伝えると木内もほっとした顔をした。

　雅人の隣にがっしりした男がいた。

「花田くん」

田中は思わず花田の分厚い手を握った。花田は雅人に視線をやってから照れた笑みを浮かべ握り返した。

会うのは初めてだが、話に聞いて思い描いていた通りのたくましい風貌をしていた。とても初対面とは思えなかった。

「世間知らずの雅人がここまで来たのは、全部きみのお陰だよ」

雅人は下唇を突き出したが、その口から不満ではないものが出てきた。

「花田はね、父さんとドリーム・オフィスの清水さんのこと、まともな大人の代表と思っているんだ。世の中にゃ、変わったやつがいるよ」

その言葉で田中も頭に浮かんだ言葉がある。

「この木内くんがな、雅人のことを、いまどき珍しい立派な若者だといいやがった。確かに世の中には変わったやつがいる」

木内は微笑みながらもう一度頭を下げた。

「でも試住サービスがうまくいかなかったら、たちまち取り消されるだろうがね。取り消されるなよ」

田中は高笑いした。つられて木内も大きな声で笑った。雅人と花田も笑みを浮かべたが、二人の大人ほど手放しの笑いにはならなかった。

本書は二〇一一年一月に小社より刊行された『起業の砦』を文庫化にあたり、改題、改訂したものです。

ＪＡＳＲＡＣ 出１９０４０３５－９０１

|著者|江波戸哲夫　1946年東京都生まれ。東京大学経済学部卒業。都市銀行、出版社を経て、1983年作家活動を本格的に始める。政治、経済などを題材にしたフィクション、ノンフィクション両方で旺盛な作家活動を展開している。『新装版　銀行支店長』『集団左遷』（講談社文庫）がＴＢＳ日曜劇場「集団左遷!!」の原作となる。近著に『新装版　ジャパン・プライド』（講談社文庫）、『新天地』（講談社）、『定年待合室』（潮文庫）などがある。

起業の星（きぎょうのほし）

江波戸哲夫（えばとてつお）

2019年5月15日第1刷発行

講談社文庫
定価はカバーに
表示してあります

発行者――渡瀬昌彦
発行所――株式会社　講談社
東京都文京区音羽2-12-21　〒112-8001
電話　出版（03）5395-3510
　　　販売（03）5395-5817
　　　業務（03）5395-3615

デザイン―菊地信義
本文データ制作―講談社デジタル製作
印刷――株式会社廣済堂
製本――加藤製本株式会社

Printed in Japan

ISBN978-4-06-515568-4

講談社文庫刊行の辞

二十一世紀の到来を目睫に望みながら、われわれはいま、人類史上かつて例を見ない巨大な転換期をむかえようとしている。

世界も、日本も、激動の予兆に対する期待とおののきを内に蔵して、未知の時代に歩み入ろうとしている。このときにあたり、創業の人野間清治の「ナショナル・エデュケイター」への志を現代に甦らせようと意図して、われわれはここに古今の文芸作品はいうまでもなく、ひろく人文・社会・自然の諸科学から東西の名著を網羅する、新しい綜合文庫の発刊を決意した。

激動の転換期はまた断絶の時代である。われわれは戦後二十五年間の出版文化のありかたへの深い反省をこめて、この断絶の時代にあえて人間的な持続を求めようとする。いたずらに浮薄な商業主義のあだ花を追い求めることなく、長期にわたって良書に生命をあたえようとつとめるところにしか、今後の出版文化の真の繁栄はあり得ないと信じるからである。

同時にわれわれはこの綜合文庫の刊行を通じて、人文・社会・自然の諸科学が、結局人間の学にほかならないことを立証しようと願っている。かつて知識とは、「汝自身を知る」ことにつきていた。現代社会の瑣末な情報の氾濫のなかから、力強い知識の源泉を掘り起し、技術文明のただなかに、生きた人間の姿を復活させること。それこそわれわれの切なる希求である。

われわれは権威に盲従せず、俗流に媚びることなく、渾然一体となって日本の「草の根」をかたちづくる若く新しい世代の人々に、心をこめてこの新しい綜合文庫をおくり届けたい。それは知識の泉であるとともに感受性のふるさとであり、もっとも有機的に組織され、社会に開かれた万人のための大学をめざしている。大方の支援と協力を衷心より切望してやまない。

一九七一年七月

野間省一

加藤典洋

完本 太宰と井伏 ふたつの戦後

解説＝與那覇 潤　年譜＝著者

一度は生きることを選んだ太宰治は、戦後なぜ再び死に赴いたのか。師弟でもあった二人の文学者の対照的な姿から、今に続く戦後の核心を鮮やかに照射する。

かP4

978-4-06-516026-8

金子光晴

詩集「三人」

解説＝原 満三寿　年譜＝編集部

一九四四年、妻森三千代、息子森乾とともに山中湖畔へ疎開した光晴が、三人の詩を集めて作った私家版詩集。戦争に奪われない家族愛を希求した、胸を打つ詩集。

かD6

978-4-06-516027-5

講談社文庫　目録

上橋菜穂子　物語ること、生きること
上橋菜穂子　明日は、いずこの空の下
上橋菜穂子原作 武本糸会漫画　コミック 獣の奏者 I
上橋菜穂子原作 武本糸会漫画　コミック 獣の奏者 II
上橋菜穂子原作 武本糸会漫画　コミック 獣の奏者 III
上橋菜穂子原作 武本糸会漫画　コミック 獣の奏者 IV
上田紀行　ダライ・ラマとの対話
上田紀行　スリランカの悪魔祓い
嬉野　君　妖 怪 極 楽
嬉野　君　黒猫邸の晩餐会
上野　誠　天平グレート・ジャーニー〈遣唐使・平群広成の数奇な冒険〉
うかみ綾乃　永遠に、私を閉じこめて
植西　聰（あきら）　がんばらない生き方
海猫沢めろん　愛についての感じ
遠藤周作　ぐうたら人間学
遠藤周作　聖書のなかの女性たち
遠藤周作　さらば、夏の光よ
遠藤周作　最後の殉教者
遠藤周作　反　逆 (上)(下)
遠藤周作　ひとりを愛し続ける本
遠藤周作　深い河（ディープ・リバー）
遠藤周作　周作塾〈読んでもタメにならないエッセイ〉
遠藤周作　新装版 海と毒薬
遠藤周作　新装版 わたしが・棄てた・女
江波戸哲夫　新装版 銀行支店長
江波戸哲夫　集団左遷
江上　剛　頭取無惨
江上　剛　不当買収
江上　剛　小説 金融庁
江上　剛　絆
江上　剛　再起
江上　剛　企業戦士
江上　剛　リベンジ・ホテル
江上　剛　起死回生
江上　剛　瓦礫の中のレストラン
江上　剛　非情銀行
江上　剛　東京タワーが見えますか。
江上　剛　慟哭の家
江上　剛　家電の神様
江上　剛　ラストチャンス 再生請負人
江國香織　真昼なのに昏（くら）い部屋
江國香織・文 松尾たいこ・絵　ふりむく
M・モーリス 江國香織訳 宇野亜喜良絵　青い鳥
江國香織他　100万分の1回のねこ
遠藤武文　プリズン・トリック
遠藤武文　パワードスーツ
遠藤武文　原　調
円城　塔　道化師の蝶
大江健三郎　新しい人よ眼ざめよ
大江健三郎　取り替え子（チェンジリング）
大江健三郎　鎖国してはならない
大江健三郎　言い難き嘆きもて
大江健三郎　憂い顔の童子
大江健三郎　河馬に嚙まれる
大江健三郎　M/Tと森のフシギの物語
大江健三郎　キルプの軍団
大江健三郎　治療塔

講談社文庫　目録

大江健三郎　治療塔惑星
大江健三郎　さようなら、私の本よ！
大江健三郎　水死
大江健三郎　晩年様式集（イン・レイト・スタイル）
小田　実　何でも見てやろう
沖　守弘　マザー・テレサ〈あふれる愛〉
岡嶋二人　あした天気にしておくれ
岡嶋二人　開けっぱなしの密室
岡嶋二人　ちょっと探偵してみませんか
岡嶋二人　そして扉が閉ざされた
岡嶋二人　どんなに上手に隠れても
岡嶋二人　タイトルマッチ
岡嶋二人　解決まではあと6人〈5W1H殺人事件〉
岡嶋二人　眠れぬ夜の殺人
岡嶋二人　コンピュータの熱い罠（わな）
岡嶋二人　殺人！ザ・東京ドーム
岡嶋二人　99％の誘拐
岡嶋二人　クラインの壺
岡嶋二人　増補版 三度目ならばABC

岡嶋二人　ダブル・プロット
岡嶋二人　新装版 焦茶色のパステル
岡嶋二人　チョコレートゲーム 新装版
岡嶋二人　新版 七日間の身代金
太田蘭三　殺風景（さっぷうけい）〈警視庁北多摩署特捜本部〉
太田蘭三　虫も殺さぬ〈警視庁北多摩署特捜本部〉
太田蘭三　口唇紋〈警視庁北多摩署特捜本部〉
大前研一　企業参謀 正・続
大前研一　やりたいことは全部やれ！
大前研一　考える技術
大沢在昌　野獣駆けろ
大沢在昌　死ぬより簡単
大沢在昌　相続人TOMOKO
大沢在昌　ウォームハート コールドボディ
大沢在昌　アルバイト探偵（アイ）
大沢在昌　調毒師を捜せ アルバイト探偵（アイ）
大沢在昌　女王陛下のアルバイト探偵（アイ）
大沢在昌　不思議の国のアルバイト探偵（アイ）
大沢在昌　拷問遊園地 アルバイト探偵（アイ）

大沢在昌　帰ってきたアルバイト探偵（アイ）
大沢在昌　雪　蛍
大沢在昌　ザ・ジョーカー
大沢在昌　亡命者〈ザ・ジョーカー〉
大沢在昌　夢の島
大沢在昌　新装版 氷の森
大沢在昌　暗黒旅人
大沢在昌　新装版 走らなあかん、夜明けまで
大沢在昌　新装版 涙はふくな、凍るまで
大沢在昌　語りつづけろ、届くまで
大沢在昌　罪深き海辺(上)(下)
大沢在昌　やぶへび
大沢在昌　海と月の迷路(上)(下)
C・ドイル原作 大沢在昌　バスカビル家の犬
逢坂　剛　コルドバの女豹
逢坂　剛　十字路に立つ女
逢坂　剛　重蔵（じゅうぞう）始末（しまつ）
逢坂　剛　じぶくり伝兵衛〈重蔵始末(二)〉
逢坂　剛　猿曳遁兵衛〈重蔵始末(三)〉

講談社文庫　目録

大山淳子　猫弁と指輪物語
大山淳子　猫弁と少女探偵
大山淳子　猫弁と魔女裁判
大山淳子　雪　猫
大山淳子　イーヨくんの結婚生活
大山淳子　光二郎分解日記〈相棒は浪人生〉
大倉崇裕　小鳥を愛した容疑者
大倉崇裕　蜂に魅(ひ)かれた容疑者〈警視庁いきもの係〉
大倉崇裕　ペンギンを愛した容疑者〈警視庁いきもの係〉
大鹿靖明　メルトダウン〈ドキュメント福島第一原発事故〉
大野更紗／開沼博　1984フクシマに生まれて
荻原浩　砂の王国(上)(下)
荻原浩　家族写真
小野展克　JAL虚構の再生
小野正嗣　獅子渡り鼻
小野正嗣　九年前の祈り
大友信彦　釜石の夢〈被災地でワールドカップを〉
乙一　銃とチョコレート
織守(おりがみ)きょうや　霊感検定

織守きょうや　霊感検定〈心霊アイドルの憂鬱〉
織守きょうや　霊感検定〈春にして君を離れ〉
尾木直樹　尾木ママの「思春期の子どもと向き合う」すごいコツ
岡本哲志(さとし)　銀座を歩く〈四百年の歴史体験〉
クァク・ジェヨン原案／鬼塚忠著　風の色
おーなり由子　きれいな色とことば
海音寺潮五郎　新装版　江戸城大奥列伝
海音寺潮五郎　新装版　孫子(上)(下)
海音寺潮五郎　新装版　赤穂義士
海音寺潮五郎　列藩騒動録(上)(下)〈レジェンド歴史時代小説〉
加賀乙彦　新装版　高山右近
加賀乙彦　ザビエルとその弟子
柏葉幸子　ミラクル・ファミリー
勝目梓　小説家
勝目梓　死(し)支(じ)度(たく)
勝目梓　ある殺人者の回想
鎌田慧　残夢〈大逆事件を生き抜いた坂本清馬の生涯〉
桂米朝　米朝ばなし〈上方落語地図〉
笠井潔　梟(ふくろう)の巨(おお)なる黄昏(たそがれ)

笠井潔　青銅の悲劇〈瀕死の王〉(上)(下)
川田弥一郎　白く長い廊下
神崎京介　女薫の旅　激情たぎる
神崎京介　女薫の旅　奔流あふれ
神崎京介　女薫の旅　陶酔めぐる
神崎京介　女薫の旅　衝動はぜて
神崎京介　女薫の旅　放心とろり
神崎京介　女薫の旅　感涙はてる
神崎京介　女薫の旅　耽溺(たんでき)まみれ
神崎京介　女薫の旅　誘惑おって
神崎京介　女薫の旅　秘に触れ
神崎京介　女薫の旅　禁の園へ
神崎京介　女薫の旅　欲の極み
神崎京介　女薫の旅　青い乱れ
神崎京介　女薫の旅　奥に裏に
神崎京介　女薫の旅　大人篇
神崎京介　女薫の旅　背徳の純心
神崎京介　I　LOVE
神崎京介　美人と張形〈四つ目屋繁盛記〉

加納朋子　ガラスの麒麟
加納朋子　ぐるぐる猿と歌う鳥
かなざわいっせい　ファイト！〈麗しの名馬、愛しの馬券〉
鴨志田　穣　遺稿集
角岡伸彦　被差別部落の青春
角田光代　まどろむ夜のＵＦＯ
角田光代　夜かかる虹
角田光代　恋するように旅をして
角田光代　エコノミカル・パレス
角田光代　ちいさな幸福〈All Small Things〉
角田光代　あしたはアルプスを歩こう
角田光代　庭の桜、隣の犬
角田光代　人生ベストテン
角田光代　ロック母
角田光代　彼女のこんだて帖
角田光代　ひそやかな花園
角田光代他　私らしくあの場所へ
川端裕人　せちやん〈星を聴く人〉
川端裕人　星と半月の海

片川優子　ジョナさん
片川優子　明日の朝、観覧車で
神山裕右　カタコンベ
加賀まりこ　純情ババァになりました。
門田隆将　甲子園への遺言〈伝説の打撃コーチ高畠導宏の生涯〉
門田隆将　甲子園の奇跡〈斎藤佑樹と早実百年物語〉
門田隆将　神宮の奇跡
柏木圭一郎　京都大原　名旅館の殺人
鏑木　蓮　東京ダモイ
鏑木　蓮　屈折光
鏑木　蓮　時限
鏑木　蓮　真友
鏑木　蓮　甘い罠
鏑木　蓮　京都西陣シェアハウス〈憎まれ天使・有村志穂〉
川上未映子　そら頭はでかいです、世界がすこんと入ります
川上未映子　わたくし率 イン 歯ー、または世界
川上未映子　ヘヴン
川上未映子　すべて真夜中の恋人たち
川上未映子　愛の夢とか

川上弘美　ハヅキさんのこと
川上弘美　晴れたり曇ったり
海堂　尊　外科医　須磨久善
海堂　尊　新装版　ブラックペアン１９８８
海堂　尊　ブレイズメス１９９０
海堂　尊　スリジエセンター１９９１
海堂　尊　死因不明社会２０１８
海堂　尊　極北クレイマー２００８
海堂　尊　極北ラプソディ２００９
海道龍一朗　百年の亡国〈憲法破却〉
海道龍一朗　真剣（上）（下）〈新陰流を創った漢、上泉伊勢守信綱〉
海道龍一朗　室町耽美抄　花鏡
金澤　治　電子メディアは子どもの脳を破壊するか
加藤秀俊　隠居学〈おもしろくてたまらないヒマつぶし〉
鹿島田真希　ゼロの王国（上）（下）
鹿島田真希　来たれ、野球部
門井慶喜　パラドックス実践　雄弁学園の教師たち
加藤　元　キネマの華（ヒロイン）
加藤　元　私がいないクリスマス

講談社文庫　目録

北森　鴻　花の下にて春死なむ
北森　鴻　香菜里屋（カナリヤ）を知っていますか
北森　鴻　親不孝通りラプソディー
北村　薫　盤上の敵
北村　薫　紙魚家崩壊〈九つの謎〉
北村　薫　野球の国のアリス
岸　惠子　30年の物語
木内一裕　藁の楯
木内一裕　水の中の犬
木内一裕　アウト&アウト
木内一裕　キッド
木内一裕　デッドボール
木内一裕　神様の贈り物
木内一裕　喧嘩猿
木内一裕　バードドッグ
木内一裕　不愉快犯
木内一裕　嘘ですけど、なにか？
北山猛邦　『クロック城』殺人事件
北山猛邦　『瑠璃城』殺人事件

北山猛邦　『アリス・ミラー城』殺人事件
北山猛邦　『ギロチン城』殺人事件
北山猛邦　私たちが星座を盗んだ理由
北山猛邦　猫柳十一弦の後悔〈不可能犯罪定数〉
北山猛邦　猫柳十一弦の失敗〈探偵助手五箇条〉
北　康利　白洲次郎　占領を背負った男（上）（下）
北　康利　福沢諭吉　国を支えて国を頼らず（上）（下）
北　康利　吉田茂　ポピュリズムに背を向けて（上）（下）
北原尚彦　死美人辻馬車
北尾トロ　テッカ場
樹林　伸　東京ゲンジ物語
貴志祐介　新世界より（上）（中）（下）
北川貴士　マグロはおもしろい〈美味のひみつ、生き様のなぞ〉
木下半太　サバイバー
北原みのり　毒婦。〈木嶋佳苗100日裁判傍聴記〉
北原みのり　木嶋佳苗100日裁判傍聴記〈佐藤優対談収録完全版〉
北　夏輝　恋都の狐さん
北　夏輝　美都（みと）で恋めぐり
北　夏輝　狐さんの恋結び

岸本佐知子 編訳　変愛（ヘンアイ）小説集
岸本佐知子 編　変愛小説集　日本作家編
木原浩勝　文庫版　現世（うつしよ）怪談（一）　主人の帰り
木原浩勝　文庫版　現世怪談（二）　白刃の盾
木原浩勝　増補改訂版　もう一つの「バルス」〈―宮崎駿と『天空の城ラピュタ』の時代―〉
喜国雅彦・国樹由香　メフィストの漫画
金田一春彦・安西愛子 編　日本の唱歌　全三冊
黒岩重吾　新装版　古代史への旅
栗本　薫　新装版　絃（いと）の聖域
栗本　薫　新装版　ぼくらの時代
栗本　薫　新装版　優しい密室
栗本　薫　新装版　鬼面の研究
黒井千次　カーテンコール
黒井千次　日の砦
倉橋由美子　よもつひらさか往還
黒柳徹子　窓ぎわのトットちゃん　新組版
工藤美代子　今朝の骨肉、夕べのみそ汁
倉知　淳　新装版　星降り山荘の殺人
倉知　淳　シュークリーム・パニック

講談社文庫　目録

2019年3月15日現在